愛經典

閱讀經典，成為更好的自己。

歐·亨利 O. Henry 著 黎幺 譯

歐·亨利

高麗菜與國王

緣起

愛經典

卡爾維諾說：「『經典』即是具影響力的作品，在我們的想像中留下痕跡，並藏在潛意識中。正因『經典』有這種影響力，我們更要撥時間閱讀，接受『經典』為我們帶來的改變。」因著經典作品獨具的無窮魅力，時報出版公司特別引進「作家榜」品牌母公司大星文化策劃的「作家榜經典名著」，推出「愛經典」書系，期能為臺灣的經典閱讀提供最佳選擇。

這一系列作品，已出版近百本，累積良好口碑，榮登各大長銷榜。這些作家都經時代淬鍊，作品雋永，意義深遠。我們所選的譯者，許多都是優秀的詩人或作家，譯文流暢通順好讀，更能傳遞原創精神與文采意涵。因為經典，時報特別對每部作品皆以精裝裝幀，更顯質感，絕對是讀者閱讀與收藏經典的首選。

現在開始讀經典，成為更好的自己。

目次

「時候到了，」海象說，
「許多事情都得談，
鞋子、航船和封蠟，
還有高麗菜與國王。」
——〈海象與木匠〉1

1 節選自〈海象與木匠〉，這首詩出自英國作家路易斯．卡洛爾的經典童話《愛麗絲夢遊仙境》。

序言

木匠[2]

在安楚里亞，那個風雲莫測的共和國，人家會對你說起米拉弗洛雷斯總統。說起他如何在柯拉里奧的海濱小鎮了斷自己；如何從迫在眉睫的革命風暴中逃離，駕臨如斯偏遠之地；說起他用一個美國產的皮革旅行箱帶走的十萬美元公款，以之為自己被顛覆的政權做紀念。從那時起，這筆錢就永遠失去了下落。

只需付一個雷亞爾，就會有個男孩帶你去參觀他的墳墓。它坐落於小鎮後方，附近有一座跨越紅樹沼澤的小橋。墳頭豎著一塊簡陋的木板。有人用烙鐵在上面烙下這樣幾句銘文：

2 歐．亨利以幽默的手法假託「木匠」之名，寫下了這篇序言。

拉蒙・安格爾・德・拉斯・克魯澤斯・米拉弗洛雷斯

安楚里亞共和國前總統

讓上帝審判他吧

此地這些樂天的人民有一個特點：絕不追究已經入土的人。「讓上帝審判他吧」，即使對那失蹤的十萬美元垂涎三尺，他們的追逐也只能到此為止。

柯拉里奧人會將他們那位前任總統的悲慘結局說給陌生人或者遊客聽。說起他如何歷經艱險，帶著那筆公款和那位名叫堂娜[3]伊莎貝爾・吉伯特的美國歌劇演員，想逃離這個國家；如何在被柯拉里奧的反對勢力堵住的時候，寧可一槍打穿自己的腦袋，也不願放棄那筆錢，更不願出賣那位吉伯特小姐。他們還會講到堂娜伊莎貝爾，說起她的冒險生涯如何連同她顯赫的情人，以及那丟失的十萬美元一起擱淺在這片無風的海岸，無奈地等候下一次漲潮。

在柯拉里奧，人家會告訴你，她終於在本鎮的一個名叫法蘭克・古德溫的美國僑民身上找到了一股迅猛的潮水。古德溫是個投資人，靠著開發當地特產致富，所以，這是一位香蕉大王，一位橡膠王子，一位墨西哥菝葜、靛青與桃花心木男爵。你會聽說，在總統死後一個月，吉伯特小姐就和古德溫先生結了婚，可以說，正當命運斂起笑容，收回曾贈予她的禮物之時，她卻從它手裡奪來了一件更大的獎賞。

對於那個美國人堂[4]法蘭克・古德溫和他的妻子，原住民總是讚不絕口。堂法蘭克在他們之中生活多年，強行取得了他們的敬意。在這片冷清的海岸所能提供的社交場所中，他的太太輕而易舉地成為了皇后。地方長官的妻子出身於卡斯提亞的望族[5]，當她在古德溫太太的餐桌前，用戴著鑽戒的橄欖膚色的手解開餐巾的時候，也會覺得很是榮幸。

如果你（以北方人的偏見）提及古德溫太太不羈的過往，尤其是她怎樣以在輕歌劇中大膽火熱的表演俘獲了那位身為情場老手的總統，以及她對這個政治家的墮落和崩潰負有怎樣的責任，你所能得到的全部回應或駁斥，不過就是富有拉丁特色地聳聳肩膀。無論柯拉里奧人在過去曾對古德溫太太抱持怎樣的看法，如今他們都相當愛戴她。

這故事似乎在開始之前就結束了；悲劇的落幕和傳奇的高潮已經把引人入勝的部分和盤托出；但是，更具好奇心的讀者大可以透過一些蛛絲馬跡，找出隱藏在表象網路之下的微妙線索。

---

3 堂娜，是西班牙語中對女性的尊稱。

4 堂，是西班牙語中對男性的尊稱。

5 原文意為「地方長官的妻子出身於卡斯提亞人蒙泰利昂・多洛羅莎・德洛斯・桑托斯・門德斯的家族」，此處旨在強調這位夫人出身於古老尊貴的家族。

那塊烙上米拉弗洛雷斯總統名字的木板，每天都被人用皂皮和沙子精心擦洗。一個年老的印第安混血兒照料著這座墳墓，稱得上忠於職守，只是因為遺傳的懶散，老在枝微末節上耽誤功夫。他用彎刀砍掉四季常生的野草閒花，用滿是繭子的手指摘掉木板上的螞蟻、蠍子和甲蟲，還從廣場噴泉採水，灑在墳頭的草皮上。任何地方都沒有如此被妥善照管、如此井井有條的墳墓。

只有循著隱藏的故事線索才能弄明白，為何一個在其生前死後都從未見過米拉弗洛雷斯總統的人，會支付一筆祕密的酬勞，讓這個名叫加爾維斯的老印第安人給那位不幸的政治家的墳墓做清潔綠化；為何那人要在黃昏時分出來散步，隔著一段距離，帶著溫和的哀傷，凝望著那個名譽掃地的土堆。

要瞭解伊莎貝爾·吉伯特放縱的經歷，在其他地方比在柯拉里奧更容易些。紐奧良給了她生命，也給了她兼有法國和西班牙特色的天性，這給她的生活注入了熱情和騷動的色彩。她沒受過什麼教育，但對於男人和他們的行為模式似乎有一種出自直覺的知識。她天生就有遠非一般女人所能相比的勇敢和魯莽，憑著對冒險的熱愛，在危機的邊緣游弋，熱衷於尋歡作樂。任何約束都會使她的靈魂激烈掙扎，她是墜落人間但還未受過罪的夏娃。她把生命當作一朵玫瑰花，佩戴在胸前。

在拜倒於她腳下的男性大軍之中，只有一人有幸占據她的芳心。她把鑰匙交給了米拉弗洛雷斯——安楚里亞傑出但脆弱的統治者，准許他打開她的心房。那麼，我們怎樣解釋（正如柯拉里奧人會告訴你的那樣）她竟成了法蘭克．古德溫的妻子，還愉快地過起了一種安穩而沉悶的生活呢？

隱藏的故事線索伸得很遠，遠得穿過了海洋。一直沿著它追溯下去，就會弄清楚為什麼哥倫比亞偵探事務所的「矮子」奧戴伊會丟了工作。而且還會知道，作為一項輕鬆的消遣，跟莫墨斯[6]一起，在墨爾波墨涅[7]曾修過苦行的熱帶群星間逡巡，將是一種責任，也是一件美差。在繁盛的莽叢中和險峻的峭壁間，過去有被海盜獻祭的人在哭喊，如今傳出陣陣笑聲的回音。把長矛和彎刀擱下，改用妙語和歡宴發起攻擊，逗得傳奇生鏽的頭盔底下也發出幾聲快活的竊笑——在像微笑的嘴角一樣彎曲的海岸上、在檸檬樹的蔭涼裡，做這些事是很愉快的。

還有西班牙美洲殖民地的傳說。暴躁的加勒比海沖刷著這片大陸的這塊區域，依著傲岸的科迪勒拉山脈，在高處形成了一片俯臨大海的令人望而生畏的熱帶叢林，那裡仍然被謎語和傳奇所包圍。從前，海盜和革命者在懸崖峭壁間激起陣陣迴響，而禿鷲永遠在高空盤旋，在蔥鬱的樹林裡，他們用火繩槍和托雷多匕首把彼此做成了這些大鳥的口糧。這片綿延三百英里的

6 莫墨斯，希臘神話中的嘲弄之神。

7 墨爾波墨涅，希臘神話中的悲劇女神。

海岸，歷史悠久，充滿冒險色彩，數百年來被海盜、倒臺的統治者和突然揭竿而起的叛軍輪番占領，幾乎從不知道該承認誰是它的主人。皮薩羅[8]、巴爾沃亞[9]、法蘭西斯・德雷克爵士[10]，還有玻利瓦爾[11]都竭盡所能，想將它變成基督教王國的一部分。約翰・摩根爵士、拉菲特[12]，以及其他聲名遠揚的亡命之徒，都曾以魔鬼的名義轟擊和征伐過這片地區。

遊戲還在繼續。海盜的槍炮已經沉默，但錫版攝影師、洗照片的匪徒、帶著相機的觀光客，還有道貌岸然的傳教士大軍派出的探子又發現了這裡，掀起了新一輪的掠奪。來自德國、法國和西西里的小販把當地的錢幣一袋一袋地丟進櫃檯裡。體面的冒險家帶著修建鐵路和特許租借的企畫書，擠在地方官的會客室裡。那些惹人發笑的彈丸小國玩弄權術和詭計，直到某一天，一艘巨大的軍艦無聲地出現在海面上，警告他們切莫弄壞了自己的玩具。隨著這些變化接踵而來的，還有一些小冒險家——帶著亟需填滿的空口袋、運轉不息的大腦和輕若無物的心。他們是現代童話中的王子，帶著比多情一吻更有效率的鬧鐘，來叫醒沉睡了幾個世紀的美麗熱帶。他們總是佩戴著一枝酢漿草，與繁茂的棕櫚樹形成對照，更將他們襯托得卓爾不群；他們哄走了墨爾波墨涅，讓喜劇之神在南方十字星座的腳燈下跳舞。

如此一來，這個故事就有很多事可說了。或許，它對海象那種習慣了混亂的耳朵更為有效；因為，它裡面確實包含了鞋子、船舶、封蠟、高麗菜棕櫚[13]和推翻了國王的歷任總統。

此外，還有少量涉及愛情的內容，以及一些無關緊要的副線，還有散布於這座迷宮中每一處的熱帶金錢的印記——錢不再是被灼熱的太陽烤暖的，而是被投機分子的手心捂暖的——說到底，這裡揭示的似乎就是生活的本來面目，說出來會讓最愛嘮叨的海象也感到厭煩。

8 皮薩羅（一四七五—一五四一），西班牙探險家，祕魯的征服者。
9 巴爾沃亞（一四七五—一五一九），西班牙探險家，是第一個穿越美洲，抵達太平洋東部的歐洲人。
10 法蘭西斯·德雷克（一五四〇—一五九六），英國航海家、政治家、海盜。
11 玻利瓦爾（一七八三—一八三〇），拉丁美洲民族獨立戰爭的先驅。
12 摩根和拉菲特都是著名的海盜頭子。
13 高麗菜棕櫚，南美洲及西印度群島等地的一種棕櫚，葉苞可當高麗菜吃，又叫高麗菜樹。

1「早晨的狐狸」

柯拉里奧斜倚在正午的炎熱中，如同意興闌珊的美人懶洋洋地躺在被嚴密看管的後宮中。這個小鎮坐落於大海邊緣的一條衝擊海岸，像是鑲嵌在綠玉飾帶上的一顆小小的珍珠。綿延不絕的科迪勒拉山脈被大海追逼，躲在柯拉里奧的背後，看起來已經搖搖欲墜。在前方鋪展開來的海面，是個滿臉堆笑的獄卒，甚至比嚴酷的群山更不近人情。潮水拍打平緩的沙灘；鸚鵡在橘樹林和木棉樹叢裡尖叫；棕櫚樹傻模傻樣地揮舞著柔軟的葉子，像是在等待女主角的招呼，隨時準備進場的蹩腳合唱隊。

突然間，小鎮變得熱鬧滾滾。一個原住民男孩順著滿是野草的街道跑來，嚷嚷著：「快找古德溫先生，有一封給他的電報！[14]」

這句話迅速傳開了。對柯拉里奧的任何人來說，收到電報都是稀奇事。起碼有十來個好事之徒忙不迭地跑去傳話。和海灘平行的大街上霎時人來人往，人人都想插一腳，將電報早點遞到。女人在街角成群結隊地聚在一起，從最淺的橄欖色到最深的棕褐色，什麼膚色的都有，全都哀怨地吟唱著：「有古德溫先生的電報！」一向效忠於執政黨，並且懷疑古德溫擁護在野黨的部隊指揮官堂恩迦納西昂．里奧斯上校先生嘴裡噓了一聲，說道：「啊哈！」在他的祕密記事本上寫下了這大可追究一番的事實：古德溫先生在這個重要的日子收到了一封電報。

在這場喧囂的中心有一座小木屋，裡面有一個男人剛剛走到門口，正向外張望。在那道門的上方，有一塊招牌，寫著「凱奧和克蘭西」——對於這片熱帶土壤而言，這個名稱稍嫌不夠本土化。門內的男人名叫比利．凱奧，是財富與進步派出的爪牙，是在西班牙美洲殖民地漫遊的一個現代流浪者。如今的新式武器是錫版照相和相片沖洗，被「凱奧和克蘭西」拿來侵略這片無可救藥的海港。在這間店鋪的外面掛著兩個大鏡框，滿滿地陳列著顯示技藝的樣品。凱奧靠在門口，在他那張粗魯又幽默的臉上，現出一副饒有興味的表情，對於這種不同尋常的擾攘場面有些費解。在弄清楚騷動的原因之後，他把一隻手舉到嘴邊，喊道：「喂，法蘭克！」這一聲實在太響亮了，那些原住民微弱的噪音立刻被壓過並且沖散了。

五十碼以外，在街道靠海的那一邊，矗立著美國領事的府邸。聽到這聲呼叫，古德溫慌慌張張地從這棟房子裡走出來。他正和領事威拉德．格迪一起在領事館的後門廊抽菸，那裡被公

---

14 編者注：文中西班牙語均以此字體標示。

認為柯拉里奧最涼爽的地方。

「快啊，」凱奧喊道，「因為你的一封電報，鎮上亂成了一團。你得小心點，兄弟！可別用這種方式刺激大家的神經。要是哪天，你再收到一封帶有紫羅蘭香氣的情書，整個國家豈不是都得被一場革命狂潮給吞沒了。」

古德溫好整以暇地走上街道，與送電報的男孩碰了頭。大眼睛的女人盯著他看，目光中滿是羞澀和激賞，她們為他的風度而著迷。他身材高大，一頭金髮，穿著一身白色亞麻布衣服和一雙鹿皮鞋子，顯得神采飛揚。他的態度不卑不亢，還在富有同情心的眼睛的調和下，有了一種仁慈又凶狠的神氣。電報遞到之後，送信人被一點小費打發走了，圍觀的群眾如釋重負，又回到附近的樹蔭底下，原先是好奇心將他們從那裡給吸引出來的。女人或是回到橘子樹底下用泥灶烤東西，或是繼續沒完沒了地梳她們又長又直的頭髮；男人回到小酒館裡抽菸閒聊。

古德溫坐在凱奧的門檻上讀電報。是鮑伯．恩格爾哈特發來的，這是個美國人，住在安楚里亞首都——離海八十英里的聖馬提奧。恩格爾哈特是一個淘金者，是一個熱情的革命家和「一個好人」。從他發出的這封電報來看，他還是個有智謀、有想像力的人。他接下了一項任務：遞送一條機密消息給他在柯拉里奧的朋友。用英語或是西班牙語都不能達成目的，因為安楚里亞的政治密探非常活躍。執政黨和在野黨始終保持戒備。然而，恩格爾哈特很擅長外交手段。只有一種密碼，能讓他用以安全地兌現諾言：偉大而強力的俚語系統。於是，就有了這麼一封無法破譯的電報，滑過好奇的官員的指尖，來到了古德溫眼前：

大佬昨兒個跑路了，走的是長耳野兔的路線，帶走了小貓裡的所有硬幣，還有他最中意的那匹棉布。只剩十根毛可拔了。咱們的夥計挺有型，不過咱們還要多弄幾個子兒。你給它套牢了。出頭鳥和乾貨進了鹹水。你知道該怎麼做。

鮑伯

這番囉嗦當然很是特別，對古德溫卻沒有任何神祕之處。在入侵安楚里亞的美國投機分子的先驅部隊中，他是最成功的。如果不能熟練地運用推理和演繹的技術，是爬不到讓別人仰望的山頭的。他把政治陰謀當作生意事務來處理。他精明得足以與第一流的陰謀家周旋；發達得足以贏得小官員的崇拜。這種地方總會有一個革命黨，而他總會與革命黨結盟，因為新的政權一旦建立，就會對擁護者論功行賞。這時候，正有一個自由黨派企圖推翻米拉弗洛雷斯總統。如果真的改天換地，古德溫將獲得授權，在內陸地區租借三萬曼札納[15]最好的咖啡種植地。在米拉弗洛雷斯總統近期的政治生涯中，發生了某些特定事件，讓古德溫的心中響起了警訊，他疑心讓政府近乎分崩離析的主因不是革命，而是其他事情，如今恩格爾哈特的電報證實了他的明智。

這封電報讓安楚里亞的語言學家一頭霧水，他們想用西班牙語和初級英語的知識解釋它，結果只是徒勞。但古德溫卻能從中讀出一條激動人心的消息。它向他通報，共和國的總統從首都逃走了，還捲跑了國庫的存款。另外，與他結伴同行的是那位迷人的女冒險家、歌劇演員伊莎貝爾．吉伯特——上個月一整月，總統都在聖馬提奧招待她的劇團成員，排場比起通常接待皇室來訪時也不遑多讓。至於「長耳野兔」，所指的只可能是在柯拉里奧和首都之間盛行的「騾背交通」。「只剩十根毛可拔」則暗示了國庫慘被掏空的現況。可想而知，即將當權的政黨——現在，它可以用和平手段奪權了——確實也「需要多弄幾個子兒」。除非能夠一五一十地履行諾言，讓得勝一方的有功之臣撈足好處，否則新政府的地位確實是岌岌可危。因此，「給它套牢了」極有必要，而且還得盡可能把持政治和軍事資源。

古德溫把紙條遞給凱奧。

「讀讀這個，比利，」他說，「鮑伯．恩格爾哈特發來的。你破得了這種密碼嗎？」

凱奧坐在門口的另外一邊，仔細研讀起電報來。

「這可不是什麼密碼，」他最後說，「這是大家所說的文學，但這類文學從未經由作家的想像力而被廣泛傳播，目前僅存於眾人的口頭語言系統中。雜誌發明了這種語言，但我從沒聽說諾文．格林總統此前曾簽署文書，批准它可以使用。現在它只是語言，不是文學了。字典嘗試收錄它，但只能列為方言，沒能推動它進入實際應用。當然了，現在西聯通訊認可了它，大概過不了多久就會興起一個講這種語言的種族。」

「你這番論調太學究了，比利，」古德溫說，「你搞清楚它的意思了嗎？」

「當然了，」這位愛財的哲學家說，「對一個必須懂得所有語言的人而言，所有語言都不難懂。甚至在被一把後膛槍指著脊梁的時候，我都沒有弄錯人家用中國文言文叫我走人的命令。我手裡這篇短小的文學隨筆，意味著一場『早晨的狐狸』遊戲。法蘭克，你小時候玩過沒有？」

「我想我玩過，」古德溫笑著說，「圍成一圈牽起手，然後……」

「不對，」凱奧打斷了他，「你把一個很好玩的運動遊戲跟『環繞玫瑰叢』搞混了。『早晨的狐狸』的遊戲精髓正是排斥手牽手的。我來告訴你怎麼玩吧。這位總統先生和他的同伴一起玩，他們站在聖馬提奧，準備起跑，嘴裡喊著：『早晨的狐狸！』我和你，我們站在這裡說：『母鵝和公鵝！』他們說：『到倫敦還有幾英里？』我們說：『沒多遠了，只要你的腿足夠長。出來了多少？』他們說：『你可逮不到這麼多。』遊戲這就算開始了。」

15 曼札納，南美洲的一種土地面積單位，一曼札納的面積大約在一英畝到兩英畝之間。

「我知道這意思了，」古德溫說，「可不能讓母鵝和公鵝從我們的指縫裡溜走了，比利，這些鵝的羽毛太值錢了。我們的人準備就緒了，隨時可以接管政府，跟穿鞋子一樣簡單。但如果任由國庫空虛，我們掌握權力的時間也就只能像一個新手待在野馬背上的時間一樣久。我們這些做狐狸的，必須牢牢守住這邊海岸，防止他們逃出這個國家。」

「按騾背上的日程，」凱奧說，「從聖馬提奧過來要花五天時間。我們有充足的時間布防。他們想要駛離這片海岸，只有三個出海口可選——這裡、索利塔斯、阿拉贊。只要守住這三個點，他們就無計可施。這簡單得就像解棋——狐狸先手，三步以後就將軍了。哦，母鵝、母鵝、公鵝，你們在哪落腳？多虧了這封文學化的電報，這個愚昧的國家還能剩下點油水，給這個企圖顛覆政府的忠實黨派一點東西。」

當前的局勢被凱奧以三言兩語恰切地勾勒出來。從首都出來的路線一向都非常難走。那是一段顛簸的旅程，忽冷忽熱，忽雨忽晴。道路爬上了可怕的山巔，路面傷痕累累，如同一條腐爛的繩子，在令人窒息的懸崖峭壁間曲折盤繞，有時突然一躍，鑽進冰冷刺骨的雪水化成的溪流，有時則像蛇一樣蜿蜒穿過滿是毒蟲猛獸的、不見天日的幽林。在終於降到山腳下之後，路徑分成了三條，中間那條通往阿拉贊。另外兩條分別通往柯拉里奧和索利塔斯。五英里寬的沖積海岸鋪展在大海與山腳之間，這裡是一片熱帶植物瘋狂生長的繁茂地帶。莽叢中的空隙也被居民東一下西一下地用香蕉、甘蔗和橘樹林給填滿了。餘下的地方被無度蔓延的野生植物覆蓋，成了猴、貘、豹、鱷魚、巨蜥和蟲豸的家園。沒有道路的區域被糾結的藤蔓和爬行動物完全占領，連樹蟒也無法通行。除非長了翅膀，否則，鮮少有活物能穿越危機四伏的紅樹沼澤。因此，逃亡者要想到達那片海岸，必得經由上述的三條路線之一。

「這事可別聲張，比利，」古德溫警告說，「可別讓執政黨知道總統已經出逃。我猜，鮑伯的消息目前在首都還沒有傳開。不然的話，他也用不著把這封電報搞得如此機密。不過話說回來，這樣的大新聞很快就會人盡皆知。我現在就去找薩瓦拉大夫，派一個人去路上切斷電報線。」

在古德溫站起來的時候，凱奧把帽子扔在門前的草地上，深深地歎了一口氣。

「有什麼問題嗎，比利？」古德溫停下來問道，「這還是我第一次聽到你歎氣呢。」

「也是最後一次，」凱奧說，「隨著這悲傷的一歎，我要將自己投進一種雖有損誠實，卻值得稱許的人生中去。與『母鵝』和『公鵝』那個偉大而快活的階層所獲得的機遇相比，錫版照相算什麼東西？並不是說我想當總統，法蘭克——他『拔的毛』太多了，我根本摸都摸不到——但某種程度上，我的良心傷害了我，它讓我沉迷於拍攝這個國家，而不是竊取這個國家。法蘭克，你見過總統閣下裹起來扛走的『那匹棉布』嗎？」

「伊莎貝爾．吉伯特？」古德溫笑著說，「沒，我沒見過。不過，我聽說過她的事，根據那些人的說法，我想，她是個只有目的、沒有立場的人。別多愁善感了，比利。有時候，我真懷疑你的祖先是不是有點愛爾蘭血統。」

「我也沒見過她，」凱奧繼續說著，「但人家說，和她一比，所有神話、雕像和小說所塑造的美女都失去了魅力，成了彩色石版畫；他們還說，只要她朝某個男人看上一眼，他就會變成猴子，爬到樹上為她摘椰子。想想吧，那位總統先生一隻手抓著天知道多少個十萬美元，另一隻手摟著這麼一個叫人神魂顛倒的女人，騎著一頭合意的騾子，沐浴在鳥語花香之中！而我比利·凱奧呢，因為正直、因為想踏實地生活，只得靠著這種無利可圖的騙術，把那些半人半猴的面孔印在錫版上面！老天真是不公平！」

「打起精神來，」古德溫說，「你是一隻嫉妒公鵝的可憐狐狸。說不定等我們搞垮了她那位尊貴的靠山之後，她會瞧得起你和你的錫版照相。」

「也可能正相反，」凱奧說，「她不會的。像她這樣的人，應該被擺在眾神的行列裡，而不是掛在錫版照相的畫廊裡。她本是個不安分的女人，那位總統先生真是好運。不過，我聽到克蘭西在後屋抱怨了，他可不願一個人做完所有的工作。」凱奧趕忙朝「畫廊」後面跑去，在全然忘我的情況下，快活得吹起了口哨，這說明他剛剛的那聲歎息並不是為了那位逃亡總統的好運氣。

古德溫從大街拐進了一條與其直角相交但狹窄得多的小路。

這些小路都被茂密的青草覆蓋，為了保證這些路能夠通行，警察的彎刀常被用來除草。

石子人行道比屋簷寬不了多少，沿著千篇一律的簡陋黏土房屋的地基向前伸展。一到村郊野外，這些小路就縮得看不見了；這裡有加勒比人以及比他們更窮的原住民用棕櫚葉做屋頂的茅屋，還有牙買加和西印度群島的黑人住的破房子。有少數幾棟比較高的建築——監獄的鐘樓，在那些平房的紅瓦屋頂中鶴立雞群。還有接待外國人的賓館，維蘇威水果公司代理商的住宅，伯納德·布蘭尼甘的商鋪兼住宅，一座哥倫布曾經踏足而今卻已荒棄的教堂，以及在所有建築物中最為壯觀的卡薩莫雷納飯店——安楚里亞總統用以避暑的「白宮」。在傍著海灘的主街上——這是柯拉里奧的百老匯大道——有一些大商店、國營酒坊、郵局、軍營、酒館和市場。

古德溫從伯納德·布蘭尼甘的房門前經過。這是一棟現代風格的木造建築，共有兩層。一樓是布蘭尼甘的商店，二樓用於生活起居。一道寬敞的涼廊圍著房屋，把外牆遮住了一半。一個漂亮活潑的女孩穿著迎風飄拂的潔白衣裳，倚著欄杆，朝下方的古德溫微笑。她的皮膚不像許多安達盧西亞的貴冑那樣黑，而是像熱帶的月亮一樣微微泛紅，閃閃發光。

「晚安，寶拉小姐。」古德溫摘下帽子說道，臉上露出得體的笑容。無論跟男人或是女人打招呼，他的態度都區別不大。在柯拉里奧，每個人都樂於接受這個美國大人物的問候。

「有什麼新聞嗎，古德溫先生？請別說沒有。天氣真熱，不是嗎？我覺得自己就像瑪莉安娜[16]，待在被壕溝包圍的莊園裡——或者，其實是待在蒸籠裡？——真夠熱的。」

「我這裡可沒有什麼值得一提的新聞，」古德溫說，眼中現出了頑皮的神氣，「除了老格迪，他的脾氣一天比一天壞了。如果再不來點新鮮事給他放鬆一下，我就沒法到他的後門廊去抽菸了——可是像那麼涼快的地方真找不到第二個了。」

「他的脾氣才不壞，」寶拉·布蘭尼甘衝口而出，「當他——」

她突然住嘴，臉變得通紅，把頭縮了回去，因為她的母親是個混血兒，將西班牙血統和與之伴生的害羞特質傳給了寶拉，作為一種點綴，裝飾著另外一半衝動的天性。

16 瑪莉安娜，莎士比亞喜劇《一報還一報》中的人物，與代理公爵安哲魯結婚，後遭其背叛、冷落，住在「被壕溝包圍的莊園裡」。

2 忘憂果與酒瓶

美國駐柯拉里奧的領事威拉德．格迪正慢條斯理地做他的年度報告。每天都要到這條令人豔羨的走廊來抽菸的古德溫晃進來了，見他如此專注於公事，又離開了，走之前嚴厲譴責了領事對客人的怠慢。

「我要投訴民眾服務部門，」古德溫說，「這真是個部門嗎？——也許只是一套空話吧。我從你這裡可沒得到什麼服務。你不跟我說話，連點喝的也不拿給我。你就用這種態度來代表你的政府嗎？」

古德溫又溜了出去，想到街對面的旅館看看能否把檢疫醫生拖到柯拉里奧唯一一張撞球桌去打撞球。攔截從首都來的逃亡者的計畫已經安排就緒，現在，遊戲已經準備好，只待他入場。

領事對他的報告很有興趣。他才二十四歲，待在柯拉里奧的時間還不夠久，還懷著一片未曾被熱帶的暑氣冷卻的熱忱——這句話看似是一個悖論，但在南北回歸線之間，是可以理解的。

成千上萬串香蕉，成千上萬顆橘子和椰子，那麼多盎司的金砂，那麼多磅的橡膠、咖啡、靛青和墨西哥菝葜——實際上，出口量比去年增加了百分之二十。

一陣心滿意足的顫抖漫過領事的身體。他想，在讀過他的報告之後，國務院或許會注意到——於是，他往椅背上一靠，笑了起來。他就快變得跟其他人一樣糟了。此刻，他忘記了柯拉里奧只不過是坐落在二等海沿岸的一個無足輕重的共和國裡的一個無足輕重的小鎮。他想起了檢疫醫生葛列格，此人訂閱了倫敦的《刺胳針》雜誌，一心盼著能發現自己寫給國內衛生部的關於黃熱病胚芽的報告被上面的文章引用。領事知道，他在美國的那些舊相識，五十個人裡恐怕也找不出一個聽說過柯拉里奧這個地方的人。他還知道，至少有兩個人會看到他的報告——國務院的某個基層員工，以及負責公文列印的排字工人。或許，那工人會注意到柯拉里奧的貿易增長，在酒桌上跟朋友順口提起。

他剛剛寫道：「最令人難以理解的是，為何美國的大出口商竟默許法國和德國的商家幾乎控制了這個富裕豐產的國家的全部貿易。」——此時他聽到了一艘輪船的汽笛訊號。

格迪擱下鋼筆，找到他的巴拿馬草帽和遮陽傘。聽到汽笛聲，他便知道是「瓦爾哈拉號」——一艘維蘇威公司用來運水果的貨輪。在柯拉里奧，從五歲的孩子開始，人人都能在聽過汽笛的訊號聲之後，報出靠岸船隻的名字。

領事在一條蜿蜒的林蔭道上漫步，朝著海灘走去。由於長期以這種方式行走，他可以精確估算時間，所以當他到達沙岸的時候，海關人員乘坐的小船正好從貨輪那裡划回來，按照安楚里亞的法律，他們已經上船檢查過了。

柯拉里奧沒有港口。像「瓦爾哈拉號」這樣吃水較深的船，只能在離岸一英里的地方下錨。如果船上裝載的是水果，只能用駁船和單桅貨船來轉運。索利塔斯有一個像樣的港口，可以見到各式各樣的船隻，但在柯拉里奧這片海域的錨地，除了運水果的船，幾乎沒有其他船隻停泊。偶爾有一條遠道而來的沿岸貿易船、一條由西班牙來的神祕的雙桅帆船，或是一條冒失的法國三桅帆船，在海面上停留幾天，看似人畜無害。這種時候，海關人員會加倍小心，嚴陣以待。到了夜裡，就會有一兩條形跡可疑的單桅船沿著海岸來回行駛；天一亮，就有人發現柯拉里奧的三星軒尼詩酒、葡萄酒和紡織品的庫存量大為增長。還有人說，在海關人員的紅條紋褲子口袋裡，叮噹響的銀幣也變多了，然而帳簿上的進口稅卻沒見有增加。

海關的小船和「瓦爾哈拉號」的筏子同時靠了岸。在它們停駐的淺灘和乾沙之間還有五碼寬翻滾的海浪。這時，幾個半裸的加勒比人跳進水中，去將「瓦爾哈拉號」的事務長和穿著棉布汗衫、藍底紅條紋褲子，戴著寬簷草帽的當地官員背了回來。

格迪在大學時代是個頂尖的一壘棒球手。只見他把陽傘收好，筆直地插進沙子裡，彎下腰，雙手扶著膝蓋。這艘輪船常帶報紙給領事，此時，事務長模仿投手的姿勢扭著身子，把用繩子捆好的重重一捲報紙拋給了他。格迪高高躍起，啪的一聲接住了報紙。在海灘閒逛的人——約占全鎮人口的三分之一——便一同歡呼喝彩。每個星期，他們都對投報紙和接報紙的表演翹首以盼，而且從未失望過。創新思維在柯拉里奧並不時興。

領事重又撐開傘，回領事館去了。

這位大國代表的家是一棟有兩個房間的木造建築，三面都被一條用木棍、竹竿和尼帕棕櫚樹，按原住民的方法建成的長廊圍了起來。其中一個房間是官署，陳設簡單實用，只有一張辦公桌、一張吊床和三把並不舒適的藤椅。牆上掛著被他代表的國家的第一任總統和現任總統的雕版畫像。另一個房間是領事的起居室。

十一點鐘，他從海灘回到了領事館，已是早飯時間。幫他做飯的加勒比女人昌卡正把餐點端到面海的走廊上——誰都知道這裡是柯拉里奧最涼爽的地方。早餐有魚翅湯、燉陸蟹、麵包果、煮鬣蜥肉排、鱷梨、現摘的鳳梨、紅葡萄酒和咖啡。

格迪坐下來，大模大樣、懶懶散散地展開他那捆報紙。在柯拉里奧，他會花上兩天，甚至更多時間閱覽大量的外間要聞，正像我們這些外間的人閱覽那些異想天開的描述火星人的偽科學論文一樣。等他讀完之後，這些報紙就會在鎮上說英語的居民之中輪流傳閱。

他順手拿起的第一張報紙是那種可以充當厚床墊的印刷品，某些紐約報刊的讀者在讀過報上的催眠文章之後，就會用這些報紙享受一場安息日的小睡。領事把報紙打開，放在桌上，再用一張椅子的靠背撐住它，然後就開始不慌不忙地享用他的早餐，時不時地翻一翻報紙，優閒地瞥一眼上面的內容。

不久，他被一幅照片上的某樣他熟悉的東西給吸引了——這張攝影作品占了半個版面，印得很糟，拍的是一艘輪船。他興致不高地湊近細瞧，想看清楚緊鄰著照片的那條貴氣十足的標題。

是啊，他沒看錯。是八百噸遊輪「伊達利亞號」，屬於「親善之王、金融巨頭、社交紅人、完美主義者J．沃德．托利弗」。

格迪慢慢地吮著他的黑咖啡，讀著這一欄的文字。下面列舉了托利弗先生名下的房產和證券的清單，描述了遊輪上的設施，最後才呈上一丁點沒比芥菜籽大的新聞：托利弗先生，連同一幫佳客，將於次日開始，在中南美洲沿海至巴哈馬群島之間進行為期六週的巡航旅行。這些貴賓中有來自諾福克的坎伯蘭．佩恩太太和伊達．佩恩小姐。

這位記者為了迎合他的讀者，以愚蠢的揣度為基礎，捏造了一齣頗合他們胃口的羅曼史。他有意把佩恩小姐和托利弗先生的名字擺在一起，直到幾乎讓人覺得他們之間正舉行一場結婚典禮。他欲說還休、恬不知恥地用一串「據傳」、「坊間傳聞」、「消息人士透露」，和「可想而知」編了個故事，並以一段賀辭作為結尾。

格迪吃過早餐，拿起報紙來到走廊邊，坐進他最喜歡的帆布椅，把腳搭在竹欄杆上。他點著一根雪茄，向大海望去。由於發現自己並未被讀到的新聞所困擾，他感到有些得意。他告訴自己，他已經戰勝了那陣促使他自願流放到這遙遠的清淨地來的苦厄。當然了，他永遠不能忘記伊達；但如今，想起她的時候，他已經不再痛苦了。當時他們產生了誤會、發生了爭吵，他出於衝動才謀得了這個領事的職位，只求將自己剝離她的世界，以此作為對她的報復。就這一初衷而言，他完全成功了。他已經在柯拉里奧生活了一年，他們之間沒有通過音訊，儘管他時不時地也會從仍與他保持聯絡的少數朋友那裡聽說關於她的總已滯後了的零星消息。知道她還未與托利弗或任何別的人結婚，他仍會難以自抑地感到慶幸。不過，托利弗顯然還沒有死心。

嗯，都過去了。現在，無論她嫁不嫁人、嫁給誰，對他來說都一樣。他已吃過了忘憂果。這個國度似乎永遠都處在下午，讓他快樂並且滿足。在美國度過的那些已逝歲月，只像是一個惱人的夢境。他希望伊達也像他一樣幸福。和邈遠的阿瓦隆[17]一樣怡人的氣候；無拘無束、周而復始、田園牧歌式的日子；生活在這群懶散浪漫的人中——這是一種充斥著音樂、鮮花和輕聲淺笑的生活；觸手可及的山與海，以及在熱帶白夜中蠢動的形形色色的愛情、魔幻和嫵媚——這一切給了他莫大的滿足。何況還有寶拉．布蘭尼甘。

格迪打算和寶拉結婚——當然了，如果她同意的話；他料想她一定會同意的。不知為何，他遲遲未向她求婚。有那麼幾次，他差點就開口了。但某種神祕的因由讓他始終未能踏出那一步。也許，他只是無意識而本能地確知，這樣一來，他與舊世界的最後一絲聯繫就將被切斷。

和寶拉在一起，他肯定會幸福。當地女孩鮮有能與她相比的。她在紐奧良的一所女修道院主辦的學校讀過兩年書；當她打算炫示才學的時候，誰也看不出她和諾福克或曼哈頓的女孩有什麼不同。然而，看到她有時在家中穿著雙肩外露、長袖飄拂的原住民服裝，那才真叫人心神蕩漾。

伯納德·布蘭尼甘是柯拉里奧的一位大商人。除了他的商鋪，他還豢養了一支騾隊，與內陸的城鄉保持著頻繁的貿易往來。他和一個有卡斯提亞貴族血統的當地女人結了婚，不過，從她的橄欖色臉頰上能看出一點印第安風情的褐色。像通常會發生的那樣，愛爾蘭和西班牙血統的嫁接，生發出罕有的美貌與靈動的新枝。他們的確都是好人，而且已經準備將他們那棟房子的頂層給格迪和寶拉使用，只待他下定決心表明心跡。

消磨了兩個鐘頭之後，領事看報看得累了。報紙都攤在走廊上，散落在他四周。他躺在那裡，恍惚間將眼前的一切認作了伊甸園。一叢香蕉樹在他和太陽之間架設了一道涼爽的屏障。從領事館到海邊的那條緩坡，被檸檬樹和橘子樹墨綠色的葉片所覆蓋，其間夾雜著如火如

17 阿瓦隆，凱爾特神話中的樂土，也被稱為「天佑之地」。

荼的繁花。環礁湖像一塊鋸齒形的黑水晶，嵌在陸地之中；湖上，一棵白色木棉樹的樹冠幾乎戳進了雲層。海灘上，迎風招展的椰子樹將悅目的綠葉伸向幾乎全然靜默的海面。他能知覺到在大片綠樹中閃耀的鮮紅和赭赤、水果和花朵的芳香，以及從瓠瓜樹下，昌卡的泥灶中飄出的炊煙；能感受到原住民女人在她們的茅屋中放聲大笑，知更鳥在啁啾歡歌，以及微風中的鹹味和拍岸的海浪在衰竭後漸弱的聲響——另外，還有一個侵入這片灰色海景的白點，它正逐漸變大。

他懶散地注視著這個模糊的存在一點點變得清晰，直到它成為向著海岸全速行駛的「伊達利亞號」。他仍舊保持原有的姿態，注視著那艘漂亮的白色遊輪，看著它迅速駛近，來到柯拉里奧對面。這時，他才坐直了身子，看著它從面前勻速駛過。把岸和船分隔開的是僅有一英里寬的海面。他看到了遊艇上晶亮的黃銅器件的反光，以及甲板上遮陽篷的條紋——看到的真不少，但也就這麼多了。「伊達利亞號」就像一艘舊式幻燈片裡的船，在領事的小世界裡照出一個透亮的圓，然後又從中穿了過去，離開了。如若不是海平線上還留有一點雲跡，它一定會被當作無形無質的假象，由他無所事事的頭腦憑空捏造而成。

格迪回到辦公室坐下來，繼續用他的年度報告來打發時間。如果他讀到報紙上的文章後可以無動於衷，那麼，「伊達利亞號」無聲地駛過當然也不能給他帶來震動。現狀令他平靜、安心，一切不確定因素都已排除。他知道，世人有時會抱有某種連自己都未曾意識到的期望。

現如今，既然她從兩千英里之外前來，卻連瞧也沒瞧他一眼就走了，那麼他對於過去的執著，哪怕是無意識的，也不再必要了。

晚飯後，當太陽落到群山背後的時候，格迪在椰子樹下的一小片海灘上散步。舒適的海風向岸邊吹拂，海面上泛起了陣陣微波。

隨著輕輕的一聲「啪」，一個小小的浪頭在沙上散開，把一件亮閃閃的圓形物體送上了岸，浪退的時候又把它捲了回去。下一波潮水才讓它擱淺在海灘上，格迪把它撿了起來。是一個無色的長頸玻璃酒瓶。軟木塞塞得很緊，跟瓶口齊平，外面用封蠟封住了。看起來，瓶子裡只裝了薄薄一張紙。紙被揉得不成樣子，應該是被硬塞進去的。封蠟上蓋了一個印章——可能出自一個圖章戒指，印的是姓名首字母的花押；可是，印章印得很倉促，無論怎麼精心辨認，也確定不了是什麼字母。伊達．佩恩總是戴著一枚圖章戒指，她的手上從不配其他的飾品。格迪覺得，他能大致看清楚那個熟悉的縮寫：「I P」；一股異樣的不安情緒攫住了他。與那艘他剛剛看過的必定載著她的船相比，這一有關她的提示更具有人性，尤其是，更具有她的個人性。他走回他的房子，把瓶子放在辦公桌上。

把帽子和上衣丟到一邊，點上燈——因為夜晚驟然擠走了短暫的黃昏——他開始研究自己從海裡撈上來的這件東西。

拿起瓶子湊到燈光底下，翻來覆去地仔細觀察，他看出瓶裡是一張堆滿了字的雙頁信紙；

而且，紙張的尺寸和顏色與伊達一向使用的那種完全相同；此外，他確信，筆跡也是她的。瓶子的玻璃品質不佳，扭曲了光線，讓他沒法看清楚寫在紙上的字；但某些大寫字母，他透過綜合判斷，可以確定出自伊達之手。

格迪放下瓶子，眼中多了混合著迷惑和樂趣的一點笑意，接著又拿出三根雪茄，一根接著一根擺在桌上。他把帆布躺椅從走廊搬進屋裡，舒舒服服地躺了下來。他打算一邊抽那三根雪茄，一邊思考這個問題。

因為這的確成問題。他幾乎希望自己從未發現這個酒瓶，但酒瓶分明就在這裡。為什麼它要從海上漂過來，從而帶給他這麼多煩心事，擾亂他的安寧？

在這片時間似乎過剩的如夢似幻的土地，他養成了對瑣碎小事也要再三省思的習慣。他開始異想天開地臆測這個瓶子的來歷，構想出許多種可能，然後又逐個推翻。

輪船若是遇險或遭難，有時會採用這種靠不住的辦法，將求救訊息拋出去。但不到三小時之前，他明明看到「伊達利亞號」安然無恙地快速駛過。莫非是水手叛變了，將乘客囚禁在甲板下面，這瓶裡裝的是一封呼救信！但假使這種不大可能的暴動確實成立，難道焦躁的俘虜竟能克服驚懼，小心翼翼地寫四頁紙來求救嗎？

就這樣，他很快淘汰了那些可能性不大的選項，之後，儘管他有些排斥，但只剩下一個不易推翻的想法：信是給他的。伊達知道他在柯拉里奧，她一定是看準了遊艇經過這裡，風又吹向岸上的時機，將瓶子拋進了海裡。

一旦得出這個結論，格迪就皺起了眉頭，嘴角也露出了倔強的神情。他坐著，望著門外在寂靜的街道上穿梭的大螢火蟲。

如果這是伊達給他的信，除了以之作為和解的前奏外，還能有什麼用意呢？如果確是這樣，那她又為什麼不採取安全的郵遞辦法，偏偏要用如此靠不住，甚至很輕率的通信方式呢？空瓶子裡裝紙條，然後丟進海裡！這其中有些輕佻又不莊重的意味，如果這還稱不上輕蔑的話。

這種想法傷了他的自尊，也壓制了所有被這個酒瓶喚起的舊情。

格迪穿上衣服，戴好帽子，走了出去。他沿著一條街，走到了小廣場旁邊，有一支樂隊正在演奏，路人在周圍閒蕩，看起來自在又無聊。一些烏黑的髮辮裡纏進了螢火蟲的女孩羞怯地匆匆走過，用害羞的討好目光偷瞧他。空氣中彌漫著茉莉花和橘子花的氣味，令人懶洋洋的，提不起勁。

領事在伯納德·布蘭尼甘的房子前面停下腳步。寶拉正躺在露臺的吊床上搖盪。她從床上坐了起來，就像一隻小鳥從窩裡探出身子。聽到格迪的聲音，她的臉頰泛起了潮紅。

看到她的一身裝扮，他立刻就被迷住了——一件帶褶邊的棉布裙配一件白色法蘭絨的小夾克，整潔而又美麗。他提議去散步，他們就朝山路上那口印第安人的古井走去。他們坐在井沿上，在那裡，格迪說出了一直想說又一直沒說的話。儘管他早就確信她不會拒絕他，但當她順從地給了圓滿而又甜蜜的答覆，他還是快樂得難以自已。眼下這女孩交給他的這顆心才裝滿了堅貞不渝的真愛，不會反覆無常，不會疑問重重，不會按世俗的標準挑三揀四。

那晚，當格迪在寶拉家門前與她吻別的時候，他感覺自己從未如此快活。「在這塊空幻的樂土，只需要活著、躺下」，對於他，就像對於許多水手一樣，這是最舒服的，從而也是最好的選擇。他的前途十分理想。他已經得到了一座沒有蛇的伊甸園。他的夏娃實實在在地屬於他，不受誘惑，因而更具誘惑。今晚，他決定好了，胸中充滿信心和安寧。

格迪走回了住處，一路吹著那首名叫〈燕子〉的最美好也最傷感的情歌。剛進門，他馴養的那隻猴子就從架子上跳了下來，吱吱尖叫。領事轉向他的辦公桌，想取一些在那裡擱了很久的堅果給牠。在一片昏暗之中，他的手觸到了那個瓶子。他嚇了一跳，彷彿摸到的是冰冷的滾圓蛇軀。

他忘了瓶子也在那裡。

點亮燈，餵過猴子之後，他非常慎重地點著一根雪茄，把瓶子抓在手裡，沿著小路向海邊走去。

空中一輪明月，將大海映得雪亮。就像每個晚上一樣，風在游移，現在正持續不斷地向海面吹去。

走到水邊，格迪用力將沒開過的瓶子遠遠地拋進海裡。有一會兒，它消失了，隨後又從水面彈起，跳得足有自身長度的兩倍那麼高。格迪靜靜地站著，看著它。月光很亮，他能看到它隨小小的浪頭上下顛簸，緩緩地退離岸邊，翻動著，閃著光。風將它送進了海裡。很快，它就變得像一粒微塵，只時不時地被隱約辨認出來；接著，連它的那點神祕也被更為廣大的海的神祕給吞沒了。格迪久久地站在海邊，抽著雪茄，凝望著水面。

「西蒙！喂，西蒙！快醒醒，西蒙！」海邊有一個響亮的聲音在大叫。

老西蒙．科魯茲是個混血兒，既是漁夫，也當走私犯，住在海邊的一座小屋裡。他剛瞇了會兒眼睛，就被吵醒了。

他蹬上鞋子，走了出去。「瓦爾哈拉號」的三副剛由一條小艇登岸，他是西蒙的老熟人了，另外還有三名水手也從那條水果船上下來了。

「快起來，西蒙，」三副喊道，「去找葛列格醫生、古德溫先生，或者任何一個格迪先生的朋友，盡快把他們帶到這裡來。」

「老天保佑，」西蒙睡眼惺忪地說，「格迪先生沒出什麼事吧？」

「他在那塊油布下面，」三副指了指小艇，說道，「被淹了個半死。我們在輪船上看到他在離岸一公里遠的海裡，瘋了似的游向一個浮在水面上、越漂越遠的瓶子。我們放下小艇，朝他划過去。眼看就要碰到瓶子的時候，他體力不支，沉了下去。我們把他拉上小艇，也許還來得及救他一命；不過，只有醫生說的才算數。」

「一個瓶子？」老人揉了揉眼睛，說道。他還沒完全醒過來。「瓶子在哪裡？」

「在那後面的某個地方漂著，」三副用拇指朝海的方向隨便一點，說道，「趕快去吧，西蒙。」

3 史密斯

古德溫和那位熱心的愛國者薩瓦拉，採取了他們所能設想的一切手段，防止米拉弗洛雷斯總統和他的同伴逃脫。他們派遣可靠的信使沿海岸北上索利塔斯和阿拉贊，警告當地領袖，通報總統在逃的消息，讓他們在海岸線巡邏，一旦逃亡者在這些區域現身，要不惜一切代價逮捕他們。做過這些準備以後，只需密切注意柯拉里奧周邊就可以了，然後就等著獵物自己送上門吧。網已經布好了。能走的路就那麼幾條，乘船的機會也不多，就兩三個可能出海的地方，都已嚴密布控，如果這麼大的一支隊伍，攜帶了這麼多本國的尊嚴、浪漫和財產，還能從網眼裡鑽出去，那才真是怪事。毫無疑問，總統會盡可能祕密地行動，想辦法在海邊某個不為人知的所在，悄悄地登船離開。

在古德溫收到恩格爾哈特的電報之後的第四天，「卡爾賽芬號」、一艘挪威輪船，被紐奧良的水果商租下，在汽笛嘶啞地嗚了三聲之後，靠著柯拉里奧的海岸下了錨。「卡爾賽芬號」不是維蘇威水果公司旗下的運輸船。它更像是一個業餘愛好者，為那些次要的、還不夠格與維蘇威競爭的小公司打打零工。「卡爾賽芬號」的動向完全視市場的狀況而定。有時，它規律地往來於西班牙美洲殖民地和紐奧良之間，運輸時令水果；有時，隨著水果供需關係的變化，它會打破常規，駛往摩比港、查理斯頓，甚或遠至紐約的北方地區。

古德溫在沙灘上閒逛，周遭聚著一群照常來湊熱鬧、看輪船的閒人。目前，米拉弗洛雷斯總統隨時可能到達被他拋棄的這個國家的邊境，必須嚴密地、不間斷地巡視。每一條駛近海岸的船隻都被當作可能助逃亡者脫身的工具；甚至由柯拉里奧本地出海捕魚的單桅船和平底船也都有眼線盯著。古德溫和薩瓦拉不著痕跡地到處走動，查看是否還有漏洞。

海關官員鄭重其事地擠上小船，朝「卡爾賽芬號」划去。一條小艇從輪船上下來，把帶著相關文件的事務長送上岸，又把帶著綠色陽傘和體溫計的檢疫醫生送上船。接著，一大群加勒比人開始把堆在岸邊的成千上萬串香蕉裝上駁船，再划著駁船去輪船那邊。「卡爾賽芬號」沒有乘客需要清點，檢查手續很快就辦妥了。事務長宣稱輪船要連夜裝完水果，第二天一早就起錨。他說「卡爾賽芬號」是從紐約開過來的，之前剛剛將一批橘子和椰子運到那裡的港口。有兩三條單桅貨船受雇幫工，因為船長心急如焚，唯恐不能及時趕回，趁美國鬧水果荒的時機大賺一筆。

大約下午四點，跟在不祥的「伊達利亞號」之後，另外一頭「海怪」也現身於這片對其並不熟悉的海域——一艘優雅的蒸汽遊艇，被漆成淺黃色，像鋼板雕刻畫一樣輪廓分明。這艘美麗的船在近海徘徊，起伏於浪濤之間，輕飄飄的，好似雨桶中的一隻鴨子。一名穿制服的水手划著一條小艇，迅速到達岸邊，一個矮壯敦實的男人跳上了沙灘。

新來的客人環顧眼前一大群龍蛇混雜的安楚里亞原住民，看似有些不以為然，緊接著就朝在場者中最為引人注目的古德溫先生走去。古德溫則彬彬有禮地對他表示問候。

在交談中，剛剛登陸的這位透露自己名叫史密斯，從一艘遊艇上來。這番介紹實在毫無必要，因為遊艇再顯眼不過，而且「史密斯」也不是什麼必須由本人揭曉，否則便無從推測的姓氏。但在見多識廣的古德溫看來，史密斯和他的遊艇並不相稱。這人看來呆頭呆腦，長著一雙斜視的死魚眼，留著酒保才會留的那種小鬍子。而且，如果不是在下船之前換過著裝的話，他這身裝束——珠灰色窄邊帽配上花格子外衣和雜耍藝人戴的領結——對這艘端莊的遊艇來說，簡直是侮辱。消費得起遊艇的人，通常也有配得上遊艇的氣質。

史密斯看起來是個買賣人，但不太能言善道。他點評了這裡的景色，說它和地理書上的圖片完全相符；接著就問起美國領事館的位置。古德溫把掛在小領事館上面、恰好被橘子樹擋住的星條旗指給他看。

「領事格迪先生一定在，」古德溫說，「幾天前他在海裡游泳，差點淹死。醫生吩咐他在家裡待段時間。」

史密斯朝領事館走去，用腳在沙灘上犁出了一條新路。他那身七拼八湊的浮誇打扮與熱帶溫馴的藍綠色調格格不入。

格迪有氣無力地躺在吊床上，臉色蒼白，神態疲憊。那天晚上，「瓦爾哈拉號」的小艇在他眼看就要淹死的時候把他救上岸，葛列格醫生和其他幾個他的朋友努力了幾個鐘頭才為他保住最後一點生命的火苗。那個瓶子，連同失效的信件，都在大海裡失去了蹤跡，而它所引發的那個問題被弱化為一道簡單的加法題——按算術法則，一加一得二；按愛情法則，得出的還是一。

有一個古老的奇談怪論，說人可以擁有兩個靈魂——一個是周邊靈魂，用於日常事務；另一個是中心靈魂，只在特定條件下，才會被啟動，一旦轉動起來就會活力四射。在周邊靈魂的支配下，一個人會刮鬍子、投票、納稅、賺錢養家、訂購書籍，能按部就班地做事。然而，一旦讓中心靈魂取得支配地位，眨眼之間，他就可能和知心好友翻臉，口出惡言；在你打個響指的功夫，他就可能轉換政治立場；他可能會死命地羞辱最親密的朋友，可能把對方丟在修道院或者舞廳裡；他可能私奔，也可能上吊——搞不好他還會寫歌或者作詩，或者主動親吻他的妻子，還可能設立一項基金用於微生物研究。之後，周邊靈魂又回來了，他又變得安全穩重，又成為我們的好公民了。這只是自由意志對規則的反叛；它的效果僅限於搖撼那些分心的原子，好讓它們各歸其位。

格迪的突變並不劇烈——只不過是在夏日的海洋中游泳，追逐像一個漂流瓶這麼可笑的東西。現在，他又恢復如常了。一封請辭領事職位的信件，已經擺在桌上，只待郵寄給政府了，一旦有位新的領事前來就職，他就可以脫身了。因為伯納德．布蘭尼甘做事一向直接、徹底，他要格迪立刻跟他合夥，進入他那些利潤可觀、種類龐雜的生意領域；而寶拉正幸福地籌畫著重新裝修和布置布蘭尼甘家頂樓的房間。

看到這個惹眼的陌生人出現在門前，領事從吊床上爬了起來。

「躺好吧，老兄，」訪客揮動著一隻大手，說道，「我叫史密斯，從一艘遊艇上來。你就是領事吧？一個冷靜的大個子在海灘那裡給我指的路。我覺得自己應該向國旗致敬。」

「請坐，」格迪說，「一看到你的船，我就被它吸引住了。真像一艘快帆船。它的噸位多大？」

「我哪曉得！」史密斯說，「我不知道它有多重。不過，它開起來穩得很。『漫步者號』——這是它的名字——絕不比任何海上的東西跑得慢。我是第一次乘坐這條船。我想好好地看看這條海岸線，瞭解一下這些出產橡膠、辣椒和革命的國家到底是怎麼回事。沒想到，這裡的景色這麼棒。就連中央公園也沒法跟這一帶相比。我從紐約來的。這裡有猴子、椰子和鸚鵡——對嗎？」

「這些我們都有，」格迪說，「我非常確定，我們的動植物比中央公園更加可觀。」

「很有可能，」史密斯愉快地表示同意，「可惜我還沒看到。不過我想，談起動植物的話題，我肯定說不過你。來這裡旅行的人並不多，對嗎？」

「旅行？」領事問，「我想你指的是坐船經過的乘客。不，很少有人在柯拉里奧登岸。有時會有一兩個投資者——觀光客一般會繼續下行，去更大一點的港口城鎮。」

「我看到有一艘船正在那邊裝香蕉，」史密斯說，「有沒有乘客從船上下來？」

「是『卡爾賽芬號』，」領事說，「一艘跑長途運輸的水果船——我記得，它最近剛去過紐約。沒，它沒有載客。我看到它的小艇到岸上來了，沒有帶客人。我們這裡唯一有趣的娛樂項目就是看輪船；要是某艘船上下來一個乘客，通常會吸引全鎮的人出來圍觀。如果你打算在柯拉里奧停留一陣，史密斯先生，我很樂意帶你轉轉，見幾個人。這裡有幾個美國人值得認識一下，另外還有一些本地的有錢人。」

「謝了，」遊艇來客說，「但我不想給你添麻煩。我滿想見見你說的這些人，但我恐怕不能在這裡待很久，沒法一一拜訪了。海灘上那位冷靜的先生說起過一位醫生，你能告訴我在哪裡能找到他嗎？『漫步者號』行駛起來可沒法像百老匯大道上的旅館那麼平穩；時不時就有人暈船。我突然想到，可以找醫生討些小糖丸，有需要的時候就能派上用場了。」

「在旅館裡一定能找到葛列格醫生，」領事說，「到門口你就能看到它——就是那棟有陽臺的兩層樓房，那幾棵橘子樹旁邊。」

外賓旅館是一家死氣沉沉的旅館，生人或熟客都極少。它坐落在聖墓街的轉角，一片低矮的橘子樹在一邊緊鄰著它，一道高個子能輕易跨過的石牆把它圍在裡面。房子是用土磚砌成的，刷過石灰，但已被海風和太陽塗得斑駁陸離。樓上陽臺正中開了一扇門，還有兩扇以闊百葉窗代替框格的窗戶。

一樓有兩扇門通向狹窄的石頭人行道。整層都是老闆娘蒂莫提．奧娣斯太太的酒館。在小小的吧臺後面，擺著白蘭地、茴香酒、蘇格蘭煙霧威士忌，以及廉價葡萄酒的酒瓶，都蒙上了一層厚厚的灰塵，有些上面能看到不常光顧的客人留下的零星指印。二樓有四、五間客房，難得被用在既定的用途上。偶爾有果農騎著馬，從種植園來鎮上，找代理商量事情，就會在陰鬱的二樓度過一個淒涼的夜晚；有時，也會有本地的小官上門，專為辦些雞毛蒜皮的公務，遇上老闆娘陰森森的招待，派頭和官威都被嚇跑了。但其實，老闆娘只是心滿意足地坐在吧臺後面，從不向命運抱怨。如果有人要吃、喝或是住店，只要來了，她就接待。這樣很好。如果他們不來，好吧，那就不來。這也不賴。

當那位不尋常的遊艇乘客沿著聖墓街坎坷的人行道走過來的時候，那家衰敗的旅館唯一的長期住客正坐在門口，享受海風的輕拂。

檢疫醫生葛列格是一個五六十歲的男人，長著紅潤的臉龐，以及從托彼卡到火地島之間最長的一把鬍鬚。他的職位是由美國南方某州一座港口城市的衛生局任命的。那座城市畏懼所有南部港口的古老敵人——黃熱病，葛列格醫生的職責就是檢查從柯拉里奧開出的一切船隻的船員和乘客，排查初步症狀。任務很輕，而薪水，對於柯拉里奧的居民來說，卻相當豐厚。空閒的時間很多，這位好醫生又在沿海居民之中大肆開展私人業務，以提高收入。事實上，他懂得的西班牙語不超過十個詞，卻沒遇到什麼障礙；畢竟，也不是非得語言學家才能把脈和收費。再補充說明一點，醫生有一個關於穿孔手術的故事，從沒有人肯聽他講完；此外，他相信白蘭地能預防百病。有關葛列格大夫，值得一提的事就這麼多，再找不到其他有趣之處了。

醫生把椅子搬到人行道旁邊。他赤著上身，背靠著牆，一邊抽菸一邊捋他的鬍鬚。看到穿得奇奇怪怪、五顏六色的史密斯，他那雙淡藍色的眼中閃過一絲訝異。

「你就是葛列格醫生，對嗎？」史密斯摸了摸領結上的狗頭別針，說道，「治安官——我是說領事，告訴我你在這間客棧混。我叫史密斯，坐遊艇來的。想到處逛逛，看看猴子和鳳梨樹。進來喝杯酒吧，醫生。這家咖啡館看起來真夠冷清的，不過我想，總能找到些喝的東西。」

「我跟你去，先生，給我來點白蘭地就好，」葛列格醫生立刻站起來說道，「我發現，這樣的天氣，喝一點白蘭地預防疾病幾乎是必須的。」

他們剛想走進酒館，一個光著腳的原住民就悄無聲息地走過來，用西班牙語跟醫生說了些什麼。他穿著棉布襯衫和破破爛爛的亞麻布褲子，繫了皮帶；皮膚是黃褐色的，像熟過頭的檸檬。他的臉像野獸，有活力，很機警，但似乎不怎麼聰明。這人激動又嚴肅地講了一大堆，可惜所有的話都白說了。

葛列格醫生給他把了把脈。

「你病了嗎？」他問。

「我老婆病了，在家裡。」那人說，想方設法以對他開放的唯一語言將這個消息傳達出去：他的妻子在她的棕櫚屋裡病倒了。

醫生從褲袋裡掏出一把填充了白色粉末的膠囊，數出十顆，放進原住民的手裡，然後一本正經地舉起食指。

「每兩個鐘頭，」醫生說，「吃一顆。」於是，他又舉起兩根手指，在原住民面前晃了晃，以示強調。接著，他取出懷錶，用手指在錶盤上畫了兩圈，之後，又把兩根手指舉到病人的鼻子前面。「兩個——兩個——兩個鐘頭。」醫生重複道。

「是，先生。」那原住民悲傷地說。

他從自己口袋裡掏出一個不值錢的銀錶，擱在醫生手上。「另一個錶，」他竭盡所能，以自己所掌握的極少一點英語艱難地說道，「我拿來，明天。」然後拿著他的膠囊垂頭喪氣地走了。

「一個非常愚昧的種族，先生，」醫生一邊說，一邊把錶放進口袋，「他好像弄錯了，把我說的服藥時間當成診療費了。不過，那也沒什麼。反正他欠我的。很可能，他不會送另一個錶來了。可別把他們答應你的話當真。現在去喝酒吧？你怎麼來柯拉里奧的，史密斯先生？除了『卡爾賽芬號』，這幾天，我不知道還有別的船到這裡來的。」

兩人靠著冷冷清清的吧臺，不等醫生吩咐，老闆娘就拿出了一個酒瓶。那上面可沒有灰塵。

兩杯酒下肚之後，史密斯說：「你說『卡爾賽芬號』沒有載客是嗎？你能確定嗎，醫生？但我聽到海灘上有人說，好像有一兩個乘客上岸來了。」

「他們搞錯了，先生。按照慣例，我親自上船，給船上的每個人都做了醫學檢查。『卡爾賽芬號』一裝好香蕉就要啟航了，大概在明天一大早，今天下午的時候，所有的手續就都辦好了。沒有乘客，先生，一個也沒有。喜歡這種三星白蘭地嗎？一個月以前，一艘法國縱帆船送來的，用單桅船裝了兩趟才運完。我用我的帽子打賭，偉大的安楚里亞共和國沒從裡面撈到一丁點進口稅。如果你不想喝了，我們就出去坐一會兒，乘乘涼。我們這些被流放的人難得有機會跟外面世界來的客人聊天。」

醫生為他的新朋友搬來另一把椅子，也放在人行道旁邊。兩人都坐下了。

「你是見過世面的人，」葛列格大夫說，「到過不少地方，經過不少風浪。你在倫理，而且無疑的，在公道、才能以及職業道德方面的判斷肯定很有價值。有個病例，我希望你能聽一下，我認為它在醫學史上是獨一無二的。

「大約九年以前，我在家鄉行醫的時候，被人請去診治一個顱骨挫傷的患者。我診斷出有一片碎骨壓迫了腦部，需要施行一種叫穿孔術的外科手術。不過，因為病人是個有財有勢的紳士，我就請了別的醫生來會診，那是……」

史密斯站了起來，溫柔並充滿歉意地把一隻手放在醫生的襯衫袖子上。

「你看啊，大夫，」他嚴肅地說，「我很想聽這個故事。你勾起了我的興致，我可不想錯過剩下的部分。只聽開頭，就能想像它有多精彩；如果你同意的話，下次巴奈．奧弗林協會舉行會議的時候，我想講給全體會員聽。不過，我得先去處理一兩件小事。如果能及時處理好，我就回來，在上床睡覺以前，聽你講完下面的故事——這樣行嗎？」

「只管去吧，」醫生說，「辦完事再回來。我會等你的。你知道，會診的時候，名氣最大的醫生認為這是血栓，另一個說是膿腫，但我——」

「先別告訴我，大夫。別糟蹋了這個故事。等我回來。我要從頭到尾聽完它，你說好嗎？」

群山聳起龐大的肩，迎向在天邊疾馳、載著阿波羅歸家的神駒。在礁湖上、在香蕉樹的陰影裡、在大藍蟹爬上地面開始夜巡的紅樹沼澤，白晝相繼逝去。最後，連最高的山巔也變得黯淡。緊接著，短暫的黃昏像飛蛾一樣倏忽而過；南十字星座用生在頭頂的一隻眼睛窺視一排棕櫚，螢火蟲點燃牠們的火炬，預告夜晚正以溫柔的步伐悄然來臨。

「卡爾賽芬號」停泊在海面上，扯著錨鏈輕輕搖晃，船上的燈火將閃爍的矛尖狀光芒刺入深不可測的海洋。那群加勒比人正忙碌著，將岸上堆積如山的水果搬到大駁船上，滿載之後再運過來，裝上船。

在沙灘上，史密斯背靠棕櫚樹，靜坐等待，被地上的許多雪茄菸頭環繞著，銳利的目光緊盯著輪船的方向，從未放鬆過。

這個不太對勁的遊艇客人將全副心神都貫注在這條無辜的水果船上。已經有兩個人向他保證，沒有搭這條船到柯拉里奧來的乘客。但他完全沒有一個遠遊者的散漫，仍然堅持要以自己的眼睛對已經得出的判決提出上訴。他怪模怪樣地蹲在椰子樹底下，就像一隻花花綠綠的蜥蜴，用與爬行動物一般無二的、小珠子般滴溜打轉的眼睛密切監視著「卡爾賽芬號」。

遊艇上的一條白色舢板被拖下來，放在白色沙灘上，由一個白衣水手守著。不遠處，與海岸平行的大街上，另外三名水手在一家酒館裡圍著柯拉里奧唯一一張撞球桌，拄著球杆，大搖大擺地挪著步子。舢板就擺在那裡，彷彿正在待命，隨時可能物盡其用。空氣中飄浮著一種有所期盼、等待有事發生的暗示，這對於柯拉里奧而言，是一種舶來品。

史密斯就像某些羽翼光鮮的過路鳥，在這片棕櫚海岸一晃而過，只暫停片刻，整理一下羽毛，之後就無聲地展翅飛走了。晨光初現之時，史密斯就不見了，原本等在那裡的舢板也不見了，遊艇也從海面上消失了。史密斯離開了，並沒有留下有關他的任務的線索，那一晚，在柯拉里奧的海灘上，也找不到足跡能顯示他的祕密使命將他引去了哪裡。他來了，在馬路上和酒館裡說了一番奇怪的黑話，又在椰子樹下坐了一會兒，然後就失蹤了。第二天早上的柯拉里奧，少了一個史密斯，大家吃著油炸車前草，說著：「那個穿得跟一幅畫似的男人自己走掉了。」這個插曲隨午睡一起過去，在呵欠中成了歷史。

所以，史密斯要暫時退到布幕背後去了。他不再來柯拉里奧了，也不再見葛列格醫生了。醫生還在那裡枯坐著，搖晃著過於茂盛的長鬚，等著以關於穿孔術和嫉妒的動人傳奇來充實不告而別的聽眾的心。

不過，幸運的是，散落在風中的篇章還會變得清晰，史密斯還會飄回到我們之中。他會及時前來告訴我們，那天晚上，他為什麼在棕櫚樹的周遭丟下那麼多雪茄菸頭。他必須這麼做，因為他在黎明前乘著「漫步者號」遊艇離開的時候，把一個謎語的謎底也帶走了，那謎語如此巨大荒謬，以至於在安楚里亞幾乎沒人敢冒險提起它。

4 抓捕

在沿海地帶攔截逃亡的米拉弗洛雷斯總統和他的伴侶的計畫，看來是萬無一失了。薩瓦拉大夫親自去了阿拉贊港口，在那裡建了一個崗哨。柯拉里奧內部由自由主義愛國者瓦拉斯嚴密看守，絕對靠得住。古德溫自己則負責柯拉里奧的周邊區域。

總統出逃的消息已被封鎖，除了那個有篡權野心的政黨的可靠成員，在沿海城鎮沒人知道此事。薩瓦拉派出的密探遠赴山區，切斷了將聖馬提奧和海岸連通的電報線。在線路被修復、從首都傳出的隻言片語被接收之前，逃亡者早就到海邊了，是逃走還是被捕的問題，也該有了答案。

古德溫安排了武裝哨兵，在以柯拉里奧為中心的兩英里海岸線上，每隔一小段就有一人駐守。他們受命整夜密切監視，以防讓米拉弗洛雷斯透過在海邊偶然找到的小艇或單桅船暗地裡登船逃脫。十來個人在柯拉里奧的街道上巡邏，曠職的高官不知會不會在那裡出現，他們隨時都要做好攔截的準備。

經過一再確認，古德溫深信所有防範措施都已十分到位。他在那些有著響亮的名稱，實際上不但狹窄，還被野草覆蓋的小道上來來去去，親力親為，幫著執行鮑伯．恩格爾哈特交託給他的守夜任務。

鎮上又開始了這一輪不瘟不火的夜間娛樂。幾名優閒的公子哥兒，裹著白色帆布衣，繫著飄飛的領帶，揮著細長的竹杖，涉過野草叢生的小路，向他們愛慕的小姐家走去。音樂藝術的追求者在門邊和窗前孜孜不倦地拉著哀怨的風琴，或者彈著悲傷的吉他。偶爾有一兩個士兵從營房出來，戴著軟塌塌的草帽，不穿上衣也不穿鞋子，一隻手拄著長矛似的步槍，匆匆走過。巨型樹蛙在每一簇綠葉間發出響亮又嘈雜的鳴叫聲。在更遠處，小徑在莽叢的邊緣枯萎了，攔路的狒狒扯著嗓門大吼，鱷魚在黑暗的河口連聲咳嗽，震碎了森林中虛無的寂靜。

才到十點，街上就空空蕩蕩的了。原先有許多燃著的油燈，被隨意地擺在各個街角，散發著病懨懨的黃光，這時候已經被某些節儉的市政人員給熄滅了。柯拉里奧睡著了，安靜地躺在正壓迫它的群山和正侵蝕它的大海之間，像一個被盜的嬰兒，蜷在人口販子的懷裡。在熱帶的暗夜中，曾身居高位的冒險家攜著他的伴侶，逃向陸地的邊界，也許已經行進到這片沖積平原深處的某個地方。這場「早晨的狐狸」遊戲很快就要結束了。

古德溫從容地邁著步子，走過長長一列低矮的營房，安楚里亞部隊駐柯拉里奧的分遣隊在裡面酣睡，赤裸的腳趾指向天空。這裡有條法律，規定公民不得在九點之後走近這座軍事大本營的指揮部，但古德溫總是忘記這些次要的條例。

「是誰？」哨兵喊道，吃力地抬起他那杆笨重的毛瑟槍。

「美國人。」古德溫吼了一聲，沒有回頭，也沒有停步，就走過去了。

他先向右轉，再向左轉，沿著通往國家廣場的街道一路走去。在能把雪茄菸頭扔到聖墓街街口的位置，他突然在路中間站住了。

他看到一個高個男人的身影，穿著一身黑衣，拎著一個大手提箱，急匆匆地沿著巷子往海灘的方向走去。古德溫又掃了一眼，就看到還有一個女人，在另外一側挨著男人的肘邊，看起來即使不是攙扶著，也是在催促著她的同伴，兩人一起，迅速而安靜地前進。他們不是柯拉里奧人，兩個都不是。

古德溫加快腳步，跟了上去，但沒有採用探子打心眼裡喜愛的那些狡猾的策略。這個美國人太豪放了，完全忘記了探子的本能。作為安楚里亞人民的代言人，要不是考慮到政治原因，他當場就會要他們還錢。他的政黨已做好打算，保住這筆岌岌可危的款子，把它歸還國庫，然後在不須流血、不遇抵抗的情況下宣布接掌政權。

那對男女在外賓旅館的門前停了下來，男人不耐煩地敲打木門，一看就不是一個習慣等在門外的人。老闆娘過了好久才有反應；不過，片刻之後她就提著燈出現了，門開了，客人進屋了。

古德溫站在靜謐的街上，又點了一根雪茄。過了不到兩分鐘，旅館二樓，一道微弱的燈光亮起，透過百葉窗的板條間隙滲了出來。「他們住下了，」古德溫自言自語，「那麼，他們登船出海的事情還沒有安排好。」

這時，一個叫埃斯特班·德爾加多的理髮師朝這邊走過來，他是任何現存政府的敵人，是個反對一切停滯狀態的快活的陰謀家。這傢伙是柯拉里奧最愛惹是生非的人之一，經常在外面混到夜裡十一點。他是個忠誠的自由黨人；他把古德溫當作黨內兄弟，以誇張的鄭重其事跟他打招呼。不過，他確實有重要的事情要說。

「你猜怎麼了，堂法蘭克！」他以叛徒的常用語氣叫道，「今晚我幫人剃鬍子了——你們說這叫絡腮鬍，不過，你想想！這可是長在本國總統臉上的絡腮鬍啊！是他叫我去的。他在一個老太婆的破屋子裡等我——一座非常小的房子，周圍一片漆黑。我的天！總統先生竟然把自己搞得跟見不得光似的！我想，他不願意被人認出來——可是，去他的吧！你幫一個人剃鬍子的時候能不看他的臉嗎？他給我這塊金幣，要我一定不要聲張。我覺得，堂法蘭克，照你們的說法：這裡面一定有蹊蹺。」

「你以前見過米拉弗洛雷斯總統？」古德溫問。

「就一次，」埃斯特班回答，「他個子很高，留著又黑又濃密的絡腮鬍子。」

「在你幫他剃鬍子的時候還有其他人在場嗎？」

「一個印第安老太婆，那屋子就是她的，還有一位小姐——多麼漂亮的女人啊！——哦，天啊！」

「很好，埃斯特班，」古德溫說，「真是走運啊，碰上你帶來這麼一條理髮見聞。新政府會為此記住你的。」

之後他簡單地跟理髮師交代了幾句，讓他知道國家所面臨的這場危機已經到了緊要關頭，吩咐他待在外面，看守旅館朝向街道的兩側，觀察是否有人想從門或窗戶出去。古德溫自己則走向來客進入的那扇門，打開它，走了進去。

「啊！是古德溫先生。難得見您賞臉光顧我這間寒酸的小店啊。」

「以後我得多來幾趟，」古德溫帶著古德溫式的微笑說道，「我聽說北至貝里斯，南至里約，這一大片地區裡，你的白蘭地是最好的。拿一瓶出來吧，夫人，咱們每人來一杯，驗證一下吧。」

「我的酒，」老闆娘驕傲地說，「是最好的。它是在那些美不勝收的瓶子裡，也就是說，是在香蕉樹之間的隱祕地帶生長出來的。是的，先生。只有到了半夜，水手才能把香蕉摘下來帶走，在天亮之前，送到你家的後門去。好酒，是一種很難採的水果，先生。」

在柯拉里奧，貿易的生命力主要來自走私，而不是競爭。做成了一筆漂亮買賣之後，有人就會懷著自負，俏皮地提起它。

「今晚有客人住在你這裡。」古德溫說著，把一塊銀幣放在了櫃檯上。

「有啊，」老闆娘邊說邊數出要找的零錢，「有兩位，但才剛到沒一會兒。一位是先生，年紀不算老，另一位是極其漂亮的小姐。他們已經到樓上的房間去了，不要吃的，也不要喝的。兩個房間——九號房和十號房。」

「我與那位先生和那位女士，」古德溫說，「有要事相商。你可以讓我去見見他們嗎？」

「沒問題，」老闆娘輕輕地歎了口氣，說道，「為什麼不讓古德溫先生上去找他的朋友談事？當然可以。九號房和十號房。」

古德溫把手伸進衣服口袋，解開他隨身帶著的左輪手槍的槍套，登上了又陡又暗的樓梯。在樓上的走道裡，一盞吊燈的紅光幫他認清了華而不實的門牌。他扳動九號房的門把手，走進去，然後關上了身後的門。

如果在這間陳設簡陋的房間裡，坐在桌邊的人確實是伊莎貝爾·吉伯特的話，傳聞對於她的美貌實在有欠公道。她用一隻手撐著腦袋，身形的每一根線條都顯示出極度的疲勞；面容寫滿了深深的困惑。她的眼珠是灰色的，似乎所有著名的「紅心女王的魔力珠子」都是用這個模具製造的。眼白異常清澈明亮，沉重的眼皮垂下來，遮住了瞳仁，只露出下面的一道雪白的線。這樣的眼睛代表高貴、活力，另外，如果你能設想的話，還有一種最慷慨的自私。這個美國人進來的時候，她抬頭看著他，神情有驚訝和詢問的意味，但並不慌張。

古德溫摘掉帽子，坐在了桌子的一個角上，表現出他特有的從容和輕鬆。他的指間夾著一根點著的雪茄。之所以如此不見外，只因他確信多餘的客套對於吉伯特小姐絕對無效。他瞭解她的過去，知道慣例在她的人生舞臺上只能扮演小角色。

「晚安，」他說，「現在，女士，讓我們馬上進入正題吧。你會注意到，我不點出那個名字，但我知道誰在隔壁房間裡，也知道他帶著的行李箱裡裝了什麼。我就是為了這件東西才來的。我命令你們交出來。」

女人坐著不動，也沒有答話，只是凝視著古德溫手裡的雪茄。

「我們，」發號施令的人沉思著，望著自己整潔的鹿皮鞋子，雙腳輕輕搖晃著說道，「我代表絕大多數人民——要求歸還屬於他們的那筆被盜的款項。除此之外，我們沒有提更多的條件。這些人很單純。作為群眾共同推舉的代言人，我承諾，只要他們的要求得以滿足，我們就絕不再打擾你們。交出這筆錢，你和你的同伴就會被放行，想去哪裡都可以。事實上，你們可以選擇任何出航的船，我們能幫你們弄到通行許可。我個人還想對十號房裡的先生表達敬意，他在女性魅力的鑒賞方面水準太高了。」

古德溫把雪茄放回嘴裡，打量著她，看到她的眼睛跟著雪茄轉動，並且冷冷地盯著它，意味深長且十分專注。很明顯，他說的話，她一個字也沒聽進去。他明白了，就把雪茄丟出窗外，然後笑了起來，從桌上滑下來站在地上。

「這才像話，」這位女士說，「這樣我才有可能聽你說。為了學習第二節禮貌課程，你現在不妨告訴我，侮辱我的人是誰。」

「對不起，」古德溫用一隻手撐著桌子，說道，「我的時間不多，沒空修習禮儀學科。好了。現在，請你好好考慮一下。你能想明白怎樣才對你有利，你自己的過去就很說明問題，從中能找出不止一個實例。你無疑很聰明，眼下就有個時機能讓你運用你的聰明。一切都是明擺著的。我是法蘭克·古德溫，我是為了那筆錢來的。我碰巧進了這個房間，如果我走進的是另一間的話，我早就得手了。你還想我說得再明白點嗎？十號房裡的先生有負大家的重託。他從他的人民那裡劫走了一筆鉅款，而我呢，就是來為他們挽回損失的。我不明說那位先生是誰；不過，如果我不得不見他，並且在見到他時證實他是某位共和國的高官，我就有責任逮捕他。這房子被監視了。我給你指了一條明路。我並不是非得和隔壁那位先生當面談判不可。把裝著錢的行李箱拿來給我，我們就讓這事到此為止。」

那位女士從椅子上起身，站了一會兒，沉思著。

「你住在這裡嗎，古德溫先生？」不久後，她問道。

「是的。」

「你有什麼權力就這麼闖進來？」

「我的權力來自人民。我接到電報，掌握了十號房裡那位先生的動向。」

「我可以問你兩三個問題嗎?我相信自己的判斷,你更像是個誠實的人,而不是個膽小鬼。這個柯拉里奧是個什麼樣的城鎮?我想,它的名字是這麼念的吧?」

「一個不怎麼樣的城鎮,」古德溫微笑著說,「一個香蕉鎮,這是就當地人的主業來講。茅草屋、土磚房、五六棟兩層小樓,居住條件很差,居民是些西班牙混血、印第安人、加勒比人和黑人。沒有人行道,沒有娛樂場所。簡直還沒有開化。當然了,我這只是隨口說個大概。」

「那麼,在社交或是生意方面,有沒有什麼誘因讓大家想要住在這裡?」

「哦,有的,」古德溫爽朗地笑著,回答道,「這裡沒有下午茶會,沒有手搖風琴,沒有百貨商店——但也沒有引渡法案。」

「他告訴我,」女士微微皺起眉頭,彷彿自言自語似的繼續說道,「在沿海這一帶有些美麗而且重要的城鎮;這裡有良好的社會秩序——尤其是,有一個美國僑民的高素質群體。」

「確實有一群美國僑民,」古德溫有些好奇地盯著她說,「其中一些人還不錯,另一些人卻是躲避聯邦法律制裁的逃犯。我記得有兩個在逃的銀行總裁,一個來路不明的部隊出納,一對殺人犯,一個寡婦——據我瞭解,她有用砒霜謀殺親夫的嫌疑。再有就是我自己了,不過,截至目前,我還沒有什麼值得誇耀的罪行。」

「別失望,」女士淡淡地說,「從你今晚的所作所為來看,沒什麼能礙著你奔向前程。一定有些誤會，我不知道問題出在哪裡，但今晚你可不能打擾他。長途跋涉已經讓他筋疲力盡，他睡著了，我想，是穿著衣服睡的。你提到被盜的錢！我不明白你的意思。一定有些誤會。我會證明給你看的。你就待在原處，我會把你惦記著的行李箱拿來給你看看。」

她向著能連通兩個房間的那扇關著的門走去，但又停住了，半轉過身，將一道森嚴的質詢目光傾注在古德溫身上，最後，頗有嘲弄意味地笑了。

「你闖進了我的房間，」她說，「以最卑劣的指控作為藉口，幹你的罪惡勾當，而且還……」她猶豫了一下，好像在重新考慮她的措辭，「而且，這事真是莫名其妙，肯定有誤會。」

她朝門那邊走了一步，但古德溫輕輕碰了碰她的手臂，制止了她。我之前已經說過，逛街的時候，女人都會回頭看他。他就像個維京人，大塊頭，長相好看，有一種和善但又好鬥的神情。而她，一頭黑髮，很驕傲，臉龐隨情緒的變化，時而明豔，時而蒼白。我不知道夏娃的髮色是深是淺，但我知道，如果伊甸園裡有這麼一個女人，禁果肯定會被人吃掉。這女人是古德溫的命運所繫，他還不知道，但他必定已經感受到命運帶給他的第一陣痛苦，因為，當他面對她的時候，他所知的有關她的傳聞就灼傷了他的喉嚨。

「如果有什麼誤會，」他激動地說，「那也只是你的誤會。我不怪那個已經失去了他的祖國、他的榮譽，也即將失去那筆不義之財帶來的一丁點安慰的人，至少不會像怪你那樣怪他，因為，天啊！我看得分明，他是怎麼走到這一步的。我理解他，而且可憐他。正是像你這樣的女人讓這片墮落的海岸滿是不幸的流亡者，讓男人忘記他人的重託，讓——」

那位女士做了一個厭煩的手勢打斷了他。

「不要再繼續無禮了，」她冷靜地說，「我不知道你在說什麼，也不知道你犯下了什麼愚蠢的錯誤；但如果檢查一位紳士的旅行箱裡面的東西，就能讓我擺脫你，那我們就別再耽擱了。」

她迅速而安靜地走進了隔壁房間，返回時拖著一個沉重的皮箱。她把它交給美國人，神情中透著忍耐和輕蔑。

古德溫連忙把行李箱擱在桌上，動手解開皮扣。那位女士則站在一旁，臉上顯現出無限的不屑與厭倦。

箱子被一股猛力朝一側扳開，之後就大敞在那裡。古德溫從裡面拉出幾件衣物，讓占據大部分容量的東西展露無遺——那是一捆挨著一捆的、捆得緊緊的巨額美鈔和國庫券。綁錢的紙帶上都寫了數字，額度很高，算一算，總和肯定接近十萬。

古德溫迅速地瞥了那女人一眼，看到她明顯深受震動，他感到意外、吃驚，甚至有些心花怒放。她睜大眼睛，喘息著，整個身體都靠在桌子上。他由此推斷，她對自己同伴洗劫國庫之事並不知情。但為什麼，他有些惱怒地問自己，他為什麼竟會盼著這個四處流浪、寡廉鮮恥的歌女並不像傳說中那麼壞呢？

一陣響聲從隔壁房間傳來，兩人都嚇了一跳。門開了，一個上了年紀、膚色黝黑、才剃過鬍子的高個子男人急匆匆地走進來。

米拉弗洛雷斯總統在所有照片裡的形象，都蓄著一把仔細打理過的茂盛黑鬍鬚；不過，聽過理髮師埃斯特班的故事之後，古德溫對此已有準備。

那人從黑暗的房間裡搖搖晃晃地走過來，在燈光下眨著眼睛，還沒能擺脫濃重的睡意。

「這是什麼意思？」他用極為標準的英語質問道，用銳利而又不安的眼神盯著美國人，「搶劫？」

「差不多吧，」古德溫回答，「不過，我倒是認為自己及時地制止了它。我代表這筆錢的全體所有者，我來這裡的目的，就是要讓這些錢物歸原主。」他把手插進寬鬆的亞麻布上衣口袋。

另一個男人也連忙把手伸向背後。

「別動，」古德溫厲聲喝道，「我口袋裡的東西已經對準你了。」

女人上前一步，把一隻手放在猶豫不決的同伴肩膀上，用另一隻手指了指桌子。「告訴我真相——真相，」她低聲說，「那是誰的錢？」

男人沒有答話。他深深地長歎了一聲，躬下身去吻了吻她的額頭，走回隔壁房間關上了門。

古德溫料到了他的用意，兩步搶到門前，但就在他觸到門把手的時候，一聲槍響就傳了過來。緊接著是重物墜落的聲音，某人把他推到一邊，擠進了那個有人倒地的房間。

古德溫想，這妖女的心中，一定生出了一陣極大的悲哀，遠甚於失去情人和金錢所造成的傷痛，在那一刻，從她的身體裡榨出了一聲叫喊，對那位寬恕一切、安撫一切的人世勸慰者呼告——讓她在那個被鮮血玷汙的房間裡發出呼喚：「哦，媽媽，媽媽，媽媽！」

外面起了一陣騷亂。理髮師埃斯特班一聽到槍聲，就扯著嗓門喊起來；槍聲本身也叫醒了鎮上的半數居民。街上響起劈劈啪啪的腳步聲，長官的口令開始抽打沉寂的空氣。古德溫還有一個任務需要執行。環境所迫，他必須代為管理他寄居的這個國家的國庫。他迅速把錢塞回去，關好行李箱，身體探出窗外，把箱子丟進下面一道小圍牆內的一株茂密的橘子樹裡。

在柯拉里奧，大家會把這場逃亡的悲慘結局告訴你，因為他們樂於把它告訴陌生人。他們會告訴你，警報拉響後，眾執法者怎樣快速趕來——指揮官趿著紅拖鞋，像酒館領班一樣穿著短外套，腰間佩了劍；士兵拿著他們的長槍；跟在後面的是數量更多的軍官，以各種姿勢掙扎著往飾有金穗帶和肩章的制服裡鑽；另外還有赤腳的警察（這一大幫人裡，也就他們還有點能耐），以及各式各樣慌慌張張的居民。

他們說，死者的臉被槍彈毀得沒法看了；但古德溫和埃斯特班都力證他就是落難的總統。第二天早上，電報線被修好了，通訊恢復了；總統逃亡的消息從首都傳遍了全國。在聖馬提奧，革命黨沒有遭遇抵抗就奪取了政權，善變的民眾很快就以「萬歲」的呼聲抹去了對不幸的米拉弗洛雷斯的好奇。

他們會跟你提及，新政府怎樣篩查一座座城鎮，巡視一條條街道，想找到總統隨身帶著的、裝有安楚里亞剩餘資產的手提箱，但都一無所獲。在柯拉里奧，古德溫親自帶領一支搜索隊，就像女人梳頭那樣仔細地梳過這座小鎮，但也沒有發現那筆錢。

他們十分輕慢地把死者葬在小鎮後面一座跨過紅樹沼澤的小橋旁邊；付一個雷亞爾，就會有個男孩帶你去參觀他的墳墓。他們說，有個老太婆——理髮師曾在她的屋裡給總統剃鬍子——在墳頭上豎了塊木板，用烙鐵在上面燙了墓誌銘。

你還會聽說，在隨後那段苦難深重的日子裡，古德溫先生像座鐵塔一樣守護著堂娜伊莎貝爾．吉伯特；他的那些對她的過去的疑慮（如果有的話），都煙消雲散了；而她那愛好冒險、隨心所欲的脾性（如果有的話），也離她而去了；他們結了婚，過得很幸福。

那位美國人在城郊的小山腳下蓋了一座房子。一座用本地產的木頭和礫岩搭成的建築，這些木頭要是出口的話，值一大筆錢，另外，還用上了磚、棕櫚、玻璃、竹子和黏土。一座自然形成的樂園環繞著它；房子裡也用了些純天然的東西來布置。本地人談起它的室內裝潢，都會羨慕得手舞足蹈。那裡有擦得像鏡子那麼亮的地板，上面鋪了手工編織的印第安真絲地毯，還有大尺寸的飾品、畫作、樂器和糊了壁紙的牆壁——「你自己想像吧！」他們大聲說道。

但在柯拉里奧，人家沒法告訴你（你會知道的）法蘭克．古德溫丟進橘子樹的那筆錢後來的去向。不過，以後再談這個吧；因為棕櫚樹正隨風輕擺，要求我們盡情玩樂。

《隱形人》

隱形人就在你身邊！
威爾斯最著名的代表作之一，改編成多部電影，一個關於人性之「惡」的哲學式寓言，瘋狂科學家與社會對立的駭人傑作

《莫羅博士島》

令人戰慄的科幻小說傑作！
一個瘋狂科學家改造動物的驚人計畫！

的甘露，

苦世界的恐怖

《生如夏花》

完整收錄泰戈爾經典代表作《飛鳥集》＋《新月集》
歷經百年、口碑相傳——鄭振鐸傳世譯本
選搭數十幅西方大師經典繪畫，優美典雅

《沙與沫》

收錄了紀伯倫 322 首極富哲理的智慧格言《沙與沫》和長詩《大地之神》

《先知》

身心無所安頓時，你可以聽聽「先知」怎麼說——
享譽西方世界的黎巴嫩作家，跟你談談二十六個人生根本問題的祕密。

《淚與笑》

紀伯倫哲理散文詩合集，收錄了《淚與笑》、《瘋人》、《先驅》三本書共百餘篇作品。

的閱讀選擇，

一本、翻開任一頁，

方天地。

全系列請掃描ＱＲ

時報出版

時報愛經典

現在開始讀經典，

卡爾維諾說：「『經典』即是具影響力的作品，在我們的想像中留下痕跡，並藏在潛意識中。正因『經典』有這種影響力，我們更要撥時間閱讀，接受『經典』為我們帶來的改變。」

因著經典作品獨具的無窮魅力，時報出版公司特別引進「作家榜」品牌母公司大星文化策劃的「作家榜經典名著」，推出「愛經典」書系，期能為臺灣的經典閱讀提供最佳選擇。

這一系列作品，已出版近百本，累積良好口碑，榮登各大長銷榜。這些作家都經時代淬鍊，作品雋永，意義深遠。我們所選的譯者，許多都是優秀的詩人或作家，譯文流暢通順好讀，更能傳遞原創精神與文采意涵。因為經典，時報特別對每部作品皆以精裝裝幀，更顯質感，絕對是讀者閱讀與收藏經典的首選。

成為更好的自己。

時報出版愛經典叢書

讓人生處處有解方

提案一

「一生必讀」最好的書給最好的你——

小王子｜老人與海｜人間失格｜生如夏花｜一九八四｜

提案二

關於人生，他們的智慧與選擇——

月亮與六便士｜人性枷鎖｜一個青年藝術家的畫像｜湖濱散記｜自己的房間｜智慧書｜遠大前程｜流浪者之歌｜荒野之狼｜

提案三

那些年，我們的青春與愛——

清秀佳人｜簡愛｜初戀｜春潮｜傲慢與偏見｜美麗的約定｜潮騷｜

提案四

頓悟的瞬間，短篇小說之美——

傷心咖啡館之歌｜都柏林人｜夜鶯與玫瑰｜變形記｜羅生門｜地獄變｜聖誕禮物｜牛仔很忙｜第六病房｜

提案五

一場奇幻之旅，找到自己的真心——

小王子｜愛麗絲夢遊仙境｜鏡中奇緣｜綠野仙蹤｜

提案六

戒慎小心，這是我們的社會——

一九八四｜動物農莊｜異鄉人｜

提案七

無盡的冒險，勇氣與智慧的獲得——

騎鵝歷險記｜把信送給加西亞｜老人與海｜魯賓遜漂流記｜金銀島｜白鯨記｜夜間飛行｜風沙星辰｜

提案八

至情至性，我們發現愛與救贖——

人間失格｜大亨小傳｜雙城記｜鐘樓怪人｜復活｜高老頭｜歐也妮·葛朗臺｜格雷的畫像｜金閣寺｜紅與黑｜面紗｜田園交響曲｜咆哮山莊｜一位陌生女子的來信｜

提案九

飛向異世界——威爾斯科幻經典四部曲

時光機器｜世界大戰｜隱形人｜莫羅博士島｜

提案十

品嘗詩的甘露，消除艱苦世界的恐怖——

生如夏花｜先知｜沙與沫｜淚與笑｜

提案十一

更開闊的閱讀選擇，拿起任一本、翻開任一頁，都是

〔全書目〕

品嘗詩

消除艱

提案一

「一生必讀」

最好的書

給最好的你

《小王子》

暢銷全球 70 餘年，
如詩般的童話經典，
獻給所有的大人和孩子。

更開闊

《老人與海》

「人可以被毀滅，但不能被打敗。」二十世紀美國文學經典，諾貝爾文學獎、普立茲獎得獎之作

拿起任

都是一

《夜間飛行》

《小王子》作者得獎小說暨成名作

暢銷超過 250 萬冊，

法國費米娜文學獎

至性，

發現

咫尺，

住。」

0 萬冊、

選百大經典

的時代，那是最壞

—

學泰斗狄更斯代表

全球暢銷 2 億冊！

《鐘樓怪人》

以巴黎聖母院為背景的長篇歷史小說、多次改編為電影和舞臺劇，入選美國《紐約時報》「世界十大名著」、英國《泰晤士報》「不可不讀的十大名著」

《風沙星辰》

法蘭西學院小說大獎得獎作品。沒有《風沙星辰》，就沒有《小王子》

翻開本書，遇見《小王子》中小王子、狐狸、玫瑰、B612 號星球的真實原型！

《金閣寺》

三度提名諾貝爾文學獎，三島由紀夫經典代表作！

榮獲第八屆讀賣文學獎！日本狂銷 362 萬冊！

《田園交響曲》

「……你認為你的愛有罪嗎？」

「但我不能停止愛您。」

諾貝爾文學獎得主紀德經典代表作，寫透人性深處的隱祕欲望

《紅與黑》

根據真人真事改寫

一個集顏值和學識於一身的外省青年，如何實現他出人頭地的野心？

《咆哮山莊》

世界愛情小說的巔峰之作，一首讓世人震驚的抒情長詩

《月亮與六便士》作者毛姆眼中的「世界十大名著」！

入選「經久不衰的英國小說 TOP10」

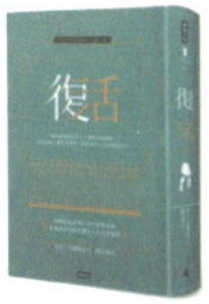

《復活》

他的背叛造成她的墮落，為了拯救自己的靈魂，他決定用盡一生來贖罪……關於愛情與贖罪，再沒有比本書更令人震撼的故事了！

《面紗》

一部寫透婚外情的經典小說，三度改編成電影

剖析人性的經典名著、女性精神覺醒的藝術傑作

《一位陌生女子的來信》

「為你而寫，從未認識我的你，永遠被我所愛的你……」

最瞭解女人的男作家茨威格五篇中短篇小說代表作

《高老頭》

一部闡釋金錢罪惡與親情淪喪的史詩鉅作，毛姆眼中的世界十大小說之一

《歐也妮・葛朗臺》

《人間喜劇》經典名篇、巴爾札克最出色的「人物畫卷」之一，一齣沒有毒藥、沒有尖刀、沒有流血的平凡悲劇

提案九 飛向異世界——威爾斯科幻經典四部曲

《格雷的畫像》

讓我永遠年輕，讓這幅畫變老！如果能這樣，我願意用靈魂來換！

英國《衛報》「百大小說」、八次影視改編

《時光機器》

時間旅行可能嗎？科幻小說史上公認的神作，帶你進入八十萬年後的人類世界！翻開本書，相當於同時閱讀霍金的《時間簡史》、《胡桃裡的宇宙》！

《世界大戰》

當人類想著要上火星時，殊不知，外星人正在入侵地球！奧斯卡兩項提名電影原著，9 度改編為電影，7 度改編為電玩，11 度改編為漫畫！

關於人生，他們的智慧與選擇

《自己的房間》
寫給聰明女生的指南！做自己，比任何事都重要！女性覺醒之書

《月亮與六便士》
亞馬遜 2018 年度 Kindle 電子書暢銷榜冠軍
本書譯者徐淳剛榮獲波比小說獎

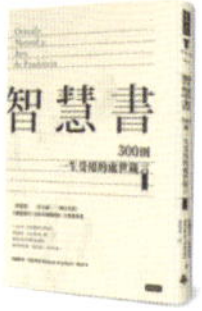

《智慧書》
你當善良，也必須有點心機——暢銷四百年的智慧之書，教你當做鴿子，又如蛇蠍。

《人性枷鎖》
活著究竟是為了什麼？
BBC「百部最偉大的英國小說」、英國《衛報》「百大小說」

《遠大前程》
暢銷 160 年的成長小說，且看孤兒匹普如何締造屬於他的遠大前程
美國亞馬遜「一生必讀的 100 本書」、英國 BBC 百大受歡迎圖書

《一個青年藝術家的畫像》
喬伊斯經典長篇小說，獻給每個逆風前行的年輕人！「去生活，去犯錯，去墮落，去征服，去從生命中創造生命！」

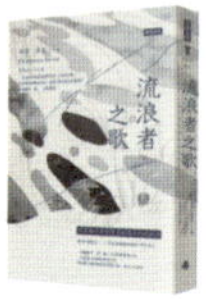

《流浪者之歌》
一部融匯中、印、歐三大文明的跨界之作
一本如詩又如歌的悟道之書

《湖濱散記》
自我修行的心靈聖經
與《聖經》一同入選美國國會圖書館「塑造讀者的二十五本書」

《荒野之狼》
諾貝爾文學獎得主赫塞小說代表作
迷離夢幻，層層堆疊
帶你踏上追求自我的智慧之旅

那些年，我們的青春與愛

《清秀佳人》
全世界最甜蜜的少女成長故事。50 多種語言譯本，總銷售超過 5,000 萬冊。多次改編成電影、電視劇、音樂劇、舞臺劇等

《初戀……
啊，纏綿……音、心靈……靜，初戀……銷魂的快樂……裡，在哪裡……

《春潮》
初戀，就是一場……格涅夫根據親身……真實故事改編的愛……

《美……
入選……紀百大……50 本名……語言！……小說經典……

至情……我們……

《潮騷》
每個人的初……源！三島……療癒心……

提案四 頓悟的瞬間，短篇小說之美

《傷心咖啡館之歌》
歐巴馬送給兩個女兒的禮物，入選《美國短篇小說至高之作年選》

《都柏林人》
22 次被退稿的 20 世紀 10 大文學經典！
喬伊斯經典短篇小說傑作，百名作家聯合票選，排名超越《百年孤寂》

……幾乎不可能抓不……全球暢銷超過 2,50……《時代》雜誌票……小說

《雙城記》
那是最好……的時代……英國文……作！……

……芥川……你看清……

提案六 戒慎小心，這是我們的社會

《動物農莊》

所有動物一律平等，但有些動物比其他動物更平等——一個充滿政治寓言的童話故事

《一九八四》

戰爭即和平．自由即奴役．無知即力量

——反烏托邦小說經典代表作

《異鄉人》

「在現行社會，倘若某人沒在母親葬禮上哭，便有被處死的風險。」

故此，他對於他身處的社會是個異鄉人。

提案七 無盡的冒險，勇氣與智慧的獲得

《騎鵝歷險記》

要理解瑞典文化的「高貴理想主義」、培養孩子的正直與勇氣，就從閱讀《騎鵝歷險記》開始！

《魯賓遜漂流記》

席捲全球 300 年的英國小說經典，帶給你勇氣與自信的心靈成長之書！

《把信送給加西亞》

全球公認成就個人和團隊的勵志經典

世界 500 強企業優秀員工必讀手冊

《金銀島》

風靡 138 年！帶給孩子一生的勇氣與想像力！《神鬼奇航》《航海王》等多部動漫影視作品的靈感源頭！

《老人與海》

「人可以被毀滅，但不能被打敗。」二十世紀美國文學經典，諾貝爾文學獎、普立茲獎得獎之作

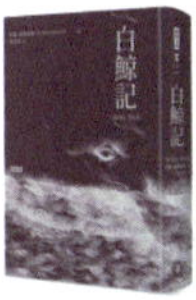

《白鯨記》

寧靜海洋平面下的殘酷與殺戮——《白鯨記》絕不只是一部海洋冒險故事，而是一部命運啟示錄

《地獄變》

為善，或作惡，只在一念之間；然而，人類自以為戰勝了誘惑之時，就沒有意外輸掉的地方嗎？
芥川龍之介 16 篇代表作帶你看清人性的複雜與真實

《牛仔很忙》

幽默大師歐·亨利 25 篇經典短篇小說，
讓你笑中帶淚，看透人生的真實與無奈！

《聖誕禮物》

心情糟透了？來讀讀歐·亨利吧！
名列「世界三大短篇小說家」、幽默大師歐·亨利 34 篇經典短篇小說，
讓你笑中帶淚，看見人性的美好與溫暖！

《第六病房》

「我所謂的病不過是二十年來只在城裡找到了一個聰明人，而這人恰好是個瘋子罷了。」
收錄契訶夫 8 篇成熟之作。

一場奇幻之旅，找到自己的真心

《小王子》

暢銷全球 70 餘年，
如詩般的童話經典，
獻給所有的大人和孩子。

《鏡中奇緣》

鏡子可以不只是鏡子，而是通往另一個奇幻世界的通道，任我們在現實與幻境之間來回穿梭。

《愛麗絲夢遊仙境》

當你在睡眠中睡著了，那麼，你將會在夢境中的另一個世界醒來。龐克風、哥德式彩色插圖，重現愛麗絲奇幻瘋狂的絢爛夢境

《綠野仙蹤》

兒童文學百年經典，全球超過一百二十種語言譯本。一段追尋智慧、真心（愛）、勇氣與家的奇幻旅程

5 第二個被丘比特流放的人

美利堅合眾國在對手頭的領事人選反覆研究之後，選中了阿拉巴馬州達拉斯堡的約翰·德·格拉芬里德·阿特伍德先生，來接替威拉德·格迪辭去的職務。

只要對阿特伍德沒有偏見，就必須承認這一點：是這位先生主動謀得了這個差使。就像自我放逐的格迪一樣，約翰尼·阿特伍德[18]完全是被美人的巧笑逼得出此下策，接受了他所鄙視的聯邦政府指派的職務，如此一來，他就可以遠離那張毀掉了他的青春的、虛偽而又美麗的臉龐。柯拉里奧的領事職位似乎給他提供了一個足夠遙遠也足夠浪漫的避難所，能給達拉斯堡的田園風情注入必要的戲劇性。

在表演被丘比特放逐的戲碼時，約翰尼給西班牙美洲殖民地的那串長長的遇難者名單添

18 此處的「約翰尼」是對「約翰」的暱稱。

上了他的作品，憑藉的是他對鞋子市場的操縱，這一點人盡皆知，另外，也憑藉他使在其家鄉最受輕視、最無用的牛蒡草從一文不值變成國際貿易中頗有價值的商品的壯舉。

煩惱來了，因為浪漫會帶來煩惱，而不是終結煩惱。在達拉斯堡有個名叫伊利亞·赫姆斯泰特的雜貨店老闆，他家裡有一個獨生女，名叫羅西妮，她的名字大大彌補了姓氏的不足[19]。這是個魅力四射的年輕女人，那一帶的年輕男人都為之神魂顛倒。其中，法官阿特伍德的兒子約翰尼是最傾心於她的一個，他家住在達拉斯堡旁邊一座殖民地風格的大宅裡。

表面看來，性感的羅西妮應該很樂意回報一位阿特伍德家族成員的深情，長久以來，這個姓氏在全國範圍內備受尊崇，戰爭也沒能改變這一點。她似乎應該愉快地應允，被領進那座大而空的殖民地風格的豪宅。但事實並非如此。地平線上懸著一朵烏雲、一朵險惡的積雨雲，化身為住在附近的一個活潑機靈的年輕農夫，此人膽大妄為，與出身高貴的阿特伍德成了競爭對手。

一天晚上，約翰尼向羅西妮提出了一個人類青年普遍都認為極其重要的問題。那一刻萬事俱備——月光、夾竹桃、木蘭、葦鶯的歌聲，該有的都有了。當時，那個走運的年輕農夫平克尼·道森的陰影是否插進了他倆之中，那就不得而知了；總之，羅西妮的回答並不令人滿意。約翰·德·格拉芬里德·阿特伍德先生深深鞠了一躬，帽子碰到了草地，然後就昂著頭走了，但血統和心臟都受到了重創。一個赫姆斯泰特拒絕了一個阿特伍德！呸！

那一年，適逢一個民主黨人當選了總統，而阿特伍德法官正是民主黨的一員老將。約翰尼說服了他，讓他給自己安排了一段遠在異國的前程。他要走——走得遠遠的。也許不用幾年，羅西妮就會想起他的愛情有多麼真誠、多麼堅貞，並為此而落淚——說不定，她那時在為平克尼·道森做早飯，眼淚滴進了剛刮出來的奶油裡。

政治的車輪一轉，約翰尼就被送去柯拉里奧當領事了。直到臨行之前，他才到赫姆斯泰特家道別。羅西妮的眼中有一抹異樣的淡紅；如果當時那裡只有他們兩人，美國政府很可能就得另外物色一位領事了。但平克尼·道森當然也在場，還大談特談他那四百英畝的果園、三英里長的苜蓿田和兩百英畝的牧場。因此，約翰尼跟羅西妮握手道別時，態度冷淡得好像只是去一趟蒙哥馬利，過兩天就回來一樣。阿特伍德家的人，一旦做了決定，都能保證體面。

「如果你在那裡有好的投資案，恰好又碰上點困難，約翰尼，」平克尼·道森說，「告訴我，好嗎？我想我幾乎隨時都有幾千美金閒錢，可以拿出來做點有錢賺的買賣。」

「當然了，平克，」約翰尼愉快地說，「如果遇上這種情況，我會很樂意讓你加入的。」

於是，約翰尼去了摩比港，搭上了一艘前往安楚里亞海岸的水果船。

19 此句中赫姆斯泰特（Hemstetter）意為「家庭的構成」，羅西妮（Rosine）則意為「小玫瑰」。此句有雙關作用，既可以指「玫瑰」裝點了「家庭」，也說明這個獨生女對於赫姆斯泰特家的重要性。

當新任領事抵達柯拉里奧的時候，那些新奇的風景替他紓解了心胸。他才二十二歲；不像年長的人，總擺脫不了過去，年輕人的傷痛來得快也去得快。它會統治他一段時期，之後靈敏的感官就會暫時將它推翻。

比利．凱奧和約翰尼似乎一見面就培養出了對彼此的友誼。凱奧帶著新領事在鎮上到處逛，把他引薦給屈指可數的美國人，以及數量更少的法國人和德國人，就是這些人構成了鎮上的「外來人口」群體。之後，當然了，他要更為正式地被介紹給當地的官員，還得透過一名口譯宣讀委任狀。

這個年輕的南方人身上有某種特質，令久經世故的凱奧十分欣賞。他的舉止純真得近乎孩子氣，但他所具有的冷靜、不為外物所動的氣魄卻又遠遠超越他的年齡和閱歷。制服或是官銜，繁文縟節或是外交辭令，海或是山，他都不在乎。無論多大年紀，他也是達拉斯堡的阿特伍德家的後裔，他從不對你隱瞞他的心中所想。

格迪到領事館來交接職責與工作。他和凱奧盡力想藉由他們的描述，讓新任領事對政府期望他執行的工作產生興趣。

「沒關係，」約翰尼在吊床上說，這床是他剛剛安裝的，為的是辦公時也有個能躺躺的地方，「如果發生了什麼必須辦的事，我就讓你們幫我處理。你不能指望一個民主黨人在他到任的初期就投入工作。」

「你最好把這些條目看熟了，」格迪建議，「每一行都是一種出口貨物，你得把它們一一記在帳上。水果要分類；這些是貴重木材、咖啡、橡膠——」

「最後一項聽起來不錯，」阿特伍德先生插嘴道，「聽起來似乎有些延展性。我要買一面新國旗、一隻猴子、一把吉他和一桶鳳梨。橡膠的帳能展延一下，把這些東西包含進去嗎？」

「這只是統計問題，」格迪微笑著說，「你說的是開支記帳。這倒真有那麼一點彈性。對於『文具類』的開支，聯邦政府有時候審得沒那麼細。」

「我們在浪費時間，」凱奧說，「這人天生就是吃公家飯的。憑藉犀利的眼睛，他一下就從根柢上看透了這門藝術。真正的執政天賦在他說出的每一個詞裡展露無遺。」

「我接受這份職業的時候，就不打算做任何工作，」約翰尼懶洋洋地解釋道，「我想在這個世界上找個沒人會跟你談起農場的地方。這裡沒有農場，對嗎？」

「沒有你熟知的那一種，」前任領事回答，「這裡沒有所謂的農耕技術。從沒有一張犁或一臺收割機進到過安楚里亞國境以內。」

「這就是我想要的國家。」領事低聲呢喃，之後立刻就睡著了。

快樂的錫版攝影家繼續和約翰尼親密往來，不顧別人的公開指控——他們說他這麼做只是為了獲得在領事館涼廊占座的優先權。但不管凱奧的意圖是出於自私自利還是純粹的友誼，反正他得到了那項令人豔羨的特權。幾乎沒有哪個晚上，你不能在涼廊找到這兩人。他們靠在那裡吹著海風，腳搭在欄杆上，雪茄和白蘭地就擱在觸手可及的地方。

一天傍晚，他們就這樣坐著，多數時間都在沉默，因為這個不同尋常的夜晚一片寂靜，把他們的話也變少了。

天上掛著一輪巨大的滿月，海面被鍍了一層珍珠般的光彩。幾乎所有聲音都沉寂了，沒有風，空氣只隱隱流動；小鎮躺在地上喘氣，等待夜晚送來涼意。維蘇威公司的水果船「安達多爾號」停泊在近海，已經裝滿了貨，計畫第二天早晨六點起航。岸上沒有閒逛的行人。月光異常明亮，兩人能看見被細浪打溼的小鵝卵石在沙灘閃光。

後來，一艘小小的單桅船沿著海岸線緩緩駛來，頂著風向陸地靠近，鼓著白帆，像一隻雪白的海鳥。它在二十點方位[20]以內逆風航行；因此，它頻繁調整船尾，時而朝裡，時而朝外，像一個優雅的溜冰者，從容地在一條綿長的線路上滑行。

藉由這種行進方式，水手又讓這條船靠向岸邊，這一回已經接近領事館對面，此時從船上傳來一陣清晰而又驚人的訊號，彷彿出自仙境之角，可能是精靈的喇叭，甜蜜、清脆、出人意料，輕快地演奏著那支熟悉的旋律：「家啊，可愛的家。」

這是專為這片樂土而設的背景。海洋與熱帶充滿威儀，來路不明的船隻透著神祕，音樂在月光照耀的水面搖曳，帶來一種撫慰人心的魔力。約翰尼·阿特伍德沉醉其中，又想起了達拉斯堡；但對於這段縹緲的獨奏，凱奧心中已有了數，他立刻跳到欄杆旁邊，就像一門加農炮，用他那震耳欲聾的吼聲打破了柯拉里奧的寂靜。

「梅——林——格，喂！」

單桅船這時正轉而向外行駛，但還是傳來一句清楚的回話：「再見，比利……回——家了，再見！」

這條船是朝著「安達多爾號」去的。無疑有某個乘客在北面港口取得了航行許可，坐上單桅船趕著那艘即將返程的例行水果船去了。就像一隻賣弄風情的鴿子，小船不斷變向，路線飄忽，直到最後，它的白帆混在水果船一側的大批貨物之中，看不見了。

「那是老H．P．梅林格，」凱奧解釋道，身體向後一倒，坐回了椅子裡，「他回紐約了。他是這個國家已故的逃亡總統的機要祕書——那些人把這個雜貨店和水果攤叫做國家。現在，他的工作做完了，我猜老梅林格應該滿高興的。」

「為什麼他離開的時候要來段音樂，就跟魔法女王祖祖一樣？」約翰尼問，「就只是想告訴人家他心情不錯？」

「你聽到的是留聲機的聲音，」凱奧說，「是我賣給他的。梅林格在這個國家做過一樁辛

---

20 方位，航海學中以圓周法或半圓周法度量並計算得出航向。

苦差事[21]，所用的方法，在全世界都是獨一無二的。這臺嘟嘟響的機器曾經幫他挽回了局面，從那以後，他就總是把它帶在身邊。」

「跟我說說這個。」約翰尼顯得很有興趣，主動提出了要求。

「我不善於布局，」凱奧說，「我能用言語說話，但當我嘗試著敘述一件事，詞句就會自己冒出來，如果氣氛對了，這些字句就會順理成章，但也可能相反。」

「我想聽聽關於這樁差事的事，」約翰尼堅持道，「你無權拒絕。我可是把有關達拉斯堡的每一個男人、女人的所有事情都告訴你了，連每根拴馬的柱子在哪裡，你都知道了。」

「我會告訴你的，」凱奧說，「我只是說，我講故事的天賦實在不行。你別當真。透過後天努力，我在學習其他許多美德與學問的同時，也掌握了這門手藝。」

21 這裡用了一個三關語：原文為「graft」，意為「嫁接」，可寓意「殖民」，同時也有「辛苦工作」和「貪汙」的義項。在文中，這三重含義均有體現，在翻譯時根據語境採不同譯法。

6 留聲機與差事

「這個差事指的是什麼？」約翰尼問道。像愛聽故事的普羅大眾一樣，他也沒什麼耐心。

「提前劇透給你，有悖藝術和哲學的原則，」凱奧沉著地說，「敘事藝術的要訣在於對你的聽眾隱瞞他們想知道的任何事情，直到你就著與主旨無關的話題發表完你自己喜歡的意見。一個好故事就像一顆苦藥丸，糖衣不是裹在外面，而是被包在裡面。如果你同意的話，我就從切羅基部落的占星術談起，以這臺留聲機播放的一支陶冶人心的曲子作為結束。

「這個國家的第一臺留聲機是我和亨利．霍斯科勒帶過來的。亨利是有四分之一切羅基血統的四分衛，在東部練熟了橄欖球的術語，在西部走私威士忌，是個像你我一樣的紳士。他為人很隨興，很活躍，身高大約六英尺，動起來像個橡膠輪胎。對，他是一個五英尺五英寸，或者五英尺十一英寸的小個子男人。照你們的說法：一個高是不怎麼高的，矮也矮不到哪裡去的人。亨利退過一次學，進過三次馬斯科吉監獄——最近一個罪名是在邊境地區牽線和直接銷售威士忌。亨利．霍斯科勒從不讓那些菸酒店插手他的事，他不需要後盾。他也不屬於那些印

第安部落。

「亨利和我在特克薩卡納碰上了，然後就構思了這個『留聲機計畫』。他手頭有三百六十美元，是用印第安保留地[22]的土地配給換來的。而我呢，剛剛因為在小石鎮的街上親眼見證了苦難的一幕，忙不迭地從那裡逃開了。一個男人站在一個箱子上，拿出一些金錶，讓圍觀的人傳看，都是那種有螺旋杆的發條手錶，裝的是愛爾近[23]的機芯，非常精美。在商場專櫃買的話，得二十美元。遇上三美元一塊錶的價格，這幫人當然要搶購了。那人恰好有滿滿一箱現貨，他把那些錶一個個遞出去，就像把剛出爐的餅乾放進盤子。錶蓋很難打開，但觀眾把耳朵貼上去聽過之後，總是心滿意足地掏出錢來。這些錶裡面只有三塊是真的，其餘的都是騙錢貨。嗯，你問我是怎麼回事？給空錶殼裡裝一隻那種會繞著電燈光亂飛的黑色甲蟲。牠們每分每秒都會勤勤懇懇地在裡面發出美妙的撞擊聲。就這樣，我說的這人撈到了兩百八十八美元；接著，他就走了，因為他知道，等到小石鎮的人要上錶的時候，得找個昆蟲學家才管用，而他自己顯然不行。

「所以，我已經說過了，亨利有三百六十美元，我有兩百八十八美元。把留聲機引入南美洲是亨利的主意；但我樂意接受，因為我喜歡各式各樣的機器。

「『拉丁民族，』亨利說，用他在大學裡學到的術語自如地解釋著，『特別適合獻祭給留聲機。他們有格外突出的審美天性。他們迷戀音樂、色彩和歡樂。他們一連幾個月去不起雜貨店，摘不起麵包果，卻還要花貝殼念珠[24]去馬戲帳篷裡看手風琴藝人和四條腿的小雞。』

「『那麼，』我說，『我們這就把罐裝音樂輸送給拉丁民族。但我記得針對他們，尤利烏斯·凱撒先生曾經說過，「高盧全境分為三部分」[25]，意思是說，「我們得動用最邪惡的手段，才能叫這幫傢伙乖乖就範」。』

「我不喜歡賣弄學識；但我不能讓區區一個印第安人在修辭方面占據上風，除了美國這片土地，我們不欠這個種族任何東西。

「我們在特克薩卡納買了一部相當不錯的留聲機——可說是第一流的產品——還有滿滿半箱唱片。我們收拾好行囊，帶著這些東西去了紐奧良。在這個以糖漿和奴隸歌曲著稱的地方，我們登上了一艘去往南美的輪船。

「我們是在索利塔斯上岸的。從這裡過去，沿海岸向上，走五十英里就到了。那地方看起

---

22 印第安保留地，美國從十八世紀末期開始實行的針對印第安原住民的一種特殊政策，其主要內容是劃定印第安人的居住地區，承諾他們擁有自己的土地，但實際上卻限制了他們的活動範圍，要求他們必須在指定的區域定居。這些「保留地」後來也都被白人以各種手段收購或剝奪了。

23 愛爾近，十九世紀美國最著名的機械錶品牌。

24 貝殼念珠，北美印第安人的特色飾品，曾作為貨幣流通。

25 此句出自凱撒的歷史著作《高盧戰記》，此處譯文引用自商務印書館於一九七九年九月出版的任炳湘譯本。

來足夠令人滿意。房子是白色的，很乾淨；看到那些房子散布在自然風光之中，你會聯想到被生菜葉包圍的水煮蛋。郊外有一大片擎天的高山，山裡靜謐無聲，就好像那些高山始終伏在地上，看守著這座城鎮。海水拍岸，發出『唰——唰——唰』的響聲；時而會有一個熟透的椰子掉在沙灘上；這裡就只有這點動靜了。對，我認為這座小鎮非常安靜。我想，等到加百列吹過號角，末日的車輪開始轉動，費城被捆在車尾的帶子上，松谷和阿肯色州被掛在車後的踏板上，都一起被拖走，這個索利塔斯才會醒來，問一句：有人說話了嗎？

「船長和我們一起上了岸，還主動為我們帶路，他喜歡稱之為喪葬禮儀。他把我和亨利引介給美國領事，還有一個棕色皮膚的男人，從他掛的識別牌來看，他在政府任職，是『貪財好色部』的部長。

「『一星期之後，我還會再來一趟。』船長說。

「『那時候，』我們對他說，『我們正在內地城鎮裡，用我們那位通了電的首席女歌手，用毫釐不爽地仿照蘇薩樂隊的演奏，在錫礦山裡一路挖掘，積攢財富呢。』

「『你們做不到，』船長說，『你們會被洗腦的。觀眾席上的諸位先生，若有哪一個肯上前幾步，在臺上近距離地看看這個國家，就會改變信仰，假想自己只是埃爾金奶油廠裡的一隻蒼蠅。你們會站在沒膝的海浪裡眼巴巴地盼著我來，你們那臺用尊貴的音樂藝術製造漢堡牛排的機器，會在一旁唱著「這裡沒有我的家」。』

「亨利從他那捲鈔票裡抽出二十美金，從『貪財好色部』換回一張蓋了紅章的紙，紙上用當地的語言寫了一個我們讀不懂的故事。此外，沒有找零。

「之後，我們給領事的肚子灌滿了紅酒，叫他給我們算了一卦。這人是個瘦子，看來還算年輕，照我說，可能剛過五十歲吧，性格像是法國和愛爾蘭的混血，整個人被哀傷撐得大了一圈。沒錯，他這人很頹廢，酒在他的身體裡凝成一片沼澤，讓他看起來比實際上更胖一些，也更慘一些。是的，我想，他其實是個自憐自艾、憂傷又和藹的荷蘭人。

「『這項被命名為「留聲機」的驚人發明，』他說，『還沒有進入過這一帶沿海地區。這裡的人從沒聽說過。即使聽說過，他們也不信。心地純真的自然之子，還沒有受到進化的詛咒，沒法把擰開罐頭的工序等同於樂曲的前奏，散拍音樂卻有可能煽動他們製造一場流血的革命。你們不妨做個實驗。你們播放音樂的時候，如果大眾還沒醒，那就算你們運氣好。如果他們醒著，可能會有兩種反應，』領事說，『假定他們收下了它。他們也許會如癡如醉地投入其中，就像一位亞特蘭大的上校聽著〈進軍喬治亞〉；另外，他們也許會大受刺激，用斧頭給音樂變個調子，再把你們扔進地牢裡。在後一種情況下，』領事說，『我會盡我的職責，給聯邦政府發電報；在你們被槍斃以後，我會把你們裹在星條旗裡，還要再嚇他們一下，就說世界上黃金出口量最大、財政儲備最雄厚的國家正準備為你們報仇呢。那面國旗上都是子彈孔，』領事說，『就是因為這種事。之前有過兩次。我發電報給我們的政府，請他們派兩艘炮艇來保護美國公民。第一次，政府給我寄來一雙膠鞋[26]。另一次，一個叫皮斯[27]的人眼看就要被處死了，他們卻把我的求助信轉給了農業部長。現在，讓我們叨擾一下吧臺後面的那位先生，再添一些紅酒吧。』

「索利塔斯的領事就這樣對著我和亨利．霍斯科勒自說自話。

「不過，儘管如此，我們還是在沿岸的主路天使街上租了一個房間，把我們的箱子放在裡面。那是個大房間，幽暗，涼爽，就是小了點。那條街道五花八門一應俱全，有各式各樣的建築和熱帶植物。城裡的鄉民來來往往，就在兩排人行道之間的美麗草場上遊牧，怎麼看，都像卡伏茲魯姆陛下[28]即將進場時的歌劇合唱隊。

「我們正在擦拭留聲機，為第二天開業做準備的時候，一個高大英俊的白人，穿著一身白衣，在我們門口站住，探頭進來看。我們招呼他，他就走進來打量我們。他叼著一根長雪茄，瞇著眼睛沉思著，像一個女孩正為穿哪條裙子參加派對而傷腦筋。

「『紐約來的？』他終於對我說話了。

「『原來在那裡，現在也時不時回去，』我說，『難道我還沒褪掉紐約人的印記嗎？』

「『只要懂得訣竅，』他說，『就很容易認。看背心的合體程度就行了。其他地方的人可沒能耐把背心裁剪得這麼妥帖。外套，或許可以；背心，不行。』

「那白人看著亨利．霍斯科勒，顯得有些遲疑。

「『印第安人，』亨利說，『文明化的印第安人。』

「『梅林格，』那人說，『荷馬．P．梅林格。年輕人，你們被收編了。你們既沒有監護人，也沒有介紹人，在這片叢林當中，就是兩個小嬰兒。我有責任幫你們一把。我要敲掉你們的支架，在這片熱帶泥潭中，找一股清澈的湧流，放你們下水[29]。你們得受洗，而且，如果你們跟我來，我會照慣例，在你們的船首打碎一瓶葡萄酒。』

「荷馬．P．梅林格好好地盡了兩天地主之誼。那人在安楚里亞很有辦法。他確實神通廣大。他就是卡伏茲魯姆陛下本人。如果我和亨利是叢林裡的嬰兒，他就是從最高的枝頭飛下來的知更鳥[30]。他、亨利．霍斯科勒和我挽著手臂，拎著那臺留聲機到處晃，醉生夢死，縱情玩樂。不管到哪裡，只要我們發現門是開著的，就會走進去，把留聲機開起來，梅林格則會振臂一呼，叫大家都過來欣賞美妙的音樂，順便見見他的生死之交——兩位美國來的先生。歌劇

26 膠鞋，英文是「gumboots」，與炮艇的英文「gunboats」讀音相近。這裡開了個諧音玩笑。
27 皮斯，英文是「Pease」，與豌豆的英文「peas」讀音相近。這裡又開了一個諧音玩笑。
28 卡伏茲魯姆陛下，指代此地那些荒唐可笑的政治秀中的「風雲人物」。卡伏茲魯姆的讀音富有異國情調，但此名實際上毫無意義。
29 此句中，梅林格將兩人比作剛剛造好的船隻。
30 英國的傳統民謠中有知更鳥銜著樹葉為死在叢林裡的嬰兒遮蓋身體的故事。

合唱隊佩服得五體投地，跟著我們一起串門子、起鬨。每一支不同的曲子，都有一種不同的酒來搭配。原住民在調酒方面頗有些取悅人的能力，那些杯中物真是讓人齒頰留香。他們把青椰子的一頭砍掉，把法國白蘭地和其他佐酒劑一起灌進椰子汁裡。我們喝這個，別的也喝。

「我和亨利的錢沒法用。所有帳單都是荷馬．P．梅林格付的。那人能從全身各處摸出一捲捲藏好的鈔票，大魔術師赫爾曼都沒法從這些地方變出兔子或歐姆蛋來。他的錢夠建造好幾所大學，再收集一大批蘭花，之後還能再收買他所在的這個國家的所有花花綠綠的選票。我和亨利都好奇他是怎麼撈錢的。有一晚，他告訴了我們。

「『年輕人，』他說，『我騙了你們。你們以為我是個花花公子；其實我是這個國家工作最努力的人。十年前，我在這裡上了岸，兩年前，我摸到了這個國家的命門。是的，我想，只要我決心這麼做，我就可以在任意一個回合，擊倒這個薑餅共和國。我向你們透露這些，因為你們是我的同胞和客人，雖說你們用最煩人的噪音機器播放音樂，向我選中的這片海岸發動了襲擊。』

「『我的職務是這個共和國的總統機要祕書；我的職責是讓這個國家運轉起來。我不在菜單的第一排，但我是沙拉醬裡必不可少的那味芥末。沒有經過我荷馬．P．梅林格的烹製和調味，沒有一條法律能被端到國會去，沒有一項特權能得到承認，沒有一種重要的稅賦可以徵收。在辦公室的前廳，我灌滿總統的墨水瓶，搜查來訪的政治家，找出他們藏在身上的匕首和炸彈；但在裡面的房間，我實際支配著政府的政策。你無論如何也猜不出，我是怎麼得到這種權力的。這種撈錢手段世上獨此一份。我讓你們開開眼界吧。你們記得總印在練字本第一行的那句話嗎——「誠實為上策」？就是它了。我老老實實地撈錢。在這個共和國裡，我是唯一的老實人。政府知道，人民知道，貪官知道，外國投資者也知道。我讓政府守信用。如果某個職位被許給某人，那這人就一定會得到這個職位；如果外部資本收買了一項特權，那它就一定能得到回報。我在這裡實實在在地經營一門壟斷生意。沒有競爭。如果第歐根尼大人打著他的燈籠在這片轄區晃晃[31]，不出兩分鐘，他就會得到我的住址。這樁差事弄不到大錢，但很穩當，能讓人高枕無憂。』

「荷馬·P·梅林格就這樣對我和亨利·霍斯科勒發表演說。後來，他又說了下面這番話，跟我們洩了底。

「『兄弟，今晚我要舉辦一場晚會，請一幫社會精英來參加，我要你們協助我。把你們那臺能播音樂的脫穀機帶來，讓這件事看起來順理成章。眼前還有一件非常重要的任務，但不能聲張。我可以告訴你們。因為沒法跟別人傾吐，我已經苦惱了好幾年。有時，我的思鄉病犯

31 此處指希臘哲學家第歐根尼，傳說他大白天打著燈籠想找個誠實的人。

了，情願用全部的辨公津貼去交換一個小時，就一個小時，在三十四街找個地方喝杯啤酒，吃一個魚子醬三明治，站在路邊看街車經過，聞一聞老朱塞佩水果攤上的烤花生的香氣。』

「『對了，』我說，『比利．倫弗魯咖啡館裡的魚子醬真不錯，就在三十四街和——』

「『天知道，』梅林格插嘴說，『要是你早告訴我你認識比利．倫弗魯，我會變著花樣帶你尋開心。比利是我在紐約的死黨。這人從不知人心險惡。我在這裡用我的老實撈錢，在那邊，他卻因為他的老實而虧錢。真要命！這個國家經常讓我難受。一切都腐朽至極。上至政府當局，下至採咖啡豆的，彼此之間都不懷好意，哪怕是朋友，都恨不能扒了對方的皮。如果有個騾夫對某個官員脫帽行禮，這官員就自以為成了大眾偶像，就鐵了心想煽動革命，顛覆政權。作為一名機要祕書，我的許多小雜事中的一件，就是要及時嗅到造反的氣味，在革命爆發之前扼殺它們，避免政權受到損傷。我這時之所以在這個發霉的海邊小鎮裡，就是出於這個原因。這區的行政長官和他的擁躉正在密謀造反。我已經拿到了他們所有人的名單，他們都收到了H．P．M的邀請，今晚會來聽留聲機音樂。用這個辦法，我會把他們一網打盡，按照既定計畫，讓他們得到他們應得的下場。』

「我們三個在淨聖酒館裡坐著。梅林格倒了一杯酒，神色有些憂慮；我在思考。

「『這群人很難對付，』他焦躁地說，『他們背靠一個企圖壟斷橡膠的外國財團，用收到的賄賂填滿了彈夾。這齣滑稽的歌劇讓我煩透了，』梅林格繼續說著，『我好想聞聞東河[32]的氣息，好想再次穿上吊帶褲。很多次，我都想洗手不幹了，但我實在太蠢了，蠢到會為這份差事感到自豪。「天吶，」這裡的人說，「這人就是梅林格，你用一百萬也沒法打動他。」總有一天，我會帶著這些關於我的傳說回去，讓比利．倫弗魯瞧瞧；無論什麼時候，我看到一頭肥羊，就能在眨眼之間把牠塞進我的畜欄裡——然後，我就會丟掉工作，這讓我更緊張了。嗨，他們別想收買我。他們知道的。我花的都是我老老實實弄來的錢。總有一天，我要大撈一筆，然後衣錦還鄉，跟比利一起吃魚子醬。今晚，我要讓你們看看，我是怎樣收拾這幫腐敗分子的。你們加進來，就什麼都齊了，我要讓他們見識一下機要祕書梅林格的手段。』

「梅林格有了幾分醉意，在酒瓶的瓶頸上打碎了玻璃杯。

「我對自己說：『白種人，如果我沒搞錯的話，誘餌已經布好了，就在一眼就能看得見的地方。』

「那天晚上，按預先制訂的計畫，我和亨利來到一條野草沒過膝蓋的骯髒小巷，把留聲機搬進了一棟土磚房的一個房間裡。那是一個長條形的房間，點著幾盞冒煙的油燈。屋裡有許多椅子，在最裡頭擺了一張桌子。我們把留聲機放在桌子上。梅林格早到了，在來回踱步，被現

---

32 東河，美國紐約州東南部的海峽，位於曼哈頓島與長島之間。

下的處境擾得心神不寧。他把雪茄放在嘴裡嚼，然後又吐出來，再啃一啃左手大拇指的指甲。

「不一會兒，參加音樂會的客人一對對、一群群地翩翩而來。他們的膚色各不相同，淺的像被海泡石菸斗熏了三天，深的像漆皮鞋油。他們全都體面得跟蠟像似的，都興高采烈地向梅林格先生道晚安。我能聽懂他們說的西班牙語——兩年前，我在墨西哥的銀礦管過幫浦，學會了一些基本用語——但我從沒顯露出來。

「他們大約來了五十個人，都坐好了，這時蜂王——本地區的行政長官——才進場。梅林格在門口迎接他，陪同他一直走到主位。一看到這個拉丁人，我就知道，機要祕書梅林格沒什麼必勝的把握。那是個肥碩的大塊頭，膚色像橡膠套鞋，眼神像酒館領班。

「梅林格用純熟的卡斯提亞語作了說明，說能向尊敬的朋友介紹美國最偉大的發明、這個時代的奇蹟，他感到既快樂又惶恐。亨利得到暗示，播放了一張優雅的銅管樂唱片，盛會就此開啟。那位長官大人會一點英語，音樂暫歇的時候，他說：『非、非、常好。感、感謝。美國來的先生，多麼美妙的音樂啊。』

「桌子很長，亨利和我坐在靠牆的那頭，長官坐在另一頭。荷馬·P·梅林格站在桌邊。我還在好奇，梅林格打算怎麼逮住這幫人，那地頭蛇突然搶先發難了。

「那位長官確實適合搞起義、玩政治。從他那從容不迫的樣子，我就看得出，他已經胸有成竹了。是的，他很專注，也很機敏。他把手擱在桌子上，轉臉面對著機要祕書。

「『美國來的先生聽得懂西班牙語嗎？』他操著本地口音問道。

「『他們不懂，』梅林格說。

「『那麼聽好了，』那拉丁人立刻接話，『音樂自然是好東西，但不是必需品。我們來談談生意吧。看到我的同胞都在，我就清楚我們為什麼在這裡了。梅林格先生，你昨天聽到些風聲，知道了我們的計畫。今晚我們把話說開來。我們知道你站在總統那一邊，也知道你的影響力。該換個政府了。我們懂你的價值。我們非常珍重你的友誼和幫助，所以——』梅林格抬起手，但那位長官沒給他開口的機會，『別說話，等我說完。』

「長官從口袋裡掏出一個紙包，放在梅林格手邊的桌子上。

「『這裡面有貴國的鈔票，一共五萬美元。你阻擋不了我們，但我們還是覺得你值這個數。回首都去，聽我們的指示。現在，把錢拿去吧。我們信任你。紙包裡還有一張紙，上面詳細說明了我們希望你為我們做的一些工作。別拒絕，那樣不明智。』

「長官停下來，兩眼緊盯著梅林格，眼神中寫滿狂熱與深意。我看著梅林格，暗自慶幸比利．倫弗魯不會馬上看到他。他站在原地呆住了，汗珠從前額往外冒，手指尖輕輕地敲擊那個小紙包。這幫黑不溜丟的傢伙要搞砸他的差事了，只要他改變政治立場，五指一抓，再往口袋裡一塞。

「亨利對我耳語，想弄明白為什麼一切都停了下來。我回他話：『H．P面前擺著一筆賄賂，數目夠收買參議員了，這幫黑鬼就快要得逞了。』我看到梅林格的手向著紙包挪動。『他快撐不住了。』我小聲告訴亨利。『我們得幫他想起，』亨利說，『紐約三十四街的烤花生。』」

「亨利彎下腰，從我們帶來的滿滿一籃唱片裡挑出一張，放進留聲機，開始播放。那是一段短號獨奏，非常純淨、非常優美，曲名叫〈家啊，可愛的家〉。音樂響起，房間裡的五十個怪模怪樣的人一動也不動，那位長官更是一直緊盯著梅林格。我看到梅林格的頭一點點抬起，他的手也從紙袋旁退了回去。在最後一個音符結束前，誰也沒有動。這時，荷馬．P．梅林格一把抓起那捆贓款，把它直接砸在了長官的臉上。

「『這就是我的回答，』機要祕書梅林格說，『明早還有另外的補充。我已經拿到你們這裡每個人密謀造反的證據。晚會結束了，各位先生。』

「『還有一個節目呢，』那位長官插嘴說，『依我看，你只是個傭人，是總統雇來抄信和看門的。而我，是這裡的長官。各位先生，我以革命的名義，要求你們逮捕這個人。』

「那群亂七八糟的陰謀家把椅子朝後一推，一擁而上。我知道，梅林格失策了，他把自己的敵人都聚在一起，搞了這麼一齣群鬥戲。我想，他還犯了另一個錯誤；但我們就先不提了。依據梅林格的觀點和判斷來看，他對於撈錢的概念和我完全不同。

「那個房間只有一扇窗戶一道門，而且都在遠端。五十個瘋狂的拉丁人一齊撲過來，阻礙梅林格執法。你可以說，我們有三個人，因為我和亨利不約而同地宣布紐約市和切羅基人都站在了弱者一方。

「然後，亨利．霍斯科勒激動得有些神志不清，也加入了戰團，著實令人欽佩，顯示出美洲印第安人的天賦智慧和純真品性一經教化，有多大威力。他站起身，兩手將頭髮向後一捋，就像小女孩在玩耍的時候那樣。

「『你們倆，到我身後去。』亨利說。

「『這是要幹嘛啊，酋長？』我問。

「『我要帶球衝鋒了，』亨利用橄欖球的術語解釋道，『他們那堆人別想阻截成功。跟緊我，拿下比賽。』

「接著，那個有水準的紅種人嘴裡發出一連串叫聲，把那群拉丁人喝住了，讓他們有了顧慮，躊躇起來。他弄出的聲響彷彿是把卡萊爾印第安人的戰吼和切羅基學院的助威合二為一了。只見他就像從小孩玩的彈弓裡射出的一粒豌豆，朝那支巧克力色的隊伍猛撲過去。他用右肘把那位長官撞翻在地，在人群中撞出一條康莊大道，那路寬得能讓一個女人搬著一個梯子從中通過，還不會碰到任何東西。梅林格和我所要做的就是在後面跟著。

「我們只用了三分鐘就離開了那條街，到達軍隊司令部附近，這裡是梅林格的控制範圍了。一名上校帶著一個營的赤腳步兵出動了，跟著我們回到了音樂會的會場，但那幫叛徒都溜了。不過，我們還是以勝利的姿態收復了我們的留聲機，然後收兵回營，一路播放一首叫做〈對我來說，黑人都一樣〉的曲子。

「第二天，梅林格把我和亨利拉到一邊，拿出一堆十塊和二十塊的美鈔。

「『我想買下那臺留聲機，』他說，『我喜歡它在晚會上播放的最後一支曲子。』

「『那臺機器值不了這麼多錢。』我說。

「『是政府的支出，』梅林格說，『政府出錢買下這臺音樂碾磨機，算很便宜了。』

「我和亨利心裡都清楚。我們知道，是這東西在荷馬．P．梅林格馬上要搞砸的時候挽救了他的事業；但我們不想讓他知道我們知道。

「『現在，年輕人，你們最好到南部海岸去避一避風頭，』梅林格說，『等我把這裡這幫傢伙都解決了再說。不然的話，他們會對你們不利。還有，如果你們碰巧在我之前見到了比利．倫弗魯，告訴他，只要能問心無愧地弄到一筆錢，我就馬上回紐約去。』

「我和亨利躲了起來，直到那艘輪船回來。我們看到船長的小艇靠上了海灘，就走過去，站在海邊。一看見我們，船長就咧嘴笑了。

「『我說過你們會等著的，』他說，『那臺能換漢堡的機器去哪裡了？』

「『留在這裡了，』我說，『留下來播〈家啊，可愛的家〉。』

「『我早就告訴你們了，』船長重複道，『上船吧。』

「就這樣，」凱奥說，「我和亨利．霍斯科勒把留聲機引介到這個國家來了。亨利回了美國，我卻在這片熱帶地區四處尋找，直到今天。他們說，自那以後，梅林格不管去哪裡，都離不了他的留聲機。我猜，無論何時，只要有人手裡拿著用來賄賂他的錢，朝他使眼色，想誘他就範，那臺機器就能讓他想起他的職責。」

「我想，他把它帶回家去，是想留作紀念。」領事說。

「可不是紀念，」凱奥說，「在紐約，他得要兩臺才夠，還得日夜播放著。」

7 錢之謎

安楚里亞的新政府在熱烈的氣氛裡登了位，掌了權。它的頭一項措施就是派一名代表去柯拉里奧，執行緊急密令，只要可能，就要盡力找回被倒楣的米拉弗洛雷斯從國庫裡擄走的那筆錢。

新任總統洛薩達的機要祕書埃米利奧．法爾孔上校，從首都被派出去履行這項重要使命。對熱帶國家的總統來說，機要祕書這個位子是極為要緊的。他得是個外交家，是個間諜，是個統治者，是首長的保鏢，是對謀反和剛剛萌生的革命有敏銳嗅覺的人。他常常站在王座背後掌控實權，是政策的決定者；總統選擇機要祕書比選擇婚姻伴侶還要謹慎十倍。

法爾孔上校是個英俊文雅的紳士，有卡斯提亞人禮貌和爽快的風範。他奉命來柯拉里奧，打算另闢蹊徑，尋找那筆失去下落的款子。他和那裡的軍事當局會談，他們已經接到命令，要配合他做搜查工作。

法爾孔上校把他的指揮部設在卡薩莫雷納飯店的一個房間裡。一星期以來，那裡被他用作臨時審判席——彷彿他一個人就構成了一個意見統一的大陪審團——所有能提供證詞，對解讀這齣財政悲劇有所啟發的人都被傳喚了，前總統的死亡和這齣悲劇是同時發生的，但相比之下，就有些微不足道了。

有兩三個人正在接受詢問，其中就有理髮師埃斯特班，他們都聲稱自己在那具屍體被埋葬以前，就已經確認他就是總統。

「千真萬確，」埃斯特班在祕書大人面前力證，「是他，就是總統。想想看！——我幫一個人剃鬍子，怎麼能不看他的臉？他叫我到一個小房間裡幫他修臉。他的鬍鬚又黑又密。我以前有沒有見過總統？當然見過！有一次，我看到他在索利塔斯的霧氣中乘坐馬車前行。等我給他剃完鬍子，他給了我一枚金幣，要我別說出去。但我是個自由主義者——我忠於我的祖國——所以，我就把這些事告訴古德溫先生了。」

「大家都知道，」法爾孔上校溫和地說，「已故的總統隨身帶著一個美國皮箱，裡頭有一筆鉅款。你看到那東西了嗎？」

「老實說——沒看到，」埃斯特班回答，「那小房間只靠著一盞小油燈照明，就著這點光，我只能給總統剃鬍子而已。可能是有那麼個東西，但我沒看到。確實沒啊。那房間裡還有一位年輕女士——一位非常美麗的小姐——哪怕只有那麼一點光，我也看得清楚分明。但是錢，或者裝錢的東西，我都沒看見。」

那位部隊指揮官和其他軍官都表示，他們被外賓旅館的一聲槍響驚醒了，然後有人拉響了警報。為了維護共和國的和平與尊嚴，他們連忙趕到現場，發現有個人死在那裡了，手裡還握著一支槍，身邊還有一位年輕女子，正號啕大哭。他們衝進去的時候，古德溫先生也在那個房間裡。但裝著錢的手提箱，他們可沒看見。

「早晨的狐狸」遊戲是在一家旅館裡結束的，旅館老闆娘蒂莫提・奧娣斯太太介紹了那兩位客人是怎樣來她的旅館投宿的。

「他們來我的房子住，」她說，「一位先生，年紀不算大；一位小姐，貌美如花。他們不要吃的，也不要喝的——連我的白蘭地都不要，那可是最好的貨色。他們上樓，進了房間——九號房和十號房。後來，古德溫先生來了，他上去找他們談話。接著，我就聽到一聲巨響，有加農炮那麼大聲，他們說可憐的總統自殺了。好吧。我沒看到錢，也沒看到您說的那個他用來裝錢的行李箱。」

法爾孔上校很快就得出了一個合情合理的推論：如果在柯拉里奧，還有人能夠提供那筆失款的線索的話，那人非法蘭克・古德溫莫屬。但機智的祕書要採用另一種辦法從美國人那裡套取訊息。對於新政府來說，古德溫是個強大的朋友，他的膽識和他的正直有口皆碑，容不得慢待。即便是總統閣下的機要祕書也不敢把這位橡膠大王和桃花心木巨頭當作普通的安楚里亞公民一樣拉來問話。所以，他給古德溫發去一封辭藻華麗的手書，以求拜謁之幸，信中的每一個詞都是一片淌著蜜的花瓣。古德溫回覆了，邀他來自己家中共進晚餐。

還沒到約定的時間，這美國人就踱步來到卡薩莫雷納飯店，坦率而友善地問候了他的客人。之後，兩人一起，沐浴著午後的涼爽空氣，向古德溫位於郊外的家漫步而去。

美國人表示抱歉，說自己要失陪幾分鐘，就把法爾孔上校留在了一個陰涼的大房間裡，在他們腳下，經過精工鑲嵌的木地板被擦得晶亮，會讓任何一個美國的百萬富翁豔羨不已。古德溫穿過一個被設計巧妙的篷布和植物蔭蔽著的露臺，步入一個位於這棟房子另外一側、能夠俯瞰大海的長條形房間。寬百葉窗大敞著，輕柔的海風淌過房間，猶如一股涼爽而清新的無形山泉。古德溫的妻子坐在一扇窗前，正在繪製一幅午後海景的水彩寫生。

看來，這是一個幸福的女人。不但如此——看來，她還很滿足。若有哪位詩人被激起了靈感，要描寫她的美態，他會將她那眼白圍繞著灰色虹膜的、盈盈欲滴的清澈雙目比作月光花。但凡有點眼光的打油詩人，都不會拿那些被傳統賦予了魅力、被固化為冷冰冰的經典的仙女與之相比。她的美全然屬於上帝的天堂，與奧林匹斯山毫無關係。如果你能想像被驅逐之後，蠱惑了熱血的騎士為之搏命，並護送她安然返回樂園的夏娃，那麼你也就想像出她的樣子了。看起來，古德溫夫人就是如此具有人性，又與伊甸園如此相配。

在她丈夫進屋時，她抬頭看他，嘴角一翹，雙唇張開了。她的眼皮興奮地眨了兩三下——她的表情讓人想起（請詩人原諒！）一隻忠誠的狗在搖尾巴——接著，她的身體裡泛起了一絲漣漪，就像垂柳隨一陣微風輕晃。每回察覺他走近她，她都會這樣表示，每天總得有二十次。在柯拉里奧，人家有時會在酒桌上添油加醋地說起那些風趣的故事，涉及伊莎貝爾·吉伯特的放蕩過往，如果在那天下午，他們能看到法蘭克·古德溫的妻子如何在可敬的氛圍中過著幸福的婚姻生活，那麼，他們也許就不再相信，或不再記起那些有關她的人生的繪聲繪影的描述，他們的總統為了這個女人丟了江山，也丟了榮譽。

「我帶了一位客人來一起吃晚餐，」古德溫說，「是從聖馬提奧來的法爾孔上校。他是來出公差的。我想你不會樂意見到他，所以替你想好了一個既方便又合理的藉口，就說你的頭痛病犯了。」

「他是來調查那筆失蹤款子的，對嗎？」古德溫夫人問道，手上還在繼續畫畫。

「猜對了！」古德溫確認道，「他審一幫當地人，已經審了三天了。我在他的下一批證人名單上，但他又不好意思把一個山姆大叔的子民硬拖到他面前去，所以，就給它包裝成社交聚會的樣子。他要吃我的，喝我的，同時還來折磨我。」

「他查到有什麼人看到那個裝錢的箱子了嗎？」

「一個活人也沒有。就連在辨認稅務人員時眼光獨到的奧娣斯太太，也不記得行李的事了。」

古德溫太太放下畫筆，歎了口氣。

「我很抱歉，法蘭克，」她說，「都是因為那筆錢，他們才要來找你的麻煩。不過，我們不能讓他們知道，對嗎？」

「那對我們的智商可是極大的侮辱，」古德溫微笑著，學著當地人的樣子聳了聳肩，「儘管我是個美國人，但如果他們知道我們拿走了那個行李箱，半小時之內就會把我丟進監獄。不，對於那筆錢，我們必須跟柯拉里奧那群無知之輩表現得一樣無知。」

「你覺得，他們派來的這個人會不會懷疑到你的頭上？」她微微皺著眉頭，問道。

「他最好不要，」美國人漫不經心地說，「幸運的是，除我之外，沒人看到那箱子。槍聲響起的時候，我在那個房間裡，可以說，這件事我一時脫不了關係，他們想從我這裡調查並不讓人意外。但也沒理由慌亂。把這位上校請來用過一頓豐盛的晚宴，再來點美國式的『唬人』作為飯後甜點，我看這事也就該了結了。」

古德溫太太起身走到窗前。古德溫跟著走過來，站在她身邊。她倚靠著他，棲息在他的力量的庇護之下；自從那個漆黑的晚上，他開始將自己擋在她身前，充當她的避難所之後，她就一直這樣倚靠著他。他們就這樣站了一小會兒。

瘋長的熱帶植物的枝、葉、藤，在他們面前被巧妙地剪出一個能夠直接望見遠景的通道，一端能清楚地看見柯拉里奧郊外紅樹沼澤的淺灘，朝另外一端望去，能看見墳墓，還有烙著可憐的米拉弗洛雷斯總統名字的木牌。古德溫太太總是望著那座墳頭。下雨時，從這扇不得不因之而關起的窗戶；放晴時，從古德溫家水果田裡那片碧綠蔭鬱的坡地，她望著它，帶著一種溫和的傷感，而這份傷感如今已不能給她的幸福製造絲毫破綻。

「我那麼愛他，法蘭克！」她說，「即使在那次可怕的逃亡和那個悲慘的收場之後，還是如此。而你又對我這麼好，讓我這麼幸福。這所有的一切構成了一個奇怪的謎。如果他們發現我們拿了那筆錢，你覺得，他們會逼你全數歸還政府嗎？」

「他們一定得試試，」古德溫回答，「你說這是個謎，說得沒錯。在事情自然解決之前，對於法爾孔和他的國民來說，這件事必須一直是個謎。你和我，知道的比其他人多，但也只掌握了一半情況。關於那筆錢的事，我們不能讓一丁點風聲走漏出去。就讓他們以為總統在半路上把它藏在山裡了，或者在到達柯拉里奧之前，已經設法用船運到國外去了。我不認為法爾孔會懷疑我。他奉了上命，來做一次縝密的調查，但他什麼也查不出來。」

他們就這樣交談著。在他們談到安楚里亞國庫的那筆失款時，若有任何人正在監聽或監視他們，那也無非會遇上第二個謎。因為從他們的臉上、從他們的舉止中——如果表情值得相信的話——撒克遜人的誠實、尊嚴和高尚的思想顯露無遺。古德溫沉著的目光和堅定的面容，由融合了仁慈、慷慨和勇氣的靈魂澆鑄而成，與他的言語沒有任何矛盾之處。

至於他的妻子，即使他們正談著什麼不體面的事情，她的面相也是無可挑剔的。她的外表高貴，目光純潔。從她表現出的愛意之中，甚至看不出時不時讓一個女人出於愛情而可悲又偉大地為她的情侶分擔罪孽的那種情感。不，在這裡，眼見與耳聞之間存在錯位。

古德溫和他的客人在露臺上，在草木的陰涼裡共進晚餐。美國人因為古德溫太太的缺席懇請傑出的祕書先生諒解，他說她有點熱感冒，覺得頭痛。

飯後，按照慣例，他們仍舊留在桌邊喝咖啡，抽雪茄。法爾孔上校以道地的卡斯提亞式的圓滑，耐心地等待主人先給他們此次會面要討論的問題起個頭。他沒有等很久。雪茄剛一點上，美國人就進入了正題，向祕書詢問他在鎮上的調查是否獲得了關於失款的線索。

「還沒找到任何一個見過那箱子或者錢的人，」法爾孔上校承認道，「我還得再加把勁。首都那邊已經證實，米拉弗洛雷斯總統從聖馬提奧出發時，帶著屬於政府所有的十萬美元公款，與歌劇演員伊莎貝爾．吉伯特小姐結伴同行。無論是官面上，還是私底下，政府都不願相信這件事，」法爾孔上校笑著總結道，「以我們那位已故總統的品性來看，那兩樣作為超重的行李，使他的逃亡之路不堪重負的可愛物件，哪一樣他都不肯在半道上放棄的。」

「我想，你會願意聽聽我對這件事有什麼可說的，」古德溫直截了當地說，「用不了幾句話。

「那天晚上，我和我們在這裡的其他朋友一起戒備，在那之前，透過我們在首都的一位領袖——恩格爾哈特發來的電報通知，我們已經得知總統逃亡了，就在這裡等著他。十點鐘左右，我看到一男一女在街上匆忙走過。他們進了外賓旅館，開了房間。我跟他們上了樓，讓埃斯特班留在外面負責看守。那理髮師告訴我，當天晚上他給總統刮過鬍子；所以，當我走進房間的時候，心裡已有準備，知道那位的臉該是光滑的。就在我要以人民的名義逮捕他的時候，他立即掏出手槍自殺了。才幾分鐘，現場就擠滿了許多官員和百姓。我想，後來發生的事你應該都弄清楚了。」

古德溫停了下來。洛薩達的代表仍舊保持著傾聽的姿態，彷彿還在期待著下文。

「現在，」美國人直視著對方的眼睛，一字一頓，斬釘截鐵地繼續說道，「我要再補充幾句，還請留心聽好。我沒看到手提箱或任何一種能裝錢的東西，更沒看到任何屬於安楚里亞共和國的財物。無論米拉弗洛雷斯總統在逃亡時帶走了屬於這個國家的國庫、屬於他自己或是屬於任何其他人的錢財，反正我是沒看見。在那間房子裡，或者別的地方，在那個晚上，或者別的時候，我都沒看見。這個說明是不是已經能夠回覆你打算問我的所有問題？」

法爾孔上校鞠了一躬，用他的雪茄劃出一道流暢的弧線。他已經履行了職責。古德溫是無可非議的。他是政府的可靠後盾，享有新總統的全權信任。他的正直是他在安楚里亞發財的資本，正如米拉弗洛雷斯的祕書梅林格，也是靠著正直維繫著有利可圖的「差事」。

「我要感謝你這麼坦率，古德溫先生，」法爾孔說，「你的話在總統那裡也交代得過去了。不過，古德溫先生，我接到的命令是追查這宗案子的每一條可能線索。但有一條我還根本沒沾到邊呢。我們在法國的朋友說過一句話，先生，碰上沒有線索的神祕事件，就『找女人』。但在這裡，我們不需要找。和總統結伴逃亡的那個女人肯定——」

「我只能打斷你了，」古德溫插嘴說，「在我走進那家旅館試圖攔截米拉弗洛雷斯總統的時候，我確實見到了一個女人。我想請你留意，那個女人現在是我的妻子。我可以代她說話，就像我為自己說話一樣。關於你在尋找的那個箱子或是那筆錢的下落，她一概不知。請轉告總統閣下，我擔保她是清白的。我不希望她受盤問、被打擾，法爾孔上校，關於這一點，我想我不需要再對你囉嗦了。」

法爾孔上校又鞠了一躬。

「當然不需要！」他叫道。接著，為了表示調查到此為止，他還特別補了一句：「現在，先生，請您帶我去您提過的那條走廊看看海景。我熱愛大海。」

入夜之後，古德溫陪他的客人走回鎮裡，一直走到了大街的轉角。就在他轉頭回家的時候，一個外形嚇人、表情卻寫滿奉承的人，滿懷希望地從一家酒館門前向著他迎面走來。這人叫「墮天使」布萊斯。

為了說明他的一落千丈，大家將「墮天使」這個雅號贈給了布萊斯。在某個遙遠的「失樂園」，他曾和俗世之中的諸多「天使」交相輝映。但自從命運把他以倒栽蔥的姿勢摜進這片熱帶地區，它在他胸中點燃的火焰幾乎再未熄滅過。在柯拉里奧，人家說他是海灘流浪漢；但事實上，他是絕對意義上的空想家，試圖以白蘭地和蘭姆酒塗改無聊的人生真諦。正如墮天使本人在那次萬劫不復的墜落中，還能在失去意識的情況下抓緊他的豎琴或冠冕，與他同名的這個人也牢牢地抓住了他的金邊眼鏡，將之作為僅有的紀念，為那個業已失去的身分作證。當他在海灘上閒逛，向他的朋友榨取過路費的時候，就戴著這個引人注目、別具一格的東西。靠著某種神祕的手段，他總能把那張被酒意染紅的臉修得光溜溜的。另外，無論碰上誰，他都能漂亮地敲人家一竹槓，讓自己保持在酣醉之中，同時還能找個地方避過雨水和夜露的滋擾。

「你好啊，古德溫！」這叫花子快活地喊道，「我正想找你呢。我很想見你。我們找個能說話的地方坐坐吧。你肯定知道有個傢伙到這裡來調查米拉弗洛雷斯弄丟的那筆錢了吧。」

「是的，」古德溫說，「我剛跟他談過。我們去埃斯帕達酒家吧。我給你十分鐘時間。」

他們走進酒館，找到一張小桌，坐在旁邊的皮面凳子上。

「喝一杯嗎？」古德溫說。

「我就嫌他們上酒上得慢，」布萊斯說，「我從早上一直渴到現在。嗨——年輕人！給這邊來份白蘭地。」

「那麼，說吧，你找我有什麼事？」酒擺到他們面前的時候，古德溫問道。

「別掃興啊，老兄，」布萊斯慢條斯理地說，「這麼寶貴的時光，幹嘛要讓這些正經事給攪和了。我找你是為了——唉，還是這個更要緊。」他一口喝乾了白蘭地，然後意猶未盡地望著空酒杯。

「再來一杯？」古德溫建議道。

「作為一位紳士，」這位墮落天使說，「我不太喜歡你這麼說。不太文雅。不過這話表達的意思倒不壞。」

酒杯又斟滿了。布萊斯滿足地小口啜飲著，開始逐漸進入道地的空想家的境界。

「一兩分鐘之內我就得走了，」古德溫提醒他，「有什麼特別的事情要跟我說嗎？」

布萊斯沒有馬上回答。

「老洛薩達會把他的國家變成那個人的刀山火海，」他終於說道，「我指的是那個從國庫偷走一手提包贓錢的人，你覺得呢？」

「毫無疑問，他會的。」古德溫鎮定地表示同意，同時從容地站了起來。「我現在要趕回家去了，老兄。古德溫太太很孤單。你沒什麼重要的事要說了，對嗎？」

「我說完了，」布萊斯回答，「只是，你不介意出去的時候，叫吧臺再送一杯酒過來吧？老埃斯帕達已經不做我的生意了，連賒欠都算壞帳了。你能行行好，幫我都結清嗎？」

「沒問題，」古德溫說，「晚安。」

「墮天使」布萊斯繼續徜徉在杯盞之間，另外還拿出一塊骯髒的手帕擦他的眼鏡。

「我以為我能做到，但我不能，」過了一會兒，他喃喃自語道，「作為一個紳士，不能敲詐一個跟他一起喝酒的人。」

8 海軍上將

打翻的牛奶沒讓安楚里亞政府掉幾滴眼淚。[33]奶源多得是；時鐘的指標永遠停在擠奶的時刻。甚至，被鬼迷心竅的米拉弗洛雷斯從國庫刮走的那厚厚一層奶油，也沒讓新一輪的愛國志士浪費時間，耽於悔憾。政府明智地著手填補虧空，一方面增加關稅，另一方面「建議」富有的私人公司本著自願的原則捐獻財產，以此判斷他們是否是愛祖國、守本分的良民。在新總統洛薩達的任期內，繁榮的前景指日可待。那些失勢的官員和軍隊將領成立了一個新的「自由主義」黨，開始謀畫，打算東山再起。安楚里亞的政治遊戲就這樣再次啟動，就像中國的諧劇，你方唱罷我登場，有條不紊地進行著。笑神時不時地在這裡那裡閃現一個瞬間，華麗的故事線索在他的翅膀和輝芒中隱現。

總統和他的內閣成員在一個非正式的座談中，以十幾夸脫香檳為引子，推出了成立海軍和任命費利佩·卡雷拉為海軍上將的決議。

對這項決議出了大力的，除了香檳之外，就屬新近上臺的軍政大臣堂薩巴斯·普拉西多了。

總統召集內閣會議，為的是商討政治問題和處理某些例行的國務。議程乏味至極；枯燥無比的事務吸乾了數量驚人的酒水。生性滑稽、好惡作劇的堂薩巴斯，突然被本能驅使著，以一個令人愉快的玩笑，給過於嚴肅的國家大事添了點幽默的佐料。

在冗長的議事流程中，插進了海事部門呈交的一紙公文，報告的是柯拉里奧鎮上的海關人員在近海查獲了「夜之星號」單桅帆船及船上的貨物——包括紡織品、專利藥、砂糖和三星白蘭地，此外還有六支馬提尼步槍和一桶美國威士忌。因為在走私時被當場抓獲，依照法律，船與貨都被收歸國有。

海關司長在做報告的時候，打破了慣例，建議將罰沒的船隻改裝後交由政府再行利用。海關部門剛剛立下大功一件，在最近十年當中也是首屈一指。司長得抓住機會，替他的部門掙點面子。

政府官員常常需要從沿海的某一地去往另一地，但往往缺少交通工具。此外，還可以派可靠的船員駕駛單桅帆船，作為海岸警備隊的成員，打擊罪惡的走私活動。司長還大膽地舉薦了

33 這個句子改寫自諺語：「打翻了牛奶哭也沒用。」

一個值得信賴的管理船隻的人選——是柯拉里奧的一個名叫費利佩·卡雷拉的年輕人——他提前聲明，這人並不特別聰明，但很忠誠，而且是沿海一帶的頂尖水手。

受此啟發，軍政大臣演了一齣罕見的鬧劇，將沉悶的行政會議也變得活潑起來。

在這個出產香蕉的小型海濱共和國的憲章當中，有一項被遺忘的條款，為籌建海軍留出了軍費。這項規定——和其他許多更為賢明的規定一樣——自從共和國成立以來就一直被封存在惰性當中。安楚里亞沒有海軍，也用不著海軍。堂薩巴斯依自己的個性行事——此人博學多聞、異想天開、不拘一格、及時行樂——驚起了蒙在發霉沉睡的條款之上的灰塵，逗得他那些寬容的同僚如此開懷，給這個世界的幽默事業做出了貢獻。

帶著令人捧腹的假正經，軍政大臣提議組成一支海軍。他如此歡快、如此機智、如此熱情洋溢地論證此舉的必要性和可能造就的榮耀，以至於這齣滑稽戲竟憑著它的幽默征服了洛薩達總統威嚴的黑臉龐。

香檳在這幫善變的政客的血管裡狡猾地冒著泡。安楚里亞嚴肅的政府高層並沒有以飲酒來活躍會議氣氛的風習，這種做法容易給應當清醒對待的事務蒙上一層醉態。酒是維蘇威水果公司的代表為了展現公司和安楚里亞共和國的友好關係——也為了某些已經成交的買賣——而精心準備的一份贈禮。

玩笑開到了尾聲。一份令人敬畏的公文被寫就了，用彩色的封蠟封口，用飄舞的絲帶裝飾，再蓋上華麗的國家公章。這是一份委任狀，任命堂費利佩．卡雷拉先生為安楚里亞共和國的護旗海軍上將。就這樣，在幾分鐘的會議空檔裡，在一打「特乾型」香檳的支配下，這個國家便躋身於世界海軍強國之列，而費利佩．卡雷拉則成了一個有資格在駛進海港時享受十九響禮炮致敬的大人物。

南方的種族不具備那種獨特的幽默感，沒法把自然施與人間的缺陷和不幸拿來取樂。由於這種結構性的欠缺，他們不能像他們的北方兄弟一樣，被畸形、低能和瘋癲的奇觀逗得樂不可支。

費利佩．卡雷拉只帶了一半理智來到這個世上。因此，柯拉里奧人叫他「El pobrecito loco」——「可憐的小瘋子」——還說上帝只把他的一半送到人間，把另外一半給扣下來了。

費利佩是個陰沉的年輕人，神情嚴厲，極少說話，所以只是個消極的「瘋子」。在岸上，他通常拒絕與人往來。他似乎知道，陸地上有太多需要瞭解的東西，而「瞭解」是他的缺陷所不允許的；但是在水上，他就能憑著僅有的一項天賦與多數人一較高下了。只有上帝專注且周全地創造的少數水手，才能像他那樣掌控船隻。他駕駛帆船時離風很近，甚至比最好的水手還近五個方位。在水與風大發雷霆，讓其他人瑟瑟發抖的時候，費利佩的缺陷似乎變得無關緊要了。他不是完美的人，卻是完美的水手。他沒有自己的船，只是和一群船員一起，專在沿海行駛的縱帆船和單桅船上打工，在沒有港口的地方替停泊在近海的輪船運送和裝載水果。之所以能被司長舉薦為監管被查獲的單桅船的適當人選，一方面是憑著他在海上的技巧和膽量，另一方面則是憑著用精神缺陷博得的同情。

當堂薩巴斯的小玩笑結出的果實，以一封既堂皇又荒唐的公文的形式被送達的時候，司長笑了。他沒料到自己的推舉竟能得到如此迅速、如此有力的回饋。他立刻派了一名小廝去接未來的海軍上將。

司長在他的辦公室裡等著。他的辦公地點在大街上，海風整日將窗戶吹得嗡嗡直響。司長穿著白亞麻布衣服和帆布鞋，和擺在骨董桌上的文件廝混在一起。一隻在筆架上歇腳的鸚鵡，嘴裡爆出一串卡斯提亞語的詛咒，以此調劑官方特有的單調乏味。有兩個房間與司長的辦公室相通。一間裡面有幾個膚色深淺不一的年輕辦事員，正積極高調地處理各自的公務。從另一道敞開的房門望進去，可以看到一個古銅色皮膚的小娃娃，光溜溜的，在地板上打滾玩耍。一個淺檸檬色皮膚的苗條女子躺在草編吊床上，撥弄著一把吉他，悠然自得地隨風輕晃。高屋建瓴的公共事業環繞左右，稱心如意的家庭生活近在眼前，加之還有親手令「天真的」費利佩飛黃騰達的權力，司長心中深感快樂。

費利佩來到了司長面前。這是個二十歲的年輕人，長得不討人厭，但神情冷漠，心不在焉。他下身穿著白色棉布褲——還似是而非地學著軍裝的樣式，自己在褲縫上綴了一根紅布條；上身穿著薄薄的藍襯衫，敞著領口，赤著雙腳，手裡拿著一頂美國產的廉價草帽。

「卡雷拉先生，」司長嚴肅地說，同時出示那張華麗的委任狀，「我請你過來，是奉總統之命。我遞給你的這份公文，將這個偉大共和國的海軍上將軍銜授予你，也將我國的海軍和艦隊的指揮權交給了你。費利佩老弟，你可能以為，我們沒有海軍——但我們有！我手下英勇的弟兄從沿海走私集團手裡查獲的『夜之星號』單桅帆船，現在調撥給你管轄。那條船被徵用了，將為你的祖國效力。要隨時準備好，有政府官員要去沿海某地作公務視察，你就要負責接送。你還要扮演海岸警衛的角色，盡可能阻擊不法走私。你要提升你的祖國在海上的榮譽和威名，努力讓安楚里亞進入世界上最顯赫的海軍強國之列。以上就是軍政部長委託我代他們傳達給你的命令。看在上帝的分上！我可不知道怎麼才能完成，因為在他的來信當中，關於人員和軍費的事情，一個字也沒提。也許你可以招募你自己，作為第一個船員，海軍上將先生——我也說不上來——不過，剛剛降臨在你頭上的，可是一項非常崇高的榮譽！現在，我把你的委任狀交給你。等你做好準備，我就下道命令，把那條船調撥給你掌管。我要傳達的指示就這麼多了。」

費利佩接過司長遞給他的委任狀。有一會兒，他從敞開的窗戶裡凝望著大海，臉上帶著他通常都有的那種一半沉思、一半茫然的表情。然後，他轉過身，一言不發，踏著街上火燙的沙子快步走遠了。

「可憐的小瘋子！」司長歎息道。筆架上的鸚鵡尖叫著：「瘋子！——瘋子！——瘋子！」

第二天早上，一支奇奇怪怪的隊伍在街道上魚貫而過，向司長的官署走去。為首的正是海軍上將。費利佩不知從哪裡湊齊了一堆可憐巴巴的行頭充作軍裝——一條紅褲子、一件裝飾了大量金穗帶的髒兮兮的藍色短外套、一頂疲軟的舊大簷帽，一定是先被貝里斯的英國士兵丟掉，又被沿海航行的費利佩撿回來的。他的腰上還掛了一把古代人在船上用的那種彎刀，是麵包師佩德羅．拉菲特贊助的裝備，這人誇口說刀是從他那位威名赫赫的海盜祖先[34]那裡繼承來的。緊跟在海軍上將身後的，是他的新船員——三名咧嘴傻笑、滿臉油光的加勒比黑人，光著上身，赤著雙腳，蹦蹦跳跳，把沙子踢得像雨點一樣四處潑濺。

費利佩直截了當、威風凜凜地要求司長把船交給他。如今，還有一項新的榮譽等著他。司長的太太，整天躺在吊床上彈吉他、看小說，在她那祥和的黃色胸脯中，存放著不止一點浪漫元素。她在一本舊書裡找到了一幅據說是安楚里亞海軍軍旗的旗幟圖樣。也許是開國元老為海軍設計的；但是，由於海軍從未得以建立，遺忘的陰影就吞沒了這面旗。她照著圖樣，大費周章，親手繡好了錦旗——以藍白兩色為底，上面再加個紅十字。把旗送給費利佩時，她這樣說道：「勇敢的水手，這面旗代表你的祖國。要忠誠於它，用你的生命保衛它。上帝與你同在。」

一絲激動之情在海軍上將的臉上一閃而逝，自從他就任以來，這還是頭一次。他接過這件柔滑的象徵物，必恭必敬地摸了摸旗面。「我是海軍上將。」他對司長的妻子說。在陸地上，他無力表達出更為濃烈的情感。到了海上，把旗子升到軍艦的桅頂之後，某些更為動人的豪言壯語可能就會層出不窮。

海軍上將和他的船員倉促離開了。接下來的三天，他們忙著翻新「夜之星號」，給它刷了白漆、描了藍邊。此外，費利佩還在他的帽簷上別了幾根鸚鵡羽毛作為裝飾。之後，他又帶領他忠誠的船員，步履鏗鏘地走到司長的官署，正式通知他，那艘單桅帆船已經更名為「國家號」。

之後的幾個月裡，海軍陷入了麻煩。如果沒有任何命令，哪怕是一位海軍上將，也不知道該幹些什麼。但就是沒有命令。也沒有薪水。「國家號」拋了錨，懶洋洋地在海上晃蕩。

當費利佩的那一丁點存款被耗光的時候，他去找司長，提出了財務方面的問題。

「薪水？」司長攤開雙手，叫道，「老天啊！最近七個月以來，我自己可也是一塊錢都沒領到。你問的是海軍上將的薪水嗎？誰知道？不到三千披索吧？等著瞧！在這個國家，你很快就會見證一場革命。當一個政府只知道討要披索、披索、披索，自己卻一毛不拔的時候，這種

34 海盜祖先，指十九世紀初活躍於墨西哥灣一帶的大海盜讓·拉菲特。

徵兆就很明顯了。」

離開司長官署的時候，費利佩陰鬱的臉上掛著一副幾乎稱得上心滿意足的表情。革命意味著打仗，到那時政府就用得著他了。身為一位海軍上將，無事可做十分可恥，何況還有一隊嗷嗷待哺的船員釘在身後，總要討幾個小錢去買芭蕉和菸草。

當他回到那幾個逍遙自在的加勒比人等著他的地方，他們就照他在訓練中要求的那樣跳起來行禮。

「過來，年輕人，」海軍上將說，「看來，政府窮死了，沒錢給我們了。我們得自己賺錢養活自己。這樣做，也是為國家出力。很快，」——他呆滯的雙眼幾乎在閃光——「它會很樂意找我們幫忙的。」

從此以後，「國家號」就與其他沿岸的船隻一道出海找差事，自力更生了。它和那些駁船一起，將香蕉和橘子運到那些無法在離岸一公里以內停泊的水果輪船上。一支自給自足的海軍無疑在任何國家的預算表裡，都應當被粗體標示出來。

等運貨賺來的錢足夠他和船員一週的給養之後，費利佩叫海軍靠了岸，就去小電報所裡待著了，就像一個破產的滑稽歌劇團的合唱隊隊員，整天堵在經理的房間裡。他的心裡始終期盼著首都發來的命令。沒人需要他履行海軍上將的職責，這傷了他的自尊心和愛國心。每次有電報進來，他都要一本正經又滿心期待地詢問電報員。當班的負責人會假意翻尋一會兒，然後回覆他：「看起來，還沒到，海軍上將先生——就快了！」

船員在外面的菩提樹下乘涼，嚼著甘蔗或者打著盹，為能為這個只需出一點力就能滿足的國家出力而感到十分滿足。

初夏的一天，司長曾預言的革命突然爆發了。事實上，它鬱積已久。第一聲警報響起時，海軍上將即統率所有軍力和艦艇，駛往沿海鄰國的大港口，拿匆忙收來的一批水果換來了等值的彈藥，配給了海軍僅有的可資誇耀的軍備——五支馬提尼步槍。然後，海軍上將飛奔到電報所，身著那套快要爛掉的制服，癱倒在他最喜歡的角落裡，將那把古怪的軍刀杵在兩條紅色的褲腿之間，等待著已經延誤了很久，但如今即將到來的命令。

「還沒有，海軍上將先生，」電報員仍將這樣招呼他，「就快了！」

聽到這個答覆，海軍上將會重重地跌坐在地上，伴著刀鞘撞擊地面的一聲巨響。他會繼續等待桌上那臺小小的儀器發出並不常有的滴答聲。

「會來的，」他還會說出那句不可動搖的回答，「我是海軍上將。」

9 旗幟至高無上

帶領叛黨揭竿而起的人是南方共和國的赫克托[35]和博學的底比斯人堂薩巴斯．普拉西多[36]。他是一位旅行家、一位軍人、一位詩人、一位科學家、一位政治家，以及一位鑑賞家——令人驚訝的是，他竟能偏安於本國，滿足於乏善可陳的生活。

「普拉西多只是一時興起，」一個跟他很熟的朋友說，「才玩起了政治遊戲。這和他偶然發現一種新節拍、一種新細菌、一種新香型、一種新詩韻、一種新炸藥都沒什麼不同。他會榨乾這場革命的所有激情，再過一星期，就把它忘得一乾二淨，然後他就乘上他的雙桅船出海，去環球旅行，給他早已舉世聞名的收藏添上新品。你問是什麼收藏？天知道！從郵票到史前石像，什麼他都要！」

然而，雖說只是玩票，品味獨到的普拉西多製造的動靜似乎不小。人民敬仰他，為他過人的才華而著迷，也為他竟會青睞他們這樣一個彈丸小國而深感榮幸。他們響應號召，聚集在他在首都的幫手身邊，那裡的軍隊（不知為何，總之事與願違）仍舊效忠於政府。沿海城鎮也衝突頻發。傳聞革命是由維蘇威水果公司贊助的，就是那個總是站在那裡，掛著呵責的笑容，舉起手指要安楚里亞做個乖孩子的權威角色。它旗下的兩艘貨輪，「旅行者號」和「薩爾瓦多號」，被人發現在沿海各地運送叛軍。

在柯拉里奧，起義尚未實際發生。實行軍事戒嚴之後，動亂暫時被控制住了。接著，革命遭到重挫的消息從四面八方傳來。在首都，總統一方大獲全勝；還有謠言說，叛黨的領袖都已被迫逃亡，軍隊還在窮追猛打。

總有一群官員和熱心市民聚在柯拉里奧的小電報所裡，等著從各地政府發來的新通報。一天早上，電報機的鍵盤開始咔嗒直響，不久，電報員大聲呼叫：「有一封給海軍上將堂費利佩．卡雷拉先生的電報。」

先是傳出一陣窸窸窣窣的聲音，接著是鐵皮刀鞘撞擊地板的巨響，海軍上將從窩著的地方迅速起身，幾個箭步跑過房間，去收電報了。

拿到了電報，他摸索著自己接收的第一道正式命令，慢慢地把它讀了出來——內容如下：

35 赫克托，荷馬史詩《伊里亞德》中的重要人物，特洛伊的王子，也是本方最強大的勇士。
36 底比斯是古埃及最偉大的城市，象徵文明的巔峰。將普拉西多比作底比斯人，大概意在說明他喜歡懷古。

速將船駛往魯伊茲河口，裝運牛肉和糧食去阿爾弗蘭軍營。

馬爾提尼斯將軍

祖國的第一次召喚，固然算不上多大的光榮。但它到底還是發出了召喚，海軍上將的胸中洋溢著欣喜。他緊了緊彎刀的皮帶，把帶扣往裡收了一格，喊醒正在打盹的船員，不到一刻鐘的功夫，「國家號」便頂著一成不變的內陸風，沿著海岸疾速駛去。

魯伊茲河是一條在柯拉里奧下方十英里處入海的小河。靠近海岸的河段十分孤寂荒涼。洶湧的激流穿過科迪勒拉山脈中的峽谷，凜冽、喧騰，滑向遠方，最後舒展開來，從容地掠過一片沖積泥沼，匯入了大海。

不到兩個小時之後，「國家號」就進入了河口。河岸被茂密的樹木擋得嚴嚴實實。繁盛的熱帶灌木叢充溢了這塊陸地，直至將自身淹沒在凝滯的水中。單桅船無聲無息地進來，又與更深沉的寂靜相遇。絢麗耀目的綠葉、紅花、赭石，襯托出蔭翳的魯伊茲河河口，除了入海的水流沖著船頭潺潺而過，這裡就沒有會響的，也沒有會動的了。在這樣的空茫避世之所交接牛肉和糧食，看似機會渺茫。

海軍上將決定拋錨靠岸，錨鏈的鳴響立刻在林中激起一片躁動的回聲。剛剛，魯伊茲河口只是睡了片刻早覺。鸚鵡和狒狒在樹叢裡尖叫咆哮；一陣呼呼、嘶嘶和隆隆聲響起，說明動物已經甦醒，森林有了生命；一個深藍色的大傢伙一晃而過，原來是一頭受驚的貘在藤蔓之中奮力開路。

海軍遵照命令，在小河的河口等了幾個鐘頭。船員做了一頓晚飯，有魚翅湯、芭蕉、蟹肉秋葵濃湯和酸葡萄酒。海軍上將則舉著三英尺長的望遠鏡，密切觀察著五十碼外密不透風的濃蔭。

將近日落的時候，從他們左邊的樹林裡傳出一陣激盪的回聲：「喂！」在他們回應之後，三個騎著騾子的男人從一堆糾纏難解的熱帶植物裡撞了出來，跑到距離河岸最多十來碼遠的地方。他們在那裡下了騾子；一個人解下皮帶，用刀鞘在每頭騾子身上都狠狠地敲了一記，於是，牠們回頭揚蹄急奔，又衝進了森林裡。

那是幾個看起來跟運送牛肉和糧食扯不上關係的人。其中一個身材高大且充滿活力，十分引人注目。他是典型的純種西班牙人，一頭斑駁的黑色鬈髮，閃閃發亮的藍眼睛，有種顯而易見的大人物的派頭。另外兩人都是小個子，棕色臉龐，穿白軍裝和高筒馬靴，還配了軍刀。三個人的衣服都溼透了，濺滿泥汙，被帶刺的灌木掛得襤褸不堪。一定有某種咄咄逼人的厄運，逼著他們越過洪水、泥潭和莽林。

「喂！海軍上將先生，」那大個子招呼道，「划條筏子過來。」

筏子入了水，費利佩帶著一個加勒比人朝著左岸划了過去。

大個子站在河邊，腰部以下都被纏結的藤蔓埋沒了。他盯著立在船尾的那個衣著寒酸的人物，變幻不定的臉上露出了饒有興味的笑容。

在沒人發錢也沒人理睬地服役了幾個月之後，海軍上將已經風光不再了。他的紅褲子破破爛爛，綴滿補丁。短外套上那些亮閃閃的鈕扣和黃色穗帶已經所剩無幾。殘破的帽舌幾乎蓋住了眼睛。海軍上將的腳上什麼也沒穿。

「親愛的海軍上將，」大個子叫道，嗓音嘹亮，像號角發出的一聲爆響，「向你致敬。我知道，你的忠誠可靠毋庸置疑。你接到馬爾提尼斯將軍發的電報了吧。把你的筏子划近一點，親愛的海軍上將。這些該死的爬藤搖搖晃晃的，我們站在上面真有些提心吊膽。」

費利佩用一副呆相回應了來人的問候。

「糧食和牛肉，送去阿爾弗蘭軍營。」他把電報的內容複述了一遍。

「牛肉沒來這裡等你，我的海軍上將，不是屠夫的錯。不過你來得正是時候，還能救下幾頭牲口。來接我們上船吧，先生。趕快，各位大人，你們先上！然後再回來接我，筏子太小了。」

筏子把兩個官員送上了帆船，然後回頭去接大個子。

「你那裡有什麼能吃的東西沒有，好心腸的海軍上將？」上船的時候，他叫道，「或者，還有咖啡？牛肉和糧食！我的天吶！再多撐一會兒的話，我們能在那些騾子裡挑一頭吃掉，拉斐爾上校，你方才在道別時如此深情地用你的刀鞘向牠們敬禮。我們先吃點東西，然後把船開去——阿爾弗蘭軍營——沒錯吧？」

加勒比人做好了飯，「國家號」的三位乘客帶著久旱逢甘霖的喜悅吃光了所有食物。日落前後，風照例轉了向，從山上往回掠，涼爽且穩定，帶來了被低地困住的死水湖和紅樹沼澤的氣息。單桅帆船的主帆被扯開，撐滿了。就在那時，他們聽到喊聲和逐漸逼近的喧鬧聲從岸上的叢林深處傳來。

「是那些屠夫，我親愛的海軍上將，」大個子微笑著說，「是來宰牛的，可惜太遲了。」

除了對船員發號施令，海軍上將什麼也沒說。上桅帆和船首三角帆都展開了，船駛出了河口。大個子和他的同伴以盡可能舒服的姿勢圍坐在光禿禿的甲板上。也許，先前壓在他們心上的大事，已經被甩脫在那片危機四伏的海岸了；而現在，風險既已遠去，他們的心思放鬆下來，要開始考慮下一階段的命運了。當他們看到帆船再次轉舵，沿著海岸飛馳的時候，又鬆了一口氣，對海軍上將的手段感到滿意。

大個子舒舒服服地坐著，用一雙神采奕奕的藍眼睛凝視海軍指揮官。他想衡量一下這個陰鬱、古怪的年輕人到底是怎麼回事，他身上那種不動如山的遲鈍令他困惑。他自己還在逃亡，命都難保，而且正被挫敗和失落折磨，但性格使然，他會立刻把注意力轉去研究對他而言新奇的事物。就是他這種人，才會孤注一擲，構思並執行這種冒著巨大風險的魯莽計畫——給一個穿著古怪軍裝、掛著滑稽頭銜駕著船到處跑的瘋子寫信，這可憐的瘋子已腦筋不清楚了。可是，他的同伴都已經窮盡心智，脫身的打算看來是全無指望了，而他卻靠著這個他們認為既危險又愚蠢的計畫達成了目的。

熱帶短暫的薄暮，似乎在轉瞬之間便化作珍珠色的月夜。此刻，柯拉里奧的燈火在他們右邊正逐漸變暗的海岸上三三兩兩地亮了起來。海軍上將站著，一聲不吭地把著舵；那些加勒比人扯住了帆，應和著上將簡短的命令，像幾頭黑色的豹，無聲地蹦來跳去。三位乘客注視著前方海面，最後，在看到一艘離鎮上一英里之外，燈光深深探入水面的大輪船的時候，他們突然把腦袋湊在一起，低聲商量起事情來。帆船彷彿在輪船和海岸中間闢出了一條道路。

大個子猛然起身，離開了他的同伴，向站在舵柄邊的那個裹在破衣爛衫裡的人走去。

「我親愛的海軍上將，」他說，「政府真是極度失職。我為此深感羞愧，只能說對你盡心盡責的表現，政府失察了，因此沒能給你應有的支持。這實在是個不可饒恕的疏忽。艦艇、裝備和船員都會調撥給你，一定要配得上你的忠誠。但是眼下，親愛的海軍上將，我們有要事在身。停泊在那邊的輪船是『薩爾瓦多號』。我和我的朋友打算到它上面去，替政府辦些公事。還請你行個方便，變一下航線。」

海軍上將沒有回答，而是厲聲發出一個命令，使勁將舵柄轉向左舷。「國家號」一扭頭，筆直地向著海岸箭一般地駛去。

「麻煩了，」大個子有些惱火地說，「至少知會一聲，你聽到我說的話了沒有？」他覺得，有可能這傢伙的感官和腦筋一樣，都不怎麼靈光。

海軍上將迸出一陣嗚哩哇啦的刺耳大笑，然後開口說話了。

「他們會叫你臉對著牆站著，」他說，「然後槍斃你。他們就這樣處決叛徒。你剛上筏子的時候，我就認出你了。我在一本書裡見過你的照片。你是薩巴斯．普拉西多，叛國的傢伙。把你的臉對著牆吧。你要死了。我是海軍上將，我要把你交給他們。把你的臉對著牆。沒錯。」

堂薩巴斯側著身子，發出一串大笑，朝隨他一同逃亡的兩人擺了擺手。「兩位紳士，你們瞧，我想起了那次會議的事，就是那一次，我們提出了那項，哦，天啊，多麼荒謬的任命啊！我們開的玩笑竟然真的報應在自己身上了。看啊，我們造出了一個科學怪人！」

他望了望海岸。柯拉里奧的燈火越來越近了。他能看到海灘、國營酒館的倉庫、士兵駐紮的又長又矮的營房，以及營房背後在月光下若隱若現的一片高聳的土坯牆。堂薩巴斯見過許多人臉對著牆被槍斃。

他再次嘗試與站在舵柄旁邊的那個打扮得亂七八糟的造物對話。

「的確，」他說，「我要逃離這個國家。但是，你只管相信，我對這事一點也不擔心。管他什麼地方的官場和兵營，都對我薩巴斯．普拉西多敞開大門。就是這麼回事！這麼一個鼴鼠窩──這個和豬頭一般大的國家──對我這樣的人來說算什麼？我四海之內皆兄弟。在羅馬、倫敦、巴黎、維也納，你都能聽到人家這麼說：『歡迎回來，堂薩巴斯。』來吧！傻瓜──小狒狒──海軍上將，你喜歡哪個稱呼都行，調轉船頭。送我們去『薩爾瓦多號』，這是給你的報酬──美國人的錢，五百塊──你那個謊話連篇的政府，二十年也給不了你這麼多。」

堂薩巴斯把一個脹鼓鼓的錢袋子塞進那年輕人的手裡。海軍上將對這番表態無動於衷。他掌牢了舵，讓帆船保持航向，筆直駛向海岸。自負之情湧上心頭，似乎讓他頗為受用，連那張呆滯的面孔幾乎都變得靈動起來，還讓他鸚鵡學舌般地聒噪了幾聲。

「他們要那麼做，」他說，「就為了不讓你看到槍。他們開火──砰！──你就倒下死掉。把你的臉對著牆。沒錯。」

海軍上將突然對船員下了一個命令。那幾個輕盈而安靜的加勒比人把手裡的帆索綁好，從艙口溜下去，進了帆船的貨艙。當最後一人消失在甲板下面以後，堂薩巴斯像一頭棕色的大美洲豹，一下跳過去，把艙口合上，壓緊，然後站起來，露出了笑容。

「最好別動槍。請了，親愛的海軍上將，」他說，「有一次，我突發奇想，編了一本加勒比文的詞典。所以，我聽得懂你的命令。也許，現在你可以──」

他沒能說下去，因為他聽到金鐵交鳴發出「唰」的一聲悶響。海軍上將抽出了佩德羅．拉菲特的彎刀，向他猛撲過來。刀鋒劈落，這大個子展示了驚人的敏捷，全憑應變躲過一劫，只有肩膀掛了彩。在跳開的同時，他拔出了手槍，一眨眼的工夫，就開槍打倒了海軍上將。

堂薩巴斯彎下腰看了看，又站直了。

「命中心臟，」他簡短地宣布，「各位先生，海軍被廢除了。」

拉斐爾上校跳過去掌住舵，另一名官員趕緊解開了縛住主帆的繩索。帆桁完全掉過頭來，「國家號」轉了向，開始戧風航行，奮力朝「薩爾瓦多號」挺進。

「扯掉那面旗子，先生，」拉斐爾上校喊著，「那些輪船上的朋友看到我們掛著這東西，會覺得奇怪的。」

「說得對。」堂薩巴斯叫道。他走到桅杆下面，把旗降下來，那位過於忠誠的護旗者就躺在一旁的甲板上。這麼一來，這齣由軍政大臣一手導演的餐後小鬧劇，也由他自己親手閉了幕。

突然間，堂薩巴斯一面大聲歡呼，一面順著傾斜的甲板跑到了拉斐爾上校那邊。他把被廢除的海軍軍旗搭在手臂上隨身帶著。

「看看！看看啊！先生。天呀！我都能聽到那個長得像頭熊的大塊頭奧地利人在喊：『真行啊，你這可恨的傢伙！』看看！我跟你提過我在維也納的朋友格隆尼茨先生。為了給他著名的收藏添些新品，那人曾經為一朵蘭花跑去錫蘭，為一件頭飾跑去巴塔哥尼亞，為一雙拖鞋跑去瓦拉納西，為一個矛頭跑去莫三比克。而眾所周知，拉斐爾老兄，我也是一個珍玩收藏家。我收藏的世界各國海軍戰旗，截至去年，幾乎算是應有盡有了。但格隆尼茨先生卻搜羅來兩件，哦，天啊，極其稀罕的樣品！這兩面旗，一面屬於一個巴巴里地區的國家，另一面屬於非洲西海岸的一個叫馬卡盧魯斯的部落。我沒有，但也不代表弄不到。不過這面旗，先生，你知道是什麼嗎？上帝啊！你知道嗎？你看，藍白底上繡了紅十字！你以前從沒見過嗎？肯定沒有吧。這是你的祖國的海軍軍旗。你看看！我們站在上面的這個腐爛的浴盆就是祖國的海軍，躺在那裡的死鸚鵡就是海軍司令。彎刀一落，手槍一響，就是一場海戰。我承認，這一切愚蠢透頂，但也確有其事。像這樣的旗子，過去只有一面，往後也不會有別的了。沒有了。它在這世上，是件孤品。想想看，這對一個旗幟收藏家來說意味著什麼！我的上校，你知道格隆尼茨先生願意用多少頂金冠來換這面軍旗嗎？他可能會報價一萬美金。不過，出十萬美金也別想買到。美麗的旗！唯一的旗！一面天賜的旗，還透著點邪惡！哈！大洋彼岸的牢騷鬼啊！等著吧，堂薩巴斯會再去一趟王后街。他會讓你跪下，用一根手指沾一沾旗子邊。哈！你這個戴著眼鏡搜遍世界的老強盜！」

夭折的革命、危險、失落、受挫的苦楚，都被拋在了腦後。他全心投入到無盡的空前收藏激情中，在小小的甲板上，大步流星地來回疾走，一隻手把那面絕品軍旗死死摁在胸口。他志得意滿地朝著東方打了一個響指，扯著嗓子，用吹喇叭般的聲調為他的戰利品唱讚歌，彷彿想把聲音傳到遠在海外的老格隆尼茨的發霉的賊窩裡。

「薩爾瓦多號」上的人已經在等著歡迎他們了。帆船向輪船的一邊船舷靠攏，為了裝運水果，這邊的側舷幾乎和下甲板相平。「薩爾瓦多號」的水手鉤住帆船，把它拖了過來。

麥克勞德船長從船舷探出身體。

「喂，先生，我說，沒戲唱了吧。」

「什麼沒戲唱了？」堂薩巴斯有些困惑地看了他一陣。「那次革命——哦，是的。」他聳了聳肩膀，沒接這話。

船長聽他介紹了逃亡的過程，以及那幾個被關押的船員。

「加勒比人嗎？」他說，「他們是人畜無害的。」他跳下去，到了帆船上，踢開了艙口蓋的鎖扣。那幾個黑傢伙跌跌撞撞地爬了上來，滿頭大汗，但在咧嘴憨笑。

「嗨！黑小子們！」船長用他自創的土話說道，「你們聽好了，上船，趕快划回你們來的地方去。」

他們看著他依次指了指他們自己、帆船和柯拉里奧。「好的，好的！」他們喊道，嘴咧得更大了，一個勁地點頭。

堂薩巴斯、另兩名官員和船長，四個人先後離開了帆船。堂薩巴斯走得稍落後一點，看了看穿著破衣爛衫，躺在那裡一動不動的前海軍上將。

「可憐的小瘋子。」他輕聲說。

他是一個傑出的世界公民，一個高水準的鑒賞家。但說到底，他和這些人是同一種族、同一血統和同一天性的。他甚至會和柯拉里奧那些單純的同胞說出同樣的話來。他低頭看著，臉上沒有一絲笑容，說道：「可憐的小瘋子！」

他彎下腰，攙起那副綿軟的肩膀，用那面無價而獨一的旗子裹住海軍上將的身軀——一邊掖在肩下，一邊掩住胸口——又從他自己的上衣領子上摘下一枚聖卡洛斯鑽石星勛章別在上面。

他跟在其他人身後，和他們一起登上了「薩爾瓦多號」的甲板。這時，那群鉤住了「國家號」的水手把它向外一推。那幾個嘰嘰喳喳的加勒比人拉著索具，張開帆，船向著海岸駛去。

格隆尼茨先生的海軍軍旗藏品仍舊是世界上最好的。

10 酢漿草和棕櫚樹[37]

一天晚上，天空沒有一絲風，柯拉里奧彷彿比以往任何時候都更接近地獄的鐵柵欄，五個男人圍聚在凱奧和克蘭西照相館的門前。在世上所有富於異國情調的炎熱地區，高加索人[38]在做完一天的工作之後，都會這麼聚在一起，以編造莫須有的奇聞軼事，來維持他們唯恐天下不亂的傳統。

約翰尼·阿特伍德，像加勒比人那樣光著身子，直挺挺地躺在草地上，有氣無力地瞎扯，說什麼在達拉斯堡，用黃瓜木做的幫浦能抽出冰涼的水。葛列格醫生，大家都要給他那一臉絡腮鬍幾分面子，加之還要賄賂他，好讓他把那些已經到了唇邊的職業故事留在嘴裡，就給

37 本章以兩種植物的名稱指代故事中的兩個主要人物。其一是愛爾蘭裔，酢漿草是愛爾蘭的國花；其二是南美人，南美洲盛產棕櫚樹。

38 高加索人，此處泛指所有白種人。

他獨享懸在門柱和葫蘆樹之間的吊床。凱奧從屋裡搬出一張小桌，擱在草地上，桌上擺了一臺儀器，用來沖洗拍好的相片。這群人之中只有他在忙。柯拉里奧市民的完美儀容從機器的捲筒裡絡繹不絕地湧現出來。法國礦業工程師布蘭查德，穿著清涼的亞麻衣服，透過眼鏡，平靜地看著他的香菸冒出騰騰煙霧，全然不受熱氣的影響。克蘭西坐在臺階上抽他的短菸斗。他倒很想說說閒話，其餘的人都被溽暑搞得興致全無，只能安於做他的聽眾。

克蘭西是愛爾蘭裔的美國人，有世界主義傾向，做過許多事業，但都沒做得長久。他骨子裡透著浪跡天涯的宿命。他做了錫版照相這行，但它只不過是他面前許多條道路上傳來的許多聲召喚的其中之一罷了。有時，他會受到慫恿，把他的經歷添油加醋地說給人聽。今晚，他似乎有點管不住自己的嘴。

「這天氣，對於武裝戰鬥來說，倒是個好光景，」他主動說道，「這讓我想起那次，我從一個暴君的恐怖統治中奮力解救一個國家的事。那可真是個費力的差事。背得撐得住，手得握得緊，非得是硬骨頭不行。」

「沒想到，對於被壓迫的人民，你還曾經拔刀相助呢。」躺在草地上的阿特伍德喃喃地說。

「沒錯，我拔了刀，」克蘭西說，「而他們，把刀給改成了鋤頭。」

「哪個國家這麼好運，能得到你的援手？」布蘭查德笑瞇瞇地問。

「堪察加在哪裡？」克蘭西問了一個似乎八竿子打不著的問題。

「嗯，大概是在北極圈裡面，西伯利亞之外的某個地方吧。」有人猶疑不定地回答道。

「看來那地方滿冷的，」克蘭西滿意地點了點頭，說，「我老是把兩個地名搞混。應該是瓜地馬拉——一個很熱的地方——我就是在那裡參加武裝戰鬥的。你能在地圖上找到這個國家。就在所謂的熱帶地區。老天有先見之明，把它擺在海邊，好讓畫地圖的人能把城鎮的名字寫到水裡去。那些名字大約一英寸長，是小字級的西班牙文，照我看，跟炸掉『曼恩號』[39]的屬於同一個語法系統。是的，就是那個國家，我單槍匹馬向那裡前進，要用一把單缸鶴嘴鋤從暴君政府的手上解救它。你們肯定不明白。得耽誤你們點時間，好好聽我解釋一下。

「那是在紐奧良的一個早晨，大概六月一號左右，我站在碼頭上，看著河上來往的船隻。停在我正對面的一艘小輪船看樣子要啟航了。它的煙囪在冒煙，一幫碼頭工人正把堆在碼頭上的一堆箱子搬上船。那些箱子有兩英尺高，長度約莫四英尺，看起來滿重的。

「我心不在焉地朝那堆箱子走了過去，看到其中的一個被人不小心撞開了。出於好奇，我掀起鬆開的蓋子，朝裡面瞄了一眼。裡面裝滿了溫徹斯特步槍。『原來是這樣，』我暗自忖

---

39 曼恩號，是一艘美國軍艦，一八九八年在古巴哈瓦那港口被炸沉，美國人認為是西班牙人所為，並以此為由發動了戰爭。

道，『有人歪曲了中立法案，運軍火去幫人家打仗。我倒想看看這些槍要運到哪裡去。』

「我聽到有人咳嗽，就轉過身。那裡站著一個圓滾滾的矮胖子，長著一副棕色面孔，穿著一身白衣，一個相貌堂堂的小個子，手上戴著四克拉的鑽戒，眼中滿是必恭必敬的詢問神情。我猜他是個外國人，從俄羅斯、日本或是某個群島來的。

「『噓！』那圓胖子諱莫如深地說，『這位尊敬的先生，如果發現了什麼，可別讓船上的人知道，好嗎？先生是正人君子，對意外發現的事情，不會隨便透露的。』

「『先生[40]，』我說——我斷定他是講法語的人種——『我詹姆斯．克蘭西拿性命擔保你的祕密絕不會被洩露出去。不但如此，我甚至還要大聲喊出「自由萬歲——萬萬歲」。不管到什麼時候，要是你聽說有姓克蘭西的阻撓某國顛覆現政府的活動，你都可以來信譴責我。』

「『先生真是好心人，』那深色皮膚的胖傢伙說，黑色的絡腮鬍子下面掩著一個微笑，『請上船喝杯葡萄酒吧。』

「作為一個姓克蘭西的，兩分鐘不到，我就和那個外國人一起坐在輪船客艙的一張桌子旁邊了。在我倆之間，還擺了一瓶酒。我聽到沉重的箱子被丟在船艙裡的聲音，推測這批貨至少有兩千支溫徹斯特步槍。我和棕臉男人喝光了一瓶酒，他叫服務生再拿一瓶來。把一個姓克蘭西的和裝在一個酒瓶裡的東西混合起來，一定會鬧出大事。關於熱帶地區的革命，我已經聽過不少，當時就興起一個念頭，想自己親手搞一次。

底。

「『你想在你的祖國弄點事，對嗎先生？』我一邊說，一邊眨眨眼，對他表示我心裡有底。

「『是的，是的，』小個子用拳頭擂著桌子，說道，『時機一到，就要幹點大事。太久了，人民一直被壓迫，只換來一些從不兌現的諾言。非得大幹一場才行。是的。我們的隊伍就快打到首都了。去他的吧！』

「『說得好，去他的，』喝下去的酒越來越多，我的熱情也越來越高漲，我說，『還有剛才那句萬歲，說得也很好。願祖國的酢漿草——我是說，香蕉藤也好，大黃樹也好，總之，能夠象徵你那備受踐踏的祖國的隨便什麼東西，願它永遠迎風飄揚。』

「『萬分感謝，』那圓滾滾的傢伙說，『感謝你這番友善的表態。我們的事業需要爭取盡可能多的人來共同推動。得到成千上萬強有力的好男兒支持，德．維加將軍就能給他的祖國帶來勝利和光榮！這太難了——要找到幫他舉事的好男兒太難了。』

「『先生，』我趴在桌上去握他的手，同時說道，『我不知道你的祖國在什麼地方，但我真為它感到痛心。一個姓克蘭西的，絕不會在受壓迫的人民面前裝聾作啞。克蘭西家族的人生

40 原文為法文。

來就心懷天下，專門打抱不平。如果你用得著詹姆斯·克蘭西，如果他的臂膀和熱血能幫助你的祖國擺脫暴君的枷鎖，只要你一句話，它們就都是你的了。』

「德·維加將軍快活得昏了頭，將我對他的讚賞和對他的窘境的問候照單全收。他想隔著桌子擁抱我，但他的脂肪和他喝下去的那幾瓶酒一起制止了他。就這樣，我受到歡迎，得到了武裝集團的邀請。接著，那位將軍告訴我，他的國家名叫瓜地馬拉，是海上最大的國家，也不管是什麼地方的哪一片海。他看著我，眼中噙淚，時不時嚷嚷著：『啊！高大、強壯、勇敢的好漢！正合我的祖國所需。』

「這個自稱德·維加將軍的人拿出了一份文件，叫我簽字，我簽了，特意把最後一個字母『y』寫成歪七扭八的花體。

「『你的路費，』將軍公事公辦地說，『將來會從你的薪水裡扣除。』

「『不必了，』我驕傲地說，『路費我自己出。』我的口袋裡裝著一百八十美元，我可不是一個普通的雇傭兵，不是為了生計去拚命的人。

「輪船不到兩個小時以後就得開走，我上岸去採購一些用得上的東西。回到船上，我得意揚揚地向將軍展示我弄來的裝備。一件上好的栗鼠皮大衣、北極皮靴、氈帽和耳罩、考究的羊絨襯裡手套、羊毛圍巾。

「『我的天！』小個子將軍說，『穿著這些衣服怎麼去熱帶？』接著，這小混蛋笑出了聲，他把船長叫來，船長把事務長叫來，他們又喊來了輪機長，然後這幫傢伙就一起圍著客艙，對著我克蘭西為瓜地馬拉準備的行頭哄然大笑。

「我有點反應過來了，又認真地問那位將軍，他的國家到底叫什麼名字。他告訴了我，我才明白，我把它和我知道的一個叫堪察加的國家弄混了。自那以後，這兩個國家的名稱、氣候和地理位置，我都沒法分辨清楚。

「我付了船費——二十四美元，頭等艙——跟達官貴人同桌吃飯。艙底還有一幫二等乘客，有四十個左右，看樣子像是南歐人。搞不懂他們這麼多人要出去幹嘛。

「接下來，過了三天，我們就到瓜地馬拉了。這是一個翠綠的國家，地圖上的黃色是錯的，這裡根本看不到。我們在一個海濱小鎮上了岸，一列火車在一條袖珍小鐵路上等我們。輪船上的箱子都被搬上岸，裝進了車廂。那幫南歐人也上了車，將軍和我待在靠前的車廂裡。沒錯，革命的列車從那座港口小城駛出的時候，我和德．維加將軍引領著它。這火車的速度和警察趕去鎮壓騷亂的步伐差不多一樣快。它穿透了一大片顯然在地理書上無法看到的混沌之地。我們在七個小時之內前進了大約四十英里，接著火車就停了。鐵路已經到盡頭了。在滿目荒涼的峽谷裡，有一些像是帳篷那類的東西。他們在森林裡披荊斬棘，繼續向前推進。我告訴自己：『這裡就是革命志士浪漫的棲息地，克蘭西要在這裡憑藉種族優勢和從芬尼亞[41]那裡學來的戰鬥策略，為了自由而大展身手了。』

「他們把箱子從火車上卸下來，然後動手把蓋子撬開。我看到德．維加將軍從第一個開口的箱子裡取出溫徹斯特步槍，一個個遞給一隊病懨懨的士兵。其餘的箱子也陸續被打開了，你信也好，不信也好，反正我再沒看到別的槍。其他箱子裡都裝滿了鐵鍬和鋤頭。

「然後——被愁悶籠罩的熱帶啊——高傲的克蘭西和那幫不要臉的南歐人都得扛著鋤頭或者鐵鍬，往前接著鋪那條骯髒的小鐵路。沒錯，那些南歐人來這裡就是做這個的，想鬧革命的克蘭西簽下的協議也是這麼規定的，儘管他當時並不知情。又過了幾天我才弄明白。要招募足夠的人手來修路，似乎不大容易。這個國家的那些愛混的原住民太懶了，不願意工作。確實，聖賢也都覺得工作是不必要的。他們只要伸出一隻手，就能摘到世上最可口最名貴的水果，再伸出另一隻手，就能沒日沒夜地睡上好幾天，不用聽到七點鐘的汽笛聲或者收租的人爬樓梯的腳步聲。所以，就有輪船定期去美國騙人來做工。通常，那些扛鐵鍬的外來人喝多了熟過頭的水，吸飽了凶猛的熱帶風光，兩三個月就沒命了。因此，他們在雇用這些可憐蟲的時候，給他們簽一年合約，再派武裝警衛看住他們，免得他們逃跑。

「由於我的家族向來有滿世界亂跑、給自己找麻煩的弱點，我被賣到了熱帶。

「他們給了我一把鋤頭，我接過來，打算就地發動政變；但那些警衛抱著溫徹斯特步槍，一副有恃無恐的樣子，我得出結論，在武裝戰鬥中尤其得謹慎行事。我們這一群大約一百來人，接到了開拔的命令，就要去做工了。我跨出佇列，向德．維加將軍走去，這傢伙正抽著雪茄，志得意滿地觀看眼前這幕景象。他對我笑了笑，既和氣又惡毒。『高大、強壯的好漢，』他說，『在瓜地馬拉有許多工作可做。是的。一個月三十美元。工錢不錯。哦，是的。你強壯，也勇敢。我們速度很快，不用多久，就能把這條鐵路修到首都。他們現在要你去工作了。再會，大力士。』

「『先生，』我有意拖延，又繼續說道，『你是否願意告訴一個渺小可憐的愛爾蘭人：當我踏上你那條蟑螂船，藉你那些酸葡萄酒，宣洩對革命和自由的情懷時，你以為我圖的就是到你這條下賤的小鐵路上來扛鋤頭嗎？當你以愛國者的面目慷慨陳詞，搬出美國式的自由理想來回答我的時候，你是不是已經盤算著要把我貶到與掘樹樁的南歐人為伍，到你這個卑劣齷齪的國度來當鎖鏈囚徒了？』

「那個將軍仰著滾圓的身體，笑得喘不過氣來。是的，他笑了很久，笑得很大聲，而我，克蘭西，站在一邊等著。

「『多妙的人啊！』最後，他嚷了起來，『你要害我笑死啊。是的，要找到勇敢又強壯的人來支援我的國家，很困難。革命？我有說起過革──命嗎？一個字也沒提啊。我說的是，瓜

---

41 芬尼亞，指一八五六年愛爾蘭革命者在美國組織成立的「芬尼亞會」，旨在發起愛爾蘭的獨立運動。

地馬拉需要高大強壯的人。如此而已。你誤會了。你看到一個箱子裡裝了給警衛配的槍，就以為所有箱子裡都是槍？才不是呢。

「『瓜地馬拉沒有戰爭。但有工作，好工作。每個月三十美元。你得扛起鋤頭，先生，為了瓜地馬拉的自由和繁榮去挖地。快去工作。警衛在等你。』

「『你這個棕臉人，就像條又小又肥的獅子狗，』我說，表情平靜，但其實滿腹憤恨，『你遇到麻煩了。也許不在眼下，但等J．克蘭西做好準備，你就會遭報應。』

「工頭喊我們去工作了。我和那些南歐人一起走了，臨走還聽到那位傑出的愛國志士兼綁匪在放聲大笑。

「這真是件傷心事，我為這狼心狗肺的國家修了八個星期的鐵路。我扛著沉重的鋤頭和鐵鍬，每天做十二個小時武裝革命，砍掉擋道的繁盛樹木。我們在沼澤地裡工作，聞著像瓦斯漏氣似的噁心氣味，踩著最名貴的溫室綠植和蔬菜混紡的高級地毯走來走去。這樣的熱帶風光，就連最異想天開的地理學家也編不出來。樹高得能插到天；矮灌木叢裡布滿荊棘；猴子上躥下跳；鱷魚遍地亂爬；粉紅尾巴的模仿鳥到處亂飛。你站在齊膝深的臭水裡，為了瓜地馬拉的自由掘樹根。到了晚上，我們在帳篷裡拿些亂七八糟的玩意來驅蚊，坐在煙霧之中，被四下踱步的警衛包圍著。總共有兩百人在鐵路上工作——多數是南歐人、黑人、西班牙人和瑞典人，愛爾蘭人只有三、四個。

「有個叫哈洛倫的老頭——是個有愛爾蘭式熱心和謹慎的人——把情況對我作了說明。他已經在鐵路上做了一年工。大多數人做不到半年就死了。他被榨得只剩下一把骨頭，每三個晚上就得一次風寒。

「『剛來時，』他說，『你以為你很快就能脫身。但他們扣下了你第一個月的工錢來抵船費，何況到那個時候，熱帶已經把你捆牢了。狂怒的莽林包圍了你，到處都是不堪入目的野獸——獅子、狒狒、蟒蛇什麼的——等著吞掉你。毒辣的太陽狠狠地傷了你，把你的骨髓都烤化了。你成了詩集裡頭說的「吃了忘憂果的人」。生命中一切高尚的情感都被你忘了，愛國、雪恥、排除萬難的和平事業以及對故鄉的思念，都忘了。你就做你的工作，然後硬生生咽下南歐人做的飄著煤油味、長得跟橡膠管似的食物。你點上菸斗，對自己說：「下星期一定開溜。」你倒頭睡去，接著提點自己又說了謊，因為你知道你永遠不會走。』

「『那個自稱名叫德·維加的什麼將軍，』我問道，『到底是什麼來頭？』

「『那人啊，』哈洛倫說，『是個非常想修完鐵路的人。這項工程本來是私營企業承包的，但後來爛尾了，由政府接著修。德·維加是個大政客，想當總統。人民盼著鐵路完工，他們已不堪忍受因此增加的稅賦。德·維加大力推動此事，想收買人心。』

「『我從沒想要跟任何人過不去，』我說，『但在這個修鐵路的傢伙和詹姆斯·奧多德·克蘭西之間有筆帳要算。』

「『我當初也是這麼想，』哈洛倫長歎一聲，說道，『直到吃下了忘憂果。我在這片熱帶迷失了。這裡將人磨得沒了脾氣。這個地方，就像詩人說的，「好像永遠都處在飯後的乏力狀態」。我工作，抽菸斗，睡覺。無論如何，活著，好像也沒什麼別的事可做。也許很快，你也會變成這樣。別再愁眉苦臉了，克蘭西。』

「『我想不通，』我說，『我憋了一肚子火。我投奔革命隊伍，想為這個黑暗的國家而戰，想為它贏得自由、光榮和隨便什麼東西；結果沒幹成大事，倒被發配來砍樹枝、挖樹根。那個什麼將軍一定得付出代價。』

「在鐵路上做了兩個月之後，我才逮到了逃跑的機會。一天，我們一幫人被派往已完工的軌道另一頭，把運到巴里奧斯港去保養的一批鋤頭取回來。東西是用手搖車帶回來的，離開的時候，我注意到車還留在軌道上面。

「那天半夜，大約十二點鐘，我叫醒哈洛倫，告訴他我的計畫。

「『逃走？』哈洛倫說，『老天啊，克蘭西，你是這意思嗎？唉，我可沒那麼大膽子。天好冷，我好睏。逃走？我告訴過你，克蘭西，我吃了忘憂果。我提不起勁了。都是熱帶造成的。就像詩人說的，「過去的朋友已被我們遺忘；我們躺下來，苟活於這虛無的安樂鄉」。你快去吧，克蘭西，我想，我要留下來。時間還早，天氣太冷，我沒睡夠。』

「所以，我只好離他而去。我悄悄地穿好衣服，溜出帳篷。警衛過來的時候，我像打九柱戲[42]那樣，用一顆備好的青椰子把他砸翻在地，然後直奔鐵軌。我爬上手搖車，搖著它飛馳。距離天亮還有好一會兒，我就看到了大約一英里之外巴里奧斯港的燈火。我停了車，步行到鎮上去。我心驚膽戰地走進了城區。我不怕瓜地馬拉的軍隊，但想到可能要和職業介紹所的人肉搏，我就打心底裡感到恐懼。這國家的徵人要求不高，但來了就很難走掉。我能想像美國夫人和瓜地馬拉夫人在某個靜謐的良夜，隔著群山聊著閒言碎語。『哦，親愛的，』美國夫人說，『我最近又要雇幫工了，太麻煩了，太太。』『竟有這種事，』瓜地馬拉夫人說，『你可別這麼說，太太！我的雇工永遠不想離開我——嘻嘻——哈哈！太太。』瓜地馬拉夫人竊笑著。

「我正在想著怎樣才能離開這片熱帶，不再被人給雇回來。天雖然還是黑的，但我能看到一艘輪船停靠在港口，煙囪冒著煙。我拐進一條通往海邊的長滿草的小巷。在海灘上，我看到一個棕色皮膚的小個子正把一艘小船推向海裡。

「『等等，朋友，』我說，『懂英語嗎？』

「『懂啊，懂不少呢。』他說，臉上掛著令人舒服的笑容。

「『那是艘什麼輪船？』我問他，『要去哪裡的？有什麼大新聞，或者什麼好消息沒有？

42 九柱戲，是保齡球的前身。參與遊戲的玩家將手中的球拋向擺在地上的九個球柱，擊倒的越多，得分就越高。

這些天有大事發生嗎？』

「『輪船叫「肯奇塔號」，』棕臉人一邊溫和從容地說話，一邊捲一根紙菸，『是從紐奧良來這裡裝香蕉的。昨晚就裝好了。我想，一兩個鐘頭之內，它就開走了。我們的好日子就要來了。打了場大仗，你聽說了嗎？你覺得德．維加將軍會被抓住嗎，先生？會，還是不會？』

「『是怎麼一回事，朋友？』我說，『打仗？打什麼仗？誰要抓德．維加將軍？我在內陸採了兩個月金礦，一點消息都沒聽到。』

「『哦，』那黑傢伙說，對能講英語頗為得意，『一星期之前，瓜地馬拉爆發了大革命。德．維加將軍想當總統。他拉了一支一千──五千──可能有一萬人的隊伍跟政府開打了。政府派了五千──四萬──也許有十萬名士兵去鎮壓革命。昨天，他們在要朝山裡走十九──五十英里的洛馬格蘭德大打了一仗。政府軍打垮了德．維加將軍的隊伍──唔，好慘。他那邊有五百──九百──兩千人被殺掉了。革命被碾碎了──很徹底──很迅速。德．維加將軍騎著一頭大騾子逃──逃走了。是的，去他的吧！將軍逃──逃走了，士兵被殺了。政府軍在全力搜捕德．維加將軍。他們想抓他來槍斃。你覺得他們抓得到將軍嗎，先生？』

「『祝他們成功，』我說，『這是命定的判決，就為了他將好戰也善戰的克蘭西弄到熱帶來拿鐵鍬和鋤頭鋪路。但現在，關於暴動的事情先不多說，我的小兄弟，現在的關鍵問題是雇傭關係。你們偉大又破落的祖國在用白色翅膀作為標誌的交通部門給我提供了一個重大職位，我急著辭掉它。划你的小船，把我送到輪船那裡去，我給你五美元——五個披索——就五個披索。』我用熱帶的方言和貨幣單位下調了我的報價。

「『你給五披索，』小個子重複道，『還是五美元啊？』」

「這小子為人不壞。他起先有些猶豫，說旅客要離開國境，需要護照和通關文件，不過後來還是把我送到了輪船那裡。

「天剛破曉，我們就碰到了輪船的邊，那時候船上連一絲人影都沒有。海面風平浪靜，黑傢伙托了我一把，幫我從為了裝水果而下降到跟甲板齊平的那一側船舷爬上了輪船。艙口沒有關，我望進去，看到裡面堆滿了香蕉，上沿離艙口不到六英尺。我忖道：『克蘭西，你最好屈尊做個偷渡客吧。這樣安全些。否則輪船上的人可能把你交還給職業介紹所。如果你不盯緊點，克蘭西，熱帶會逮住你。』

「我輕而易舉地跳到了香蕉堆上，在裡面挖了個洞躲了進去。大約過了一個鐘頭，我聽到引擎發動的聲音，感覺輪船在搖盪，我就知道，我們出海了。為了保持空氣流通，他們一直開著艙口，艙內很快亮了起來，一切都變得清晰可見。我覺得有點餓，心想來頓清淡的水果餐，也能多少補充些體力。我從自己挖的洞裡爬出來，抻了抻手腳。緊接著，我看到十英尺開外還有個人，他也爬了起來，拿到一根香蕉，剝掉了皮，填進嘴巴裡。這人長了一副黑臉龐，滿身汙垢，面目可憎，狼狽不堪。沒錯，這人活像從滑稽報紙的圖片上走下來的混混。我再定睛一瞧，就認出他來了，原來這就是我那位將軍老爺——大革命家、騾子騎士和鋤頭進口商德・維加。看到我時，將軍不知所措，嘴巴被香蕉塞滿了，眼睛瞪得跟椰子一般大。

「『噓！』我說，『別出聲，否則他們會把我們丟出去，叫我們自尋生路——自由萬歲！』我又加了一句，並給喊出這句口號的嘴裡丟進一根香蕉，抑制興奮之情。我篤定將軍認不出我來。在熱帶當非法勞工的這段日子，已經把我搞得面目全非——半英寸長的棕色絡腮鬍遮掉了臉，裝束也換成了藍色工裝褲和紅襯衫。

「『請問你是怎麼上船的，先生？』將軍回過神來之後，開口問我。

「『走後門——噓！』我說。『為了自由，我們打了可歌可泣的一仗，』我繼續說，『無奈敵我懸殊。讓我們像所有勇士一樣接受失敗，然後再吃根香蕉吧。』

「『你也參與那場爭取自由的戰鬥了嗎，先生？』將軍一邊說著，一邊淚灑貨艙。

「『一直堅持到最後，』我說，『奮不顧身地向暴君的鷹犬發起最後一次衝鋒的人就是我。但他們的反撲很瘋狂，我們不得不退。將軍，弄到那頭騾子讓你逃走的人，也是我。能幫我把那串熟一些的香蕉挪過來點嗎，將軍？我拿不到。謝謝。』

「『原來如此，勇敢的愛國志士，』將軍說著，又啜泣起來，『天啊！我不知怎樣才能回報你的忠誠。除了一條命，我什麼也沒能帶出來。天啊！那頭騾子真是隻邪惡的動物，先生！我騎著牠，就像一條船騎著暴風雨。害我被荊棘和藤蔓剮掉了一層皮。這孽畜專愛撞樹，撞了不下一百棵，我的一雙腿啊，可受了大罪。那天夜裡，到了巴里奧斯港。我把自己趕下了那座騾子山，然後直奔海邊。我發現了一條閒置的小船，就跳上去，划著它到了輪船旁邊。沒見輪船上有人，我就順著掛在船邊的一根繩子爬了上來。之後我躲進了香蕉堆裡。毫無疑問，我說，如果船長看到我，一定會把我丟還給那些瓜地馬拉人。這可不是什麼好事。瓜地馬拉會槍斃德．維加將軍。所以我就一聲不吭地藏了起來。生命本就是榮耀。自由相當美好；但我認為，還不足以與生命相較。』

「我剛剛說過，到紐奧良去，有三天的海程。將軍和我成了莫逆之交。我們吃香蕉，一直吃到我們一看到香蕉就噁心，把它當作胃口的大敵，但偏偏我們的菜單被精減得只剩下香蕉這一欄。到了夜裡，我就小心翼翼地爬到下甲板去，打一桶清水回來喝。

「德．維加將軍愛說廢話，看樣子，他的肚子是給詞句撐大的。不過，如果他不說話，旅途就會單調很多。他相信我是他那一派的革命者，據他說，他的隊伍裡有很多了不起的美國人和其他外國人。這人自認為是個英雄，實際上是個撒謊精、自戀鬼，是個滿嘴胡扯的傢伙。他為了自己未能得逞的圖謀大吐苦水，想到的只有自己。關於其他那些因為錯信了他，或是被槍斃，或是在革命的浪潮裡自己赴死的白癡，這小混球隻字不提。

「到了第二天，他就忘了自己是個偷渡的叛國者，靠著一頭騾子和偷來的香蕉才得以苟活，竟趾高氣揚、大言不慚起來。他把他監修的那條偉大鐵路的相關情況告訴了我，還對我透露了一個在他看來十分滑稽的小插曲，說的是一個愛爾蘭傻瓜從紐奧良被他騙到那條屍骨鋪砌的窄軌鐵路來扛鋤頭的趣聞。聽這個骯髒的小將軍厚顏無恥地說起他怎樣略施小計就讓沒心沒肺的笨蛋克蘭西上鉤的故事，實在是很痛苦。他倒是老懷大暢，笑聲久久不息。這個黑臉的叛徒，這個沒有國家也沒有朋友的流亡者，站在沒過脖子的香蕉堆裡，笑得前仰後合。

「『啊，先生，』他吃吃地笑著說，『沒什麼比那愛爾蘭人更好笑的了，他簡直能讓你笑死。我跟他講：「瓜地馬拉十分需要強壯、高大的漢子。」他回我說：「我想為你被壓迫的祖國出力。」「你會如願的。」我告訴他。哈，這愛爾蘭人多滑稽啊。他在碼頭上看到一個打開的箱子裡裝了給警衛配的槍，就以為所有的箱子裡都是槍。但其實，那些裝的都是鋤頭。哈！先生，可惜你看不到那愛爾蘭人被推著去工作的時候臉上的那副表情！』

「這位職業介紹所的前老闆就這樣用歡聲笑語為旅途解悶。不過，偶爾他也會站在香蕉堆上，聲淚俱下地發表一番演說，內容不外乎失敗的反抗行動以及那頭騾子。

「輪船撞上紐奧良碼頭的那一聲響，真是無比動聽。很快，我們聽到了數百隻光腳板啪嗒啪嗒踩踏甲板的聲音，一幫卸水果的南歐人跳上甲板，下到貨艙。我和將軍幫著遞了一會兒香蕉，他們就以為我們是跟他們一夥的。過了大約一個鐘頭，我們想辦法溜下輪船，登上了碼頭。

「名不見經傳的克蘭西竟有機會款待一位偉大的外國反政府武裝領袖，這是多大的榮幸啊。我先給將軍和我自己買了許多啤酒和香蕉以外的食物。將軍寸步不離地跟著我，事事由我安排。我把他帶到拉斐特廣場，叫他坐在小公園裡的長凳上。我給他買了香菸，他就像個吃飽了飯的矮胖流浪漢，佝著肩背，蜷在座位上。我看到他坐在那裡的樣子，感到很是愉快。他天生的棕臉皮，如今被汙垢和塵埃染成了花臉。由於那頭騾子的功勞，他的衣服幾乎碎成了一堆布片。是的，將軍的模樣很合克蘭西的心意。

「我旁敲側擊地問他，是否，機緣巧合，在某人那裡弄了一些錢，從瓜地馬拉帶了出來。他歎了口氣，把肩膀向長凳上一靠。一塊錢也沒有。很好。他告訴我，他在熱帶的朋友晚些也許會寄經費給他。看來，將軍明顯是走投無路了。

「我叫他別離開長凳，然後走到普瓦德拉街和卡龍德萊特街的交叉口。那一帶是奧哈拉的轄區。五分鐘不到，奧哈拉就來了。這是個紅臉龐的大塊頭，揮著警棍，鈕扣閃閃發亮，看起來很氣派。要是把瓜地馬拉劃給奧哈拉管就好了。對丹尼．奧哈拉來說，每個星期用他的警棍鎮壓一兩次革命和起義，絕對是不錯的消遣。

「『五〇四六是否依然有效，丹尼？』我朝他走過去，問道。

「『一直有效，』奧哈拉狐疑地打量我，說道，『你想試試？』

「五〇四六是一條廣為人知的城市法令，針對犯罪後在逃的人員，授予警察將之逮捕、定罪和監禁的權力。

「『你不認識吉米．克蘭西了嗎？』我說，『你這個紅臉怪物。』於是，當奧哈拉終於認出了被熱帶賜予的可恥外表掩蓋的我，我就把他拉到一個門口，告訴他我想幹什麼以及我為什麼想這麼幹。『好的，吉米，』奧哈拉說，『回到長凳那裡穩住他。我十分鐘就到。』

「果然，不到十分鐘，奧哈拉就遛到了拉斐特廣場，找到了坐在同一條長凳上的兩個丟人現眼的混混。又過了十分鐘，J．克蘭西和前瓜地馬拉總統候選人德．維加將軍一起進了監獄。將軍嚇得魂不附體，拜託我申明他的身分和權利。

「『這人啊，』我對警察說，『過去是個鐵路工人，如今在外面流浪。因為丟了工作，他有點神經兮兮。』

「『去你的，』將軍氣得冒泡，像一座蘇打水噴泉，『先生，你在敝國跟著我的部隊打仗。為什麼要撒謊？你說實話，我是德．維加將軍，一位軍人，一位貴人——』

「『鐵路工人，』我又說了一遍，『破產了。不是什麼好人。這三天靠偷香蕉才活下來的。瞧瞧他那副嘴臉。還不夠明白？』

「將軍被判處二十五美元罰金或六十天監禁。他沒有錢，只好熬足時間。他們釋放了我，我早知道他們會這麼做，我拿得出錢，而且奧哈拉會為我說情。沒錯。他得在牢裡待六十天。我在偉大的堪——偉大的瓜地馬拉扛鋤頭，也是這麼久。」

克蘭西停了下來。耀眼的星光映在他飽經風霜的臉上，勾勒出一副沉湎於往事、快樂又滿足的神情。凱奧從椅子上探身過來，在他的搭檔衣衫單薄的背上拍了一記，聲音像浪濤拍岸。

「你這壞蛋，告訴他們，」他輕笑著說，「你是怎麼用農民的土法子報復那位熱帶將軍的。」

「他沒錢，」克蘭西津津有味地總結道，「他們讓他工作抵罰金。他和一幫教區監獄的犯人一起打掃烏爾蘇拉大街。繞過街角就有一家愜意的酒吧，裡面有電風扇和一些清涼解暑的東西。我把它作為我的指揮所，每過十五分鐘我就走過去看看那個正在用耙子和鏟子奮勇拚殺的小胖子。那時候的天氣就跟今天一樣熱。我跟他打招呼：『喂，先生！』他惡狠狠地瞪著我，被汗水打溼的襯衫東一塊西一塊地黏在身上。

「『紐奧良，』我對德．維加將軍說，『需要又胖又壯的漢子。沒錯，這裡有很不錯的工作等人來做。去他的吧！愛爾蘭萬歲！』」

11 禮法的殘餘

柯拉里奧人十一點才吃早飯。因此，他們逛市場的時間也有些晚。用木頭搭建的室內小市場坐落在一塊修剪得很短的草坪上，被青翠欲滴的麵包果樹枝葉籠罩著。

一天早晨，小販帶著貨不疾不徐地聚了過來。這座建築的周圍有一條六英尺寬的走廊或平臺一類的東西，上面蓋了茅草屋頂，以遮擋正午的烈日。小販就在這平臺上擺出各自的貨物——新鮮牛肉、魚蟹、當地的水果、木薯、雞蛋、果乾，還有高高疊起、搖搖欲墜的本地玉米烙餅，這東西又大又圓，形似西班牙大公戴的寬邊帽。

然而今早，在市場裡朝海的那一邊擺攤的小販沒把貨拿出來，而是湊在一起交頭接耳，手上比畫著，小聲地說著什麼。因為，「墮天使」布萊斯那具不太雅觀的身軀正手腳攤開，躺在歸他們用的那塊平臺上熟睡著。他身下壓著一條椰殼纖維編的破席子，看起來比以往更像一個墮落的天使。他那套油膩膩的粗麻布衣服，上面布滿了裂口以及千奇百怪的皺紋和折痕，荒腔走板地裹著他，像那種人家做來給填充玩具穿、蹂躪夠了又隨手丟掉的衣服。但在他的高鼻梁上，還穩穩地架著一副金絲邊眼鏡，這是榮耀的往昔遺留下來的最後一枚勛章。

海上微波蕩漾，將輕顫的陽光反射到他的臉上，加上市場裡的人語聲，「墮天使」布萊斯被弄醒了。他坐起來，眨了眨眼睛，靠在市場的木板牆上。他從口袋裡摸出一條備受摧殘的絲帕，一絲不苟地把他的眼鏡擦淨、磨光。這麼做的時候，他覺察到他的臥室已經遭到入侵，一些彬彬有禮的棕色和黃色皮膚的人正求他行個方便，給他們騰出位子。先生能否麻煩——冒昧打擾您，真是萬分抱歉——但貴客眼看就要來採購當天的生活所需——打擾您實在是逼不得已。

他們用這種方式隱晦地通知他必須馬上滾蛋，別耽誤人家做生意。

布萊斯帶著王子掀開紗帳離開御床的神氣從平臺上下來。他始終沒有丟掉這種神氣，即使已經墜落到谷底。很明顯，注重敦品勵行的學院也不一定非得在門牆之內專設一個講授道德的教席。

布萊斯整了整他那身歪七扭八的衣服，慢吞吞地穿過火燙的沙路，向大街走去。他就這麼走著，其實漫無目的。

小鎮有氣無力地運轉起來，開啟了這一天的生活。金色皮膚的娃娃在草地上到處打滾。海風喚醒了他的食欲，卻沒帶給他任何能滿足食欲的東西。整個柯拉里奧都浸潤了早晨的氣息——熱帶花卉的濃烈芬芳、戶外泥灶烘焙麵包的香味、四處彌漫的灶煙。煙霧散盡，空氣重又變得清澈，出於某種心理作用，看起來，山似乎在向海移動，它們靠得如此之近，以至於其中一個可以將另一個身上如傷疤一般的林間空地盡收眼底。足下生風的加勒比人飛也似的竄到海邊去找工作做。香蕉果園裡的林蔭小徑上，已有馬隊在緩緩前進。馬兒除了搖擺的頭顱和沉重的雙腿以外，全身都被堆在脊背上的半青半黃的香蕉遮沒了。女人坐在門檻上梳理烏黑的長髮，隔著狹窄的巷子互相招呼。安寧主宰了柯拉里奧——貧瘠單調的安寧，但畢竟也是安寧。

在那個明媚的早晨，當自然造化捧著黎明的金盤祭獻忘憂果的時候，「墮天使」布萊斯落到了山窮水盡的地步。看起來，已經慘得不能再慘了。在公共場所過夜固然難堪，但只要還有點什麼能遮住頭頂，一位老爺和林中的走獸以及天上的飛禽之間，就有著不可逾越的分野。但如今，他比那顆哭哭啼啼的牡蠣[43]更加渺小，牡蠣被人領去南海沙灘餵給詭計多端的海象和鐵石心腸的木匠，他呢，也要被環境和命運吞噬了。

對於布萊斯，錢是只堪追憶的事物。他已經敗光了他的朋友在情分允許之下給予他的一切。他們的慷慨被他榨得一滴也不剩了，到最後一刻，他還像亞倫[44]一樣，又從他們硬化成石頭的襟懷裡敲出一些淅淅瀝瀝的可鄙水滴。

他的信用已經破產，一塊錢也貸不到了。在白吃白喝方面，他有著無恥的敏銳，能隨時探知柯拉里奧的每一分可搜刮的資源——一杯酒、一頓飯或一點錢。他在頭腦裡給每一絲可占的便宜比較排序，飢渴將強大的思想力暫借給他，好讓他全面透徹地盤算清晰。他在欲望的穀堆裡敲敲打打，想找到一顆希望的穀粒，結果發現全是空癟的穀殼，於是就再也樂觀不起來了。他玩完了。在外露宿一宿，他的神經動搖了。在此之前，他至少還保有一點餘地，實在不行，還能厚著臉皮到鄰家的店鋪去賒。如今，他借不到了，只能乞討。即使是最無賴的詭辯，也不能把輕蔑地甩給一個睡在市場空地上的海灘流浪漢的幾分施捨冠以「借貸」之名。

但是，在這個早晨，他比任何乞丐都更樂意接受一枚人家賞給他的硬幣。因為魔鬼的焦渴在喉嚨裡作祟，驅策著他——在通往烈火地獄的道路上、在每個早晨停靠的每一站，酒鬼都非得解解晨渴才行。

布萊斯慢吞吞地走到街上，留意著上天有沒可能行奇蹟，在他的荒野上降嗎哪[45]給他。在他路過巴斯克斯夫人生意興隆的餐館時，夫人的顧客剛剛落座，等著新出爐的麵包、鱷梨、鳳梨，以及散發著為品質提供擔保的香濃氣味的咖啡。夫人在忙，她把她那羞澀、遲鈍，而憂鬱的目光轉向窗外望了一眼，她看到了布萊斯，神情變得更羞澀、更窘迫了。「墮天使」欠她二十披索。他鞠了一躬，就像過去向那些沒賒給他什麼，也不因他感到窘迫的女人鞠躬一樣，

43 有關這顆牡蠣的典故出自英國作家路易斯．卡洛爾的經典童話《鏡中奇緣》。
44 亞倫，是聖經中的人物，先知摩西的哥哥。杖擊石頭，使石頭中湧出泉水的人應是摩西，但他使用的手杖是亞倫的手杖。
45 嗎哪，聖經中提到的一種神賜的食物。正因為有了嗎哪，出埃及的以色列人才能在荒蕪的曠野上存活下來。

然後就走了。

老闆和他們的員工正紛紛打開結實的木門。在布萊斯擺出舊日的風光姿態，試探性地在他們面前晃過時，他們只報以客氣但冷漠的眼神。因為，他們幾乎無一例外，都是他的債主。

在廣場上的小噴泉那裡，他打溼手帕，將就著洗了把臉。在開闊的廣場另一邊，犯人的親友淒淒慘慘地排成一列，給被關在監獄裡面的人送早飯。他們手上的食物不大能勾起布萊斯的嚮往。讓他心心念念的是酒，或者能拿去買酒的錢。他在街上遇到不少過去的朋友以及與他地位相同的人，他們的耐心和義氣已被他逐步耗盡。威拉德．格迪和寶拉每天都要沿老印第安路騎行一段，這時候剛回來，放慢了馬蹄從他身邊經過，對著他極為冷淡地點了點頭。在另一個街角，凱奧愉快地吹著口哨，拎著給自己和克蘭西當早飯的蛋與「墮天使」擦肩而過。這個樂天的求財急先鋒是那些頻繁掏腰包來接濟布萊斯的獻祭者之一。但現在看起來，凱奧也打定主意要嚴防死守，以免遭到進一步侵襲。粗疏無禮的招呼，以及瞪得滾圓的灰眼睛裡的凶光，催促著因為身陷絕境，所以差點一時興起再試著「借」一次的「墮天使」加快腳步走了過去。

這孤苦伶仃的人又接連跑了三家酒館。在這幾家店裡，他早就耗盡了自己的財產和信用，也耗盡了人家的待客熱情；但在那個早晨，為了一口燒酒，布萊斯願意臉著地，伏在敵人腳下說好話。兩家酒館以比罵他還使他難受的方式委婉拒絕了他勇敢的請求。第三家則有些美國化了，直接架著他的手臂和膝蓋，把他丟了出去。

身體的受辱讓這個男人發生了奇特的變化。在爬起來走開的時候，他的臉上浮現出胸有成竹的表情。原先刻在上面的虛假討好的微笑，被冷靜陰險的決絕取代了。「墮天使」在這個卑賤之海中翻騰著，手裡抓著丟他下船的那個體面世界留給他的唯一一根纖細的生命線。他一定發覺這條線在最近的這次衝擊中綳斷了，也一定體驗到停止掙扎的溺水者的那種如釋重負的快意。

布萊斯走到下一個街角就停了下來，撣掉衣服上的沙土，又抹了抹他的眼鏡。

「我必須這麼做了——必須這麼做，」他大聲地對自己說，「只要還有一夸脫蘭姆酒，我絕對還能拖下去——再拖一陣子。但『墮天使』——他們是這麼叫我的——再也弄不到酒了。以塔耳塔洛斯[46]之火的名義起誓！即使要我坐在撒旦的右手邊，也得有人幫我把帳單付清。得讓你破費了，法蘭克．古德溫先生。你是個好人；但一個紳士被人踢進陰溝裡了，他得找人拉他一把。『敲詐』不是個體面的說法，但我走到這一步，回不了頭了。」

布萊斯邁著堅定的步伐，迅速穿過鎮上，向遠離海岸的郊區走去。他路過貧苦黑人骯髒的聚居區，以及更貧苦的混血兒住的像畫一樣好看也像畫一樣脆弱的棚屋。這一路上，他可以

---

46 塔耳塔洛斯，希臘神話中主神宙斯囚禁泰坦巨神的地方，其中遍布永恆的烈火。

在好幾處位置，讓目光翻越蔭翳的林地，望見法蘭克．古德溫位於樹木繁盛的小山上的房子。走過潟湖上那座小橋時，他看到印第安老頭加爾維斯正在擦洗那塊烙有米拉弗洛雷斯名字的木板。在潟湖之上，隸屬於古德溫的土地開始以平緩的坡度漸漸抬升。一條被茂密而多樣的熱帶植物蔭蔽著的草徑，沿著週邊香蕉林的邊緣曲曲折折地向那座住宅趨近。布萊斯意志堅定，大步流星地走上了這條道路。

古德溫坐在家裡最涼爽的走廊上，對他的祕書、一個面黃肌瘦但頗具才幹的原住民青年口述信件。這戶人家堅守美國人的慣例，在接近一小時之前就吃過早餐了。

那個難民走上臺階，揮了揮手。

「早安啊，布萊斯，」古德溫抬頭看著他，說道，「進來坐下。有什麼需要我效勞的嗎？」

「我想跟你單獨談。」

古德溫向祕書點點頭，這人便走出去，到一棵芒果樹底下抽菸去了。布萊斯拉過那張空出來的椅子，坐下了。

「我要錢。」他直截了當地說。

「抱歉，」古德溫也毫不拐彎抹角地回答，「沒錢給你。你快把自己喝死了，布萊斯。你的朋友想盡辦法幫你振作，但你自甘墮落。給你錢也不能救你，只能讓你作踐自己，算了吧。」

「親愛的朋友，」布萊斯向後一靠，把椅子都靠斜了，他說，「我現在跟你談的不是經濟問題，談經濟問題的時機已經過去了。我喜歡你，古德溫；不過，我不得不跟你來狠的了。今早我被埃斯帕達的酒館給轟出去了；社會傷害了我的感情，必須賠償我。」

「我沒有轟你走。」

「是的；但廣義上講，你代表社會；狹義上講，你代表我最後的機會。我到了不能不這麼做的地步，老兄，在一個月前，洛薩達的人在這裡折騰的時候，我就打算這麼做了；但那時我下不了手。現在不同了。我要一千美元，古德溫，你必須給我。」

「上星期，」古德溫微笑著說，「你要的也不過就一塊錢。」

「這表明，」布萊斯輕佻地說，「儘管承受重壓，我仍不失為一個君子。罪的工價[47]總比合四十八美分的一個披索要高些。我們談點買賣吧。我是這齣戲到了第三幕才出場的反派，非把我應得的——哪怕只是一時的——風光爭到手不可。我看到你拿走了已故總統的一箱贓款。唔，我知道這是敲詐；但我開價很公道。我知道我只是個小角色——定期演出的野臺戲裡的一

47 罪的工價，典出《新約．羅馬書》第六章第二十三節：「……罪的工價乃是死……」

員——不過，你是我最要好的朋友之一，我不想對你做得太絕。」

「請你詳細地說一說。」古德溫提議，同時平靜地整理桌上的信件。

「好吧，」「墮天使」說，「我欣賞你的態度。我瞧不起裝腔作勢的人；所以，請你平心靜氣地聽我說，不要冒火，不要變臉，也不要亮出你的大嗓門。

「那位夜奔的貴人到達鎮裡的那天晚上，我喝得爛醉。請原諒，說起這個，我有點忘形；畢竟對我來說，能喝到這種妙境是相當難得的。奧娣斯太太的院子裡，有人在橘子樹下撐了一張簡易床，這時候還沒收回去。我翻牆進去，躺在上面睡著了。一顆橘子從樹上落下來，掉在我鼻子上，把我打醒了；我躺在那裡罵了一會兒以撒．牛頓，或隨便哪個發明萬有引力的傢伙，質問他為什麼不把他的原理限定在蘋果上。

「然後，米拉弗洛雷斯先生和他的真愛就帶著那個裝著整個國庫的手提箱來了。他們進了旅館，接著你也走進了我的視線。你和那個剃頭匠開了個小會，那人非要跟你介紹他之前做的一筆生意。我想再睡，但我的清靜再次被打擾——這回從樓上傳來一聲槍響。之後，那個皮箱砸在我頭頂的橘子樹上面；我怕等下要下一場箱子雨，就從床上爬了起來。軍隊和警察匆忙把勛章和飾帶別在睡衣上，邊跑邊抽出他們的短刀，陸續趕了過來。我爬到一棵香蕉樹底下，躲了一個小時，一直等騷亂平息，大家各自散去。接著，我親愛的古德溫——不好意思——我看到你偷偷溜回來，從橘子樹上摘走了那個成熟多汁的行李箱。我跟著你，親眼看著你把它帶回自己家裡。一棵橘子樹一季賣了十萬美元，這大概打破了水果種植業的紀錄。

「那時候我還是個紳士，當然不會對任何人提起這個插曲。但是今天早上，我被一家酒館轟了出來，我的禮法已經被撕碎了，為了三根指頭就能拈起的一杯酒，我能賣了我媽媽的祈禱書。我不想咄咄逼人。這一千塊對你來說，應該花得很值得，而我呢，我會當自己在整件事的過程中一直在那張簡易床上睡覺，從沒醒過，也什麼都沒看見過。」

古德溫又拆開了兩封信，用鉛筆備註了幾個字，然後對他的祕書喊道：「曼紐爾！」對方敏捷地應聲而來。

「『瞪羚號』幾點開船？」古德溫問道。

「先生，」那年輕人回答，「今天下午三點。它先是沿海岸下行到蓬塔索爾達去裝滿水果，之後就直接開到紐奧良。」

「很好！」古德溫說，「這些信件可以晚些再處理。」

祕書又回到芒果樹底下抽菸去了。

「大概算算，」古德溫與布萊斯正面相對，說道，「除去你從我這裡『借去』的款子，你在鎮上總共欠了多少錢？」

「粗略估計一下——五百塊吧。」布萊斯輕描淡寫地回答。

「到鎮上隨便找個地方，把你欠的債列張清單，」古德溫說，「過兩個小時再回來，我會給曼紐爾錢，讓他幫你清帳。我還會給你準備一身體面的衣服。三點鐘，你要坐『瞪羚號』出海去。曼紐爾會把你送上船。等到了那裡，他會給你一千美元現金。我想，關於你該怎麼回報的問題，我們就不必討論了。」

「哦，我明白，」布萊斯愉快地接住話頭，「我在奧娣斯太太的橘子樹下睡熟了，一直沒醒；而且我永遠不會在柯拉里奧露面了。我這人很公道。忘憂果，我已經吃夠了。你的建議很不錯。你是好人，古德溫；我呢，對你也算手下留情。你的一切安排，我都贊同。但是目前——我渴得著了魔，老兄——」

「一塊錢也休想拿到，」古德溫堅決地說，「等你上了『瞪羚號』再說。現在你要是有了錢，不用半小時就喝醉了。」

但他留意到「墮天使」的眼球布滿血絲，身體綿軟無力，雙手抖個不停，就跨過矮窗，去餐廳拿了一個杯子和一瓶白蘭地回來。

「好了。在走之前，給你提提神吧。」他提議道，口氣就像在招待一位朋友。

一看到這件能點燃靈魂的慰問品，「墮天使」布萊斯的眼睛就變亮了。今天，他沒能為中毒的神經弄到所需的鎮定劑，這還是破天荒頭一遭；它們的抗議在折磨他，讓他越來越難受。他用顫抖的手緊緊抓住酒瓶，把瓶口傾到杯子上，弄出乒乒乓乓的撞擊聲。他斟滿了酒，然後站得筆直，把酒杯舉到半空。在那個稍縱即逝的瞬間，他在深淵之中，將頭探出了沒頂的巨浪。只見「墮天使」布萊斯瀟灑地朝古德溫點了點頭，舉起滿溢的杯子，就像他那座古老的失樂園中人家常做的，嘴裡嘟噥了一句「祝你健康」，之後，令人猝不及防地潑掉了手裡的白蘭地，擱下杯子，一口也沒喝。

「兩個鐘頭以後再見。」他邁下臺階，將臉轉往鎮上的方向，張開乾裂的嘴唇，低聲對古德溫說道。

在涼爽的香蕉林旁邊，「墮天使」停下腳步，勒緊皮帶，把帶扣插進裡面的扣眼。

「我不能那麼做，」他激動地對隨風輕擺的香蕉葉解釋著，「我很想，但不能。一個紳士不能跟他敲詐過的人喝酒。」

12 鞋子

約翰・德・格拉芬里德・阿特伍德把忘憂果的根、莖、花都吞了下去。而熱帶也把他吞進了肚子，讓他一心一意投入其中的事業，就是忘記羅西妮。

吃忘憂果的時候，很少有人不放調味料的。這見鬼的調味料是由釀酒師傅烹製出來的。在約翰尼的菜單卡上，它的名字讀作「白蘭地」。晚上，他和比利・凱奥會帶著一瓶酒，坐在小領事館的涼廊上，大聲吼著粗野的歌，路過的本地人則會匆匆溜過去，聳聳肩，對自己嘟噥一句：「該死的美國佬。」

一天，約翰尼的僕人拿來一些信件擱在桌子上。約翰尼在吊床上支起身子，頹喪地用手指翻了翻那四、五封信。凱奥坐在桌子旁邊，用一把裁紙刀懶洋洋地切一隻從文具中間爬過的蜈蚣的腿。約翰尼正處在吃過忘憂果之後，覺得世上的其他東西都索然無味的階段。

「還是老一套！」他抱怨道，「傻瓜來信詢問這個國家的情況。他們想知道關於種植水果的一切，還想知道怎樣不勞而獲。其中的一半人連回郵都沒附上。他們以為領事除了寫信就沒別的事做。幫我把這些信拆了吧，老兄，再看看他們想幹嘛。我實在是爬不起來了。」

凱奧已經適應了此地的水土，什麼都不能讓他感到心煩，他把椅子挪到桌邊，粉紅色的面頰上泛起順從的笑容，開始動手拆信。其中四封是美國各地的市民寫來的，這些人似乎把柯拉里奧的領事當成了一部有問必答的百科全書。他們問了一長串的問題，給它們編號排序，內容涉及領事光榮地代表本國被派駐的這個國家的氣候、物產、發展前景、法律、商業機會和統計資料。

「回信給他們，拜託了，比利，」那位動彈不得的官員說道，「寫一行字就行了，讓他們去查最近的領事報告。告訴他們國務院會很樂意分享這些奇文的。簽上我的名字。別把你的筆弄得太大聲，比利；別吵得我睡不著覺。」

「別打呼嚕，」凱奧和和氣氣地說，「我替你工作就是。話說回來，你需要一個軍團的助手來幫你。搞不懂你之前是怎麼寫出報告來的。醒醒！等等再睡！——這裡還有一封信——是從你的家鄉達拉斯堡寄來的。」

「所以呢，」約翰尼咕噥著，似乎是出於禮貌才適當地表現出一些興趣，「寫了什麼？」

「郵政局長寫的，」凱奧解釋道，「說是鎮上有位公民要向你請教一些事情。還說那位公民正在盤算著到你這裡來開家鞋店，想知道你覺得這生意有沒有賺頭。他聽說這片海岸十分繁榮，想搶占先機。」

儘管天氣炎熱，而且心情不佳，約翰尼還是笑得連吊床都搖晃起來。凱奧也笑了；書架頂上的那隻寵物猴見到這封達拉斯堡寄來的信遭到如此嘲諷，便嘰嘰呱呱地叫著，似乎在打抱不平。

「多棒的想法，」領事嚷著，「開鞋店！我很好奇他們接下來還會問什麼。我猜是大衣廠吧。比利，你說說看——在我們這裡的三千個居民當中，有幾個這輩子穿過鞋子的？」

凱奧認真照辦：「讓我們數數——你和我，還有——」

「沒我，」約翰尼迅速地以不合語法的方式截住話頭，抬起一隻套在滿是破洞的鹿皮鞋裡的腳，「我已經好幾個月沒被鞋子折磨過了。」

「不過你還是穿的，」凱奧繼續說道，「還有古德溫、布蘭查德、格迪、老盧茨、葛列格醫生、代理香蕉公司的義大利人、老德爾加多——不，他穿涼鞋的。還有，對，還有旅館的老闆娘奧娣斯太太——那一晚她穿了一雙紅色便鞋參加舞會。她的女兒帕莎小姐去美國念書，帶了鞋子回來，也透過鞋子，帶回了一些文明的觀念。部隊指揮官的妹妹到了過節的時候也會在腳上打扮一下，格迪太太穿著一雙卡斯提亞式的皮鞋——女人裡，穿鞋的就這些了。我們再想想——營房裡的士兵有沒有——不，是這樣的，只有行軍的時候，他們才能穿鞋。在軍營裡，他們直接光著腳踩在草地上。」

「可以了，」領事表示贊同，「三千個人裡，走路需要用到皮革的人不超過二十個。哦，是的，柯拉里奧正需要一家雄心勃勃的鞋店——但一點也不需要它賣的貨品。老派特森敢情在跟我鬧著玩呢！他的肚子裡裝滿了被他叫作『笑話』的東西。給他寫信，比利。我說你寫。我們也回他一個小小的玩笑。」

凱奧給筆蘸了墨水，記下約翰尼口述的話。中間，他們停頓了很多次，抽菸，把各種酒瓶遞來遞去，一次次斟滿酒杯，終於生生編出了給達拉斯堡的回信。

阿拉巴馬州，達拉斯堡
奧巴迪亞．派特森先生

親愛的先生：我於七月二日收到您的來信，現作回覆。關於垂詢之事，我鄭重告知您，依我看，世上凡有人居住的地方，再無他處比柯拉里奧更顯而易見地需要一家一流的鞋店了。此地有多達三千居民，卻連一家鞋店也沒有！情況不言自明。這片海岸迅速引來了眾多志向遠大的商業人士，但鞋子生意卻遺憾地被忽視，或被錯過了。事實上，目前這裡有占相當大比重的居民都還沒有鞋子。

除上述內容外，這裡還迫切需要啤酒廠、高等數學學院、煤場，以及純潔而又聰慧的木偶表演。很榮幸與您通信。

您忠實的
約翰·德·格拉芬里德·阿特伍德
美國駐柯拉里奧領事

又及：你好啊，奧巴迪亞叔叔。我們那座老城現在弄得怎麼樣了？沒了你跟我，政府能做成什麼事啊？等等我給你寄一隻綠頭鸚鵡和一串香蕉過去。

你的老朋友
約翰尼

「我加上那段附言，」領事解釋道，「奧巴迪亞叔叔就不會被這封官方口吻的信件弄得不痛快了！好了，比利，你整理一下這些信件，派潘喬送到郵局去。如果今天能裝完水果的話，『阿里阿德涅號』明天就能把這些信帶走了。」

柯拉里奧的晚間節目永遠一成不變。居民的消遣單調無趣。他們赤著腳，漫無目的地兜圈子，小聲說話，抽著香菸或雪茄。俯視燈光昏暗的街道，看到的彷彿是與瘋狂飛舞的螢火蟲糾纏在一起的一列雜亂無章的深色皮膚的鬼魂。一些房子裡傳出哀傷的吉他聲，給憂鬱的夜晚又添了幾分淒涼。巨型樹蛙在濃蔭中高聲鳴叫，像黑臉秀[48]中在旁邊起鬨的「響板先生」一樣聒噪。到了九點，街上幾乎就空無一人了。

領事館的娛樂也不常更新。凱奧每晚都去那裡，因為官署裡那條面海的小走廊是柯拉里奧唯一涼爽的地點。

白蘭地一直被傳來遞去；臨近午夜，自我流放的領事內心情思翻湧。之後，他就會將自己那已經結束的羅曼史吐露給凱奧聽。每個晚上，凱奧都耐心地聽同一個故事，隨時準備獻出永不枯竭的同情。

「但你可別以為，」約翰尼總是這樣結束這個傷心的故事，「我還會為那個女孩而感到痛苦，比利。我已經忘了她。她再也不會闖進我的心扉。即使她現在就打開那扇門走進來，我的脈搏也不會加快一拍。我們早就了斷了。」

「我怎麼會不懂？」凱奧會這樣答話，「你當然已經忘了她。這就對了。她實在不該聽信那個——呃——丁克．鮑森編派你的那些話。」

「平克．道森，」約翰尼的舌頭彷彿彙集了對萬物的輕蔑，「就是個可憐的白種廢物！有

---

48 黑臉秀，是曾在十九世紀的美國流行的一種帶有種族主義色彩的表演形式。黑臉秀劇團的白人演員在演出時將面部塗黑，假扮黑人，有時也會由黑人演員直接演出黑人角色。成熟期的黑臉秀表演有固定的模式，一般分為三幕，由歌舞和滑稽戲混搭而成；同時，表演中也會有幾個固化的功能性角色：包括一個站在舞臺或表演場地中央，發揮主持人作用的角色，以及幾個在舞臺或表演場地的邊邊角角，拿著小鼓和響板（即「小鼓先生」和「響板先生」）負責起鬨的滑稽角色。

五百英畝的農田；他就靠這個。別讓我逮到機會，總有一天我也要給他點顏色看看。道森家沒一個像樣的。在阿拉巴馬州，沒人不知道阿特伍德家。我說，比利——你知道我媽媽是德·格拉芬里德的族人嗎？」

「不知道啊，」凱奧會說，「原來是這樣啊？」其實，他已經聽過三百遍了。

「真的。漢考克郡的德·格拉芬里德。反正我不再想著那個女孩了，是吧，比利？」

「一點也不想了，兄弟。」這是那個制服了丘比特的人聽到的最後一句話。

這個時候，約翰尼緩緩地滑進了溫和的睡鄉，凱奧就出去閒晃，一直走回自己位於廣場旁邊葫蘆樹下的小屋裡。

一兩天之內，柯拉里奧的流亡者就把達拉斯堡郵政局長的來信和他們自己的回覆拋在腦後了。但在七月二十六號那天，這一連串事件卻因那封回信而結出了最終的果實。

定期到柯拉里奧來運水果的輪船「安達多爾號」駛入近海，下了錨。檢疫醫生和海關人員划了小船去執行任務時，岸上站了一排看熱鬧的閒人。

一小時之後，比利·凱奧穿著清爽的麻布衣服，優哉游哉地走進了領事館，咧嘴笑著，就像一隻愉快的鯊魚。

「你猜怎麼了？」他對懶洋洋地躺在吊床上的約翰尼說。

「太熱了，不猜。」約翰尼有氣無力地說。

「你那位鞋店老闆來了，」凱奧舌頭裡裹著一塊糖，說道，「他帶了一大批貨，足夠供應從這裡直到火地島的整片大陸。他們這時候正想辦法把他的貨箱運到海關去。往岸上搬的時候，六條駁船都給裝得滿滿的，一趟還運不完，還得回去裝剩下的貨。哦，天啊，真叫人開了眼了。等他弄懂了這個笑話，找領事先生面談，那才真是一場盛會！能親眼見證這歡樂的時刻，我在熱帶消磨的這九年也就值得了。」

凱奧喜歡以舒服的姿勢大笑。他在鋪地的席子上選了塊乾淨的地方躺了下來。連牆都被他的笑聲震得搖晃起來。約翰尼半轉過身，眨了眨眼睛。

「不是吧，」他說，「竟然真有人笨到會把那封信當回事。」

「價值四千美元的貨！」凱奧狂笑著，氣喘吁吁地說，「這等於送煤去紐卡斯爾[49]！他幹嘛不順便再運一船芭蕉葉扇子去斯匹次貝根島[50]呢？我看到那個怪老頭站在海灘上。當他戴好眼鏡，斜著眼睛環顧圍成一圈站著的那五百多個赤腳公民的時候，你真該在那裡瞧瞧他的表情。」

「你說的是真的嗎，比利？」領事沒精打采地問道。

---

49 紐卡斯爾，從十六世紀開始一直是英國的煤炭輸出港，「送煤去紐卡斯爾」是一句俚語，意指行事荒誕。
50 斯匹次貝根島，是挪威的冷岸群島中最大的島嶼，那裡靠近北極，氣候極為寒冷。

「哪會有假？你該看看那位上當的紳士帶在身邊的女兒。瞧啊，跟她一比，我們這裡那些紅褐色的小姐都成了柏油娃娃。」

「說下去，」約翰尼說，「不過，最好別再傻笑了。我討厭看到一個成年人把自己搞得跟隻傻笑的土狼似的。」

「名字叫赫姆斯泰特，」凱奧繼續說道，「他是個——喂！怎麼了？」

約翰尼身子一扭，下了吊床，穿著鹿皮鞋的腳重重地砸在地板上，發出砰的一聲。

「起來，你這白癡，」他厲聲說，「不然我就要用墨水瓶敲你的頭了。那是羅西妮和她父親。天啊！老派特森真是蠢到家了。起來，快，比利．凱奧，你得幫我。該死的，我們到底該怎麼辦？難道整個世界都發瘋了嗎？」

凱奧站起來，拍拍身上的塵土，勉強恢復了正經的模樣。

「事已至此，約翰尼，」在終於讓自己嚴肅起來之後，他說，「你不說，我怎麼也想不到那就是你喜歡的女孩。第一件要解決的事是給他們找個舒服的住處。你先去海灘應付一下局面，我要趕去古德溫家，看看古德溫太太是否願意收留他們。她家的房子是鎮上最體面的了。」

「感謝你，比利，」領事說，「我知道你不會不管我的。事情早晚得敗露，但也許我們能拖上一兩天。」

凱奧撐開了他的陽傘，往古德溫家去了。約翰尼穿戴好衣服和帽子，拿起了白蘭地酒瓶，還沒喝就又放了回去，然後，他鼓足勇氣邁著大步向海灘走去。

在海關建築的牆影裡，他找到了被一大群目瞪口呆的本地居民包圍著的赫姆斯泰特先生和羅西妮。海關人員在這邊看看，那裡摸摸，「安達多爾號」的船長正向他們解釋新來的人所從事的營生。羅西妮看起來健康、充滿活力。她盯著周圍的奇景，表現出找樂子的興致。在問候這位昔日的追求者時，她圓潤的面頰上浮起了一朵紅雲。赫姆斯泰特先生十分親切地和約翰尼握手。他這人過時又不切實際——那許多從不知足、永遠在投機的遊方商人中的一員。

「很高興見到你，約翰——我可以叫你約翰嗎？」他說，「我得感謝你及時回信解答了郵政局長的詢問。他主動要求代我寫信給你。我正到處尋找一些不同路數的賺錢買賣。我從報紙上看到，這片海岸吸引了許多投資家的關注。你建議我來這裡，我十分感激。我變賣了所有資產，拿這筆款子收購了一批北美地區最好的鞋子。你們這個小鎮真是風景如畫啊，約翰。但願這裡的生意能符合你那封信帶給我的期望。」

凱奧的到來減輕了約翰尼的苦惱，他匆忙趕來通知，說古德溫太太非常樂意騰出房間供赫姆斯泰特先生和他女兒使用。於是，赫姆斯泰特先生和羅西妮立刻被領去休息，以平復旅途的勞頓，約翰尼則去照看那些裝著鞋子的貨箱，保證它們安全地堆進海關的倉庫，以供關員檢查。凱奧像條鯊魚一樣咧著嘴四處游弋，尋找古德溫，想知會他一聲，別向赫姆斯泰特先生洩露柯拉里奧的鞋市行情，直到約翰尼逮到機會挽回局面，如果確實有這種可能的話。

當天晚上，領事和凱奧在涼風習習的領事館走廊上進行了一輪無望的磋商。

「送他們回家。」凱奧揣摩著約翰尼的心思，先開口探風向。

「我會的，」約翰尼沉默了一會兒之後說，「可是，我對你撒謊了，比利。」

「沒事。」凱奧和善地說。

「我跟你說過幾百遍，」約翰尼慢吞吞地說，「說我已經忘了那女孩，對嗎？」

「大概三百七十五遍吧。」凱奧給自己的耐性立了一塊紀念碑。

「我在撒謊，」領事重複道，「每回都是。我沒有一分鐘不想她。我真是牛脾氣，她只說了一次『不』，我就忙不迭地逃離。我又是個驕傲的笨蛋，一旦決定就回不了頭。今晚，在古德溫家，我和羅西妮聊了一會兒。我弄明白了一件事。你還記得那個老是纏著她的農民嗎？」

「丁克．鮑森？」凱奧問。

「平克．道森。好吧，對於她，他也不是一文不值。不過她說，他告訴她的有關我的那些話，她一個字也不相信。但我現在沒有退路了，比利。我們寄出的那封愚蠢透頂的信把我剩餘的機會都葬送了。當她發現她的老父親成了這個玩笑的犧牲品，她會恨死我的，但凡是個懂點規矩的小學生都不至於造這種孽。鞋子！即使他在柯拉里奧開二十年鞋店，也不見得能賣掉二十雙鞋。你給一個加勒比人或者棕皮的西班牙小子穿上鞋子，他會怎麼做呢？他會倒立起來，狂呼亂叫，直到把它從腳上甩掉。他們當中，以前沒人穿過鞋子，以後也沒人會穿鞋子。如果要打發他們回家，我就不得不把這事說清楚，她會怎麼看我？我比以往更想得到這女孩，比利，但現在，眼看對她觸手可及的時候，我卻永遠失去了她，就因為在氣溫計的指標指向一百零二度的時候，我還有心開玩笑。」

「開心一點，」樂觀的凱奧說道，「讓他們開店好了。我今天忙了一個下午。不管怎麼樣，我們還能在鞋業領域掀起一陣臨時的繁榮。店一開張，我就去買六雙鞋。而且，我看遍了所有的朋友，向他們解釋這場橫禍。他們都會勤買鞋子，把自己當成蜈蚣。法蘭克．古德溫會買好幾箱。格迪夫婦大概要買十一雙。克蘭西打算去店裡花掉幾個星期的收入，就連老葛列格大夫也要買三雙鱷魚皮便鞋，只要他們有十號尺碼的。布蘭查德見過赫姆斯泰特小姐了，作為一個法國男人，至少也得買一打。」

「十幾個顧客，」約翰尼說，「四千美元的鞋！行不通的。眼下有個大麻煩需要解決。你回家吧，比利，讓我一個人待一會兒。這事，我得自己擔起來。把這瓶三星白蘭地帶走——我不喝了，先生；美國領事再也不喝酒了。今晚我就坐在這裡，專心思考對策。只要能在這個難題當中找到一個突破口，我就會切入進去。如果沒有，這片瑰麗的熱帶就又成功地摧毀了一個人。」

凱奧覺得自己無能為力，就走了。約翰尼在桌子上放了一把雪茄，躺進了一張帆布椅。曙光乍現，把近港的海波染成銀色，他仍舊坐在原地。之後，他站起來，吹著一首歌，去洗了個澡。

九點鐘，他走到又髒又小的電報所，在一張電報紙上趴了半個小時。這番努力的成果就是下面的這封電報，他簽了字，付了三十三美元把它發了出去：

給平克尼・道森

阿拉巴馬州，達拉斯堡

茲從郵局匯一百美元給你。請即運五百磅乾牛蒡草來。在此處工廠能派上新用場。市價每磅二十美分。可能還會下單。急用。

13
船

不到一個星期，他們就在大街上租得了一所合適的房子，赫姆斯泰特先生的那批鞋子都擺上了貨架。這間店鋪的租金適中，雪白的鞋盒排得整齊好看，十分引人注目。

約翰尼的朋友全心全意地支持他。新店開張頭一天，凱奧差不多每隔一小時就若無其事地進去逛一次，買了不少鞋子。寬底鞋、長筒靴、附搭扣的山羊皮鞋、低幫皮鞋、跳舞鞋、膠靴、各種款式的鞣革鞋、網球鞋和繡花拖鞋，每個款式他都買了一雙。之後，他還找約翰尼請教其餘他也許會要的鞋種的名稱。別的講英語的居民也慷慨解囊，一次次、一雙雙地買鞋，演完了各自的戲分。凱奧是大統帥，幫他們分配任務，一連幾天，使鞋店的生意保持穩定。

截至目前，赫姆斯泰特先生對已經達成的營業額感到滿意；但對於在原住民那裡遭到的冷遇，他表示驚訝。

「哦，他們很害羞，」約翰尼緊張兮兮地抹了抹額頭，解釋道，「他們很快就會習慣的。他們只要一來，就是一窩蜂地來。」

一天下午，凱奧叼著一根沒有點著的雪茄，若有所思地走進領事的官署。

「你還有什麼妙招嗎？」他問約翰尼，「如果有，現在就該使出來了。如果你會那種魔術，向觀眾借一頂禮帽，就能從裡面變出許多顧客來買走這批無人問津的皮鞋，你就趕快演吧。兄弟都囤夠了今後十年的鞋子；這時候再去鞋店，除了東看西看，就沒別的事能做了。我剛經過那裡，你那位值得尊敬的犧牲品站在門口，透過眼鏡盯著那些從他店門外經過的光腳板。這裡的土人很有藝術天分。今早，不到兩個小時，我和克蘭西就拍了十八張錫版相片。但一整天過去，他家的鞋子才賣掉一雙。布蘭查德進去買了一雙毛邊的家居鞋，因為他以為自己看到赫姆斯泰特小姐走進店裡。我看到他把鞋子扔進後面的環礁湖。」

「明後天會有一艘摩比港公司的水果船開進來，」約翰尼說，「在那之前，我們什麼都做不了。」

「你打算怎麼做——想創造需求嗎？」

「政治經濟學可不是你的強項，」領事不客氣地說，「不可能創造需求，但你可以創造產生需求的必要條件。這就是我要做的。」

領事發出電報之後，過了兩個星期，一條水果船給他帶來一件巨大、神祕、裝著未知物品的棕色包裹。約翰尼對海關的人有相當大的影響力，沒有經過例行檢查就拿到了貨。他叫人把包裹搬到領事館，穩穩當當地藏進了裡面的房間。

當天晚上，他割開包裹的一角，掏出一把牛蒡草，拿在手裡細心查看著，就像一位勇士在為了愛人與生命出征之前，查看他的武器一般。這種刺人的植物是八月裡長成的，和榛果一樣硬，長滿了像針那樣堅韌鋒利的芒刺。約翰尼輕輕地吹著一首歌，出去找比利．凱奧了。

在後半夜，當柯拉里奧沉入夢鄉的時候，他和比利來到空無一人的大街，兩人的外套像氣球似的被什麼塞得鼓鼓的。他們在大街上來回走動，一絲不苟地把刺人的牛蒡草撒滿沙地、狹窄的人行道，以及寂靜的房屋中間的每一寸草坪。之後，他們走遍了小街僻巷，一條也沒漏掉。但凡男人、女人和孩子有可能落腳的地方，一處都沒放過。他們又去囤東西的地方拿牛蒡草，往返很多趟。臨近破曉時分，他們知道自己的播撒工作就像撒旦播種稗子那般精確[51]、就像保羅種植麥子那般堅持，於是就像憑藉修正戰略反敗為勝的大將軍，安心地躺下休息了。

太陽升起的時候，賣水果和肉類的商販都來了，給小市場的每個角落都擺滿了他們的貨。市場坐落於小鎮的另一頭，靠近海岸；牛蒡草沒有撒到那麼遠的地方。早過了以往開市的時間了，小販還沒等到第一筆買賣。「怎麼回事？」他們開始一來一往地嚷嚷起來了。

女人照例在這個時間，從磚房、棕櫚屋、茅草棚和昏暗的天井裡出來。黑色女人、棕色

---

51 此處與《聖經．新約》中的典故有關，據說魔鬼會在人家播種的時候在麥種裡摻入稗子。

女人、黃色女人，還有檸檬色女人、焦糖色女人、茶色女人，都鑽出來了。她們要到市場去採購家用的木薯、芭蕉、肉、禽和玉米烙薄餅。她們只穿一條遮住膝蓋的裙子，低胸露肩，光著手臂和腳，遲鈍地瞪著一雙大眼睛，跨出門外，踏到窄巷或柔軟的草徑上。

頭一批現身的人嘴裡含含糊糊地怪叫了幾聲，急忙抬腳，再往前邁一步，坐在地上，驚痛交加地尖叫著，摘去叮咬她們腳板的那些從未見過的蟲子。「該死的鬼東西！」她們隔著狹窄的小路對彼此呼喊。有幾個人試著避開道路，從草地走，但還是被這種奇怪的刺球刺得苦不堪言。她們重重地坐在草坪上，像她們那些坐在沙地裡的姊妹一樣哀號起來。整個鎮上都能聽到女人嘰嘰呱呱的悲歎。市場裡的攤販還在好奇為什麼沒有顧客上門。

接著輪到男人——世界的主宰——出場了。他們也一樣，蹦、跳、瘸、罵，或是呆若木雞地站著，或是彎下腰，想拔去突襲他們腳板和腳踝的災殃。有些人大聲宣布這些害蟲是一種不知名的毒蜘蛛。

然後，孩子都跑出來玩了。於是，原先的那陣喧嘩裡如今又添上了被刺得一瘸一拐的小孩的哭鬧聲。那是個飛馳而過的日子，每一分鐘都會送來一個新的受難者。

堂娜瑪莉亞·卡斯提拉·耶·布埃納文圖拉·德·拉斯·卡薩斯按往日的習慣，邁出她那高貴的門口，去街對面的麵包店取剛出爐的麵包。她穿了一條黃綢緞的花裙子、一件起皺的亞麻布襯衫，臉上蒙了一塊西班牙生產的紫色頭紗。只可惜，她那雙淺黃色的腳是赤裸的。她的步態盡顯威儀，她的祖先豈不是阿拉貢的大公？她在天鵝絨般的草地上前進了三步，便把出自貴族的腳底落在了約翰尼播撒的一堆刺球上。堂娜瑪莉亞．卡斯提拉．耶．布埃納文圖拉．德．拉斯．卡薩斯像隻野貓一樣，飆出一聲厲嘯，身子一扭，跌了個狗吃屎，爬著——彷彿一頭野獸，手腳並用——回了她那高貴的門檻。

體重兩百四十磅的治安官堂伊爾德方索．費德里科．瓦爾達札爾先生，正試著把這副千金之軀搬到廣場一角的小酒館去，以便紓解晨渴。他那隻不著鞋襪的大腳甫一踏上冰涼的草地，便立刻踩中了隱藏的礦脈。堂伊爾德方索像一座朽敗的教堂似的轟然倒塌，大叫著，說自己被致命的毒蠍叮了，此刻命在旦夕。不穿鞋子的公民在各個角落蹦蹦跳跳、跌跌撞撞、踉踉蹌蹌，忙著從腳上摘掉那些夜間來犯的毒蟲。

第一個想到補救措施的是理髮師埃斯特班．德爾加多，一個見過世面、受過教育的人。他坐在石頭上，拔腳趾上的刺，發表了一番演說：

「朋友，看啊，這些魔鬼的甲蟲！我很瞭解牠們。牠們像鴿子一樣聚成一團飛過天空。這些死蟲子一直往下掉，掉了一整夜。我以前在猶加敦看到過，牠們就跟橘子一般大小。是啊！牠們像蟒蛇一樣嘶叫，像蝙蝠一樣盤旋。是鞋子——我們需要的是鞋子！鞋子！——給我鞋子！」

埃斯特班一瘸一拐地走去赫姆斯泰特先生的店裡，買了鞋子，然後有恃無恐地回到街上，高聲咒罵那些魔鬼的蟲子。那些受苦的人坐起身，或者乾脆用一隻腳站起來，都望向那個免於遭罪的剃頭匠。男人、女人和孩子一齊喊了起來：「鞋子！鞋子！」

需求的必要條件已經被創造出來。需求緊隨其後。那天，赫姆斯泰特先生賣掉了三百雙鞋。

「真令人吃驚，」他對今晚專程來幫他整理存貨的約翰尼說，「生意竟然這麼好。昨天我才做了三筆生意。」

「我告訴過你，他們只要一起個頭，就會鬧出大動作。」領事說。

「我想，我還得再訂十二箱貨，以保證供應。」赫姆斯泰特說，炯炯的目光從眼鏡背後透射出來。

「換作是我，還不會有進貨的打算，」約翰尼建議道，「最好觀望一下，看看這種態勢能否維持下去。」

約翰尼和凱奧每晚播下的種子，到了白天就結出美元。十天過去，鞋子賣出了三分之二，牛蒡草卻用盡了。約翰尼給平克．道森拍了一封電報，按照之前談好的每磅二十美分的價格，又買了五百磅。赫姆斯泰特先生認認真真地擬了一份訂單，要向北美的企業再訂購價值一千五百美元的鞋子。約翰尼在店裡一直待到這張單子被裝進信封裡，然後又在它到達郵局之前把它毀掉了。

那天晚上，他把羅西妮帶到古德溫家走廊邊的芒果樹下，對她坦白了一切。她逼視他的眼睛，說道：「你這傢伙真可惡。看來，爸爸和我得回家了。你說這只是個玩笑？我覺得這種事嚴肅得很。」

但是，在討論了半個小時之後，談話被轉移到一個全然不同的主題。這兩人開始商議，結婚之後，在達拉斯堡阿特伍德家殖民風格的古老豪宅裡，是貼淡藍色還是粉紅色的壁紙更為美觀。

第二天早上，約翰尼對赫姆斯泰特先生挑明了真相。鞋店老闆戴好他的眼鏡，目光透過鏡片盯著他，說道：「你狠狠地捉弄了我，就像個最荒唐的小淘氣鬼。假如我不是以頂尖的生意頭腦來駕馭強大的進取心，那麼我這些貨大概全部都得泡湯。現在，你打算怎麼處理剩下的鞋子？」

訂購的第二批牛蒡草運到的時候，約翰尼把這些牛蒡草和鞋子的餘貨都裝上一艘縱帆船，送去了南邊的阿拉贊海岸。

在那裡，靠同一種陰暗、邪惡的手段，他複製了他的成功；一整袋鈔票被帶了回來，鞋子都留下了，一根鞋帶也不剩。

接著，他懇求蓄了飄拂的山羊鬍、穿著星條紋背心的那位了不起的叔叔[52]准許他辭職，因為忘憂果誘惑不了他了。他十分渴念達拉斯堡的菠菜和水芹。

約翰尼建議，目前由威廉．特倫斯．凱奧先生暫代領事職務，請示得到了批准。之後，他就和赫姆斯泰特父女一道啟航歸鄉了。

凱奧以一副無所謂的態度坐上了美國領事的寶座，即使已經身居高位，這種無所謂的態度也絲毫未改。錫版照相館很快就成為歷史了，儘管它那些要人命的作品還在這片平靜、無助的西班牙美洲海岸流傳，永遠無法磨滅。那些閒不住的股東又再次出發，衝在追逐財富的最前線，把緩慢前進的大部隊甩在身後。如今，他們要各奔東西了。有謠言說祕魯即將發生革命，好戰的克蘭西想到那裡去冒險。至於凱奧嘛，他在心裡盤算著一個計畫，還在幾疊政府的信箋紙上做了記錄，與之相比，他那項在錫版上歪曲人類形象的技術簡直就是小巫見大巫了。

「適合我的生意模式，」凱奧常說，「是看準某種變化下手，這些變化看起來要很久以後才會發生，實際上卻已經露出端倪——這是一種前瞻性的本領，要趕在函授學校發傳單昭告天下之前掌握它。我不急功近利；但我希望贏的機會至少跟在遊輪上玩撲克的人，或代表共和黨競選加州州長的人一樣多。而且，當我把贏來的籌碼兌現的時候，我不想在我的金山裡發現從孤兒寡母那裡刮來的零錢。」

這片青草依依的土地，就是凱奧開賭的綠桌子。他玩的遊戲是他自己發明的。錢是很羞澀的，他不會對它緊逼不放，更不會吹著號角，趕著獵犬去追獵它。他喜歡用奇詭而靈動的蟲餌把它從棲息的異鄉溪流中引誘出來。話說回來，凱奧到底是個生意人；他的計畫儘管十分獨特，執行起來卻跟建築承包商的專案一樣穩妥。如果在亞瑟王的時代，威廉·凱奧先生肯定會成為一位圓桌武士。在如今這個年歲，他四處馳騁，不是在尋找聖杯，而是在尋找撈錢的機會。

約翰尼離開後，過了三天，兩艘小帆船在柯拉里奧附近海域出現。費了一點周折之後，有人從其中一艘船上放下了一條小艇，把一個曬得黝黑的年輕人送到了岸邊。這年輕人長了一雙精打細算的眼睛，看到眼前這片奇特的景觀，明顯感到有些驚異。他先是找岸上的人指點他去領事館的路，然後就急慌慌地朝那邊去了。

凱奧正半躺在辦公椅裡，在一本公家配發的記事簿上畫湯姆叔叔的漫畫像。訪客到了，他才抬起眼睛。

「約翰尼·阿特伍德在哪裡？」皮膚黝黑的年輕人以相當正式的口吻詢問道。

「走了。」凱奧一邊回答，一邊繼續描繪湯姆叔叔的領帶。

「他就是這副德性，」那栗色皮膚的傢伙往桌上一靠，說道，「這傢伙老是吊兒郎當，不務正業。他很快就會回來嗎？」

---

52 了不起的叔叔，指「湯姆叔叔」，即對美國的擬人說法。

「大概不會。」凱奧想了好一會兒才回話。

「我想他一定又出去幹什麼無聊事了，」訪客以信心十足的口氣揣測道，「約翰尼做事一貫沒有恆心，等不到成功就先撤了。我很好奇，他從不來管理這裡的事務，怎麼還能讓它運轉下去。」

「這裡的事務現在歸我管。」代理領事承認道。

「你是——那麼，請問！——工廠在哪裡？」

「什麼工廠？」凱奧說，表現出適度又不失禮貌的好奇。

「嗯，就是那家要用牛蒡草的工廠。天知道他們要拿牛蒡草來做什麼！不管怎樣，我給外面那兩艘船的底艙都裝了這東西。這批貨我可以給你們算便宜點。達拉斯堡的男人、女人和孩子都被我雇來摘這東西，摘了整整一個月。我又租下那兩艘船把它們運過來。所有人都以為我瘋了。現在，一磅只要十五美分，在岸上交易。而且，如果你還要，我想，老阿拉巴馬應該能保證供貨。約翰尼離家的時候告訴我，如果他在這裡碰上有利可圖的事情，一定會叫我也來插一腳。我可以叫船開過來下錨卸貨了嗎？」

凱奧紅潤的臉龐現出一種幾乎令人難以置信的表情，看來快活至極。他丟下鉛筆，轉過眼睛望著這個被曬得黝黑的年輕人，目光既透著高興，又隱含著唯恐他的高興戳破他人美夢的擔心。

「看在上帝的分上，告訴我，」凱奧誠懇地說，「你是不是丁克．鮑森？」

「我叫平克尼．道森。」這位壟斷了牛蒡草市場的大老闆回答道。

比利．凱奧狂笑著從椅子裡輕輕地出溜到他最愛的那條鋪地的席子上。

在那個悶熱的下午，柯拉里奧沒有多少動靜。在這少之又少的響聲裡，一個趴在地上的愛爾蘭裔美國人發出的欣喜若狂、幸災樂禍的大笑，特別引人關注，而一個膚色黝黑、眼神精明的年輕人就站在一邊，好奇又吃驚地看著他。除此之外，還有許多穿了鞋子的腳板在外面街道踩出的「啪嗒、啪嗒」聲，還有海浪沖刷富有歷史意義的西班牙美洲海岸的寂寞節拍。

14 藝術大師

凱奧以一截還剩兩英寸長的藍色鉛筆頭作為魔杖，為他的魔術大戲做了預演。在等待美利堅合眾國派人來柯拉里奧接替阿特伍德辭去的職務期間，他在紙上塗滿了圖表和數字。

他的頭腦所構思的、他的膽識所讚許的、他的藍筆所確立的新計畫，是針對安楚里亞新任總統的人格特徵和人性弱點而設計的。總統的這些特徵和凱奧希望從中勒索一筆厚禮的情形，都值得記錄下來，以便理清事件的來龍去脈。

洛薩達總統——很多人叫他獨裁者——即使在盎格魯-撒克遜人之中也足以憑天賦嶄露頭角，之所以不行，只因他的天賦中摻雜了其他渺小而具有顛覆性的特徵。他有一些華盛頓式的崇高的愛國精神（華盛頓是他最欽佩的人）、有拿破崙的氣魄，還有聖賢的大智慧。這些人格特徵本來可以讓他當之無愧地稱自己為「偉大的自由鬥士」，然而，與這些特質交織的，是大得驚人的虛榮心，這使他不得不被歸在較為次要的獨裁者行列中。

不過，他還是為國家貢獻良多。憑藉強權，他幾乎將他的國家從愚昧而怠惰的鐐銬中解救出來，幾乎甩脫了寄生在它身上的害蟲，幾乎使它崛起為在國際事務中具有影響的一支勢力。他建學校和醫院，修公路、橋梁、鐵路和宮殿，對藝術和科學慷慨地給予資助。他是專制的君主，也是人民的偶像。國家財富汩汩流進他的手心。別的總統都是毫無道理地明搶，洛薩達雖然積聚了龐大的財富，但他的人民也分到了一些利益。

他對頌揚自己的紀念碑和紀念物有永不饜足的嗜好，這就給了別人可乘之機。他讓人家在每座城鎮給他豎雕像，基座上都刻了銘文，以謳歌他的偉大。在每一座公共建築的牆上都釘了標語牌，宣揚他的光輝事蹟和民眾對他的感激。在全國上下，大大小小的房子裡，遍布他的小型雕像和畫像。在他的宮廷裡，有個馬屁精把他畫成聖約翰[53]的樣子，頭上襯了一圈光暈，身後站著一列穿著制服的隨從。洛薩達看不出畫裡有什麼彆扭的地方，還把它掛在首都的一座教堂裡。他在一位法國雕刻家那裡定做了一座大理石群像，除了他自己，還包括拿破崙、亞歷山大大帝，以及另外一兩個他覺得配得上這份榮譽的人物。

他在整個歐洲搜集勛章，動用政治、金錢和謀略，哄騙國王和元首滿足他為之垂涎的授勛請求。每逢國家典禮的時候，他的胸膛，從這邊肩膀到那邊肩膀，都掛滿了十字勛章、星形

53 聖約翰，耶穌的十二使徒之一。

勛章、金玫瑰勛章、各色獎牌和綬帶。據說，有誰能為他設計一款新的獎章，或者發明某種讚頌他偉大的新方法，就可以從國庫裡大撈一筆。

比利．凱奧盯上的，就是這麼個人物。這個文雅的海盜觀察到恩寵的雨露頻頻降在那些迎合了總統虛榮心的人頭上，便認為自己不該撐傘遮擋四下飛濺的涓滴財富。

沒過幾個星期，新領事就到任了，將凱奧從他的臨時職務中釋放了出來。這人是個大學剛畢業的新鮮人，好像是專為看植物而活著的。柯拉里奧領事的職位給了他研究熱帶植物群的機會。他戴著茶色眼鏡，拿著一把綠傘。他給涼爽的領事館後廊塞滿了植物和標本，以至於都擺不下酒瓶和桌子了。凱奧傷感但並不怨恨地看著他，開始動手收拾自己的行李。因為，要推行他針對西班牙美洲所制訂的新計畫，他便須雲遊海外。

不久，「卡爾賽芬號」又來了——這是艘不定期來訪的船——要收一船椰子，打算運到紐約市場投機一把。凱奧預訂了一個回程的船位。

「是啊，我要去紐約了，」他對一群聚在海灘上為他送行的同胞解釋道，「但在你們想念我之前我就回來了。我在這個黑白雜交的國度承擔了藝術啟蒙的工作，錫版照相還處在萌芽階段，我不會撒手不管的。」

如此神祕地宣布了自己的意圖之後，凱奧登上了「卡爾賽芬號」。

十天之後，他把薄上衣的衣領高高豎起，發著抖衝進位於紐約第十大街一棟大廈頂層的卡羅勒斯．懷特工作室。

卡羅勒斯．懷特正一邊抽菸，一邊在煤油爐上煎香腸。他只有二十三歲，對於藝術見解頗高。

「比利．凱奧，」懷特叫道，伸出不用忙著照顧煎鍋的那隻手，「告訴我，你是從文明世界之外的哪塊地方來的？」

「你好，卡羅，」凱奧拖了一個凳子過來，把手捂在煤油爐旁邊取暖，說道，「很高興這麼快就能見到你。整整一天，我都在人名簿上和美術館裡找你。後來，街角的流浪漢告訴我你在哪裡，這就省事了。我相信你應該還在畫。」

凱奧像一個打算投資的鑒賞家一樣，用品評的目光環顧畫室。

「不錯，你是這塊料，」他不住微微點頭，讚許道，「角落裡那幅有天使、青色雲朵和樂隊花車的大畫正合我們所需。你把這件作品叫什麼，卡羅——是不是叫〈康尼島風景〉？」

「那一幅，」懷特說，「我本打算叫它〈以利亞的飛升〉，不過，你取的名字可能比我取的更合適。」

「名字不重要，」凱奧大模大樣地說，「發揮作用的是畫框和色彩豐富的顏料。現在，我花一分鐘時間把我的來意告訴你。為了找你合作一個案子，我坐船走了兩千英里的海程來這裡。這項計畫一在腦海裡出現，我就馬上想到了你。你願意跟我回去畫一幅畫嗎？這趟要花九十天，有五千美元的報酬。」

「是畫麥片或者頭油的海報吧？」懷特問。

「不是廣告。」

「那麼是哪一類的畫呢？」

「說來話長啦。」凱奧說。

「慢慢說。如果你不介意，我一邊聽你說，一邊照看這些香腸。要是一不小心，有哪一塊顏色比深褐色再深一些，那就糟蹋糧食了。」

凱奧解釋了他的構想。他們回柯拉里奧去，在那邊懷特要假扮成一位有名的美國肖像畫家，這個虛構人物專程來熱帶旅行，想從辛勤而多金的事業中抽身出來，放鬆一下。以這個身分把總統的形象騰到畫布上，使他不朽，並由此獲取一筆雨點般灑向討其歡心的掮客的披索，這個計畫，即使在那些循規蹈矩的人看來，也不是不切實際的空想。

凱奧已經定好了一萬美元的價格。藝術家幫人畫像，要的比這多。他和懷特會分擔旅途的花費，也會分享可能到手的利潤。就這樣，他把整個計畫攤在了懷特面前。他們倆是在西部認識的，那時候，這一位沒有獻身藝術，那一位也沒有浪跡天涯。

沒過多久，兩位密謀家就離開了簡陋且寒冷的畫室，在一家咖啡館裡找了一個舒適的角落。他們在那裡一直坐到夜裡，面前擺了幾張舊信封和凱奧的那截藍鉛筆。

十二點，懷特蜷在椅子裡，拳頭撐著下巴，閉上眼睛，不看那些不中看的壁紙。

「我跟你去，比利，」他平靜地說出了自己的決定，「我有兩三百塊的積蓄，本來打算買香腸和付房租用；我要跟你去拚一拚。五千美元！足夠我在巴黎待兩年，再去義大利待一年。我明天就開始收拾行李。」

「你十分鐘之內就得收拾，」凱奧說，「現在已經是明天了。『卡爾賽芬號』下午四點啟程。回畫室吧，我來幫你一下。」

一年中有五個月，柯拉里奧就像是安楚里亞的新港[54]。只在那段時期，這座小鎮才算活過來。從十一月到第二年三月，這裡是實際上的政府所在地。總統攜同官員舉家在此逗留；整個社交界也都跟著來了。這些好享受的人把這段時光當成一個尋歡作樂的長假。他們的消遣包括舞會、華宴、賭局、海水浴、遊行和小劇院。從首都來的著名瑞士樂隊每晚都在小廣場上表演，與此同時，鎮上的十四輛轎式馬車和貨運馬車在一旁悲壯地列隊繞圈子。從內陸山地來的印第安人，看起來像史前石像，沿街叫賣他們的手工藝品。人群湧入狹窄的街道，匯成一股嘈雜、歡快、無憂無慮且不斷上漲的人龍。怪模怪樣的孩子身著最短的芭蕾舞裙，還配了金色的

54 新港，指美國羅德島州的新港，是旅遊勝地。

小翅膀，在沸騰的人群中嘶喊。尤其是這個季節的開端，在總統一行到來的時候，這裡將舉行一連串熱情歡樂的慶典、表演和愛國遊行。

當凱奧和懷特搭乘歸來的「卡爾賽芬號」，抵達他們的目的地的時候，這個淫樂的冬季已經順利開啟了。剛一踏上海灘，他們就聽到了樂隊在廣場的演奏。黑色鬈髮裡混著螢火蟲的鄉下女孩，赤著腳，目光靦腆，在路上閒晃。公子哥兒穿著白亞麻衣服，揮動手杖，開始一路招蜂引蝶。空中滿是人類的氣息、虛浮的誘惑、狐媚、慵懶、放蕩——一種人工偽造的實存感。

他們把到達之後的頭兩三天用來做準備工作。凱奧陪著這位藝術家在鎮上到處逛，把他引薦給講英語的居民的小圈子，但凡能擴散懷特作為畫家的名聲的辦法，這位代理人莫不嘗試過了。之後，凱奧希望畫家能給大眾留下印象，為此又策畫了一次更加驚人的演出。

他和懷特下榻在外賓旅館。兩人都穿著一塵不染的新帆布西裝，戴著美國草帽，拿著個性十足卻毫無用處的手杖。柯拉里奧的紳士——甚至連穿著華麗制服的安楚里亞軍官在內，極少有人像凱奧和他的朋友——傑出的美國畫家懷特先生一樣悠然自得、舉止優雅。

懷特把畫架擺在海灘上，畫一些引人側目的寫生，描繪山海景觀。原住民在他身後圍成一個巨大的半圓，嘰嘰喳喳地看他作畫。凱奧十分注重細節，他給自己安排了一個人物設定，並且予以忠實執行。他扮演的角色是大畫家的朋友，一個見多識廣的有閒階級——一臺袖珍照相機是這個身分的可見象徵。

「有了這個東西，」他說，「就表示這人是個上流社會的業餘玩家，有大把存款，好逸惡勞，在這種情況下，一臺相機比一艘遊艇更能說明問題。你看到一個人無所事事，四處閒逛拍照片，你就知道他一定認真讀過布拉德斯特里特[55]的作品。留心那些百萬富翁的表現——把所有看得見的東西都抓在手裡之後，他們就把手用來拍照了。照相機帶給大家的印象遠比一個頭銜或者一枚四克拉的鑽石別針來得深刻。」於是，凱奧優雅地在柯拉里奧漫步，拍攝風光和羞怯的女孩，懷特則站在藝術的高地，擺出一副供人瞻仰的英姿。

在他倆到達的兩週之後，計畫開始奏效。總統的一位副官搭乘一輛派頭十足的馬車來到旅館，說總統想請懷特先生去卡薩莫雷納飯店與他做一次非正式的會面。

凱奧緊緊地咬住他的菸斗。「一萬美元，一塊錢也不能少，」他對藝術家說，「記住這個價錢。收金條或者靠得住的等價貨幣——別上他的當，收下在他們這裡叫錢的那種貶值的爛紙。」

「他想要的不一定是這個。」懷特說。

「去吧！」凱奧胸有成竹地說，「我知道他要什麼。他想要這位目前在這個被蹂躪的國度

55 布拉德斯特里特，此處指詩人安妮·布拉德斯特里特，她被視為美國第一位女詩人。她是清教徒，代表作為《第十位繆斯出現在美洲》。

暫時逗留的著名美國青年畫家兼海盜為他畫一幅畫像。你去吧。」

馬車載著藝術家飛馳而去。凱奧踱來踱去，拿起菸斗吞雲吐霧，等待著。過了一個鐘頭，馬車又停在了旅館門口，把懷特放下車，然後就走了。這位畫家兩步並作一步，衝上了樓。凱奧不抽菸了，也沒說話，只是臉上露出了詢問的神情。

「成了，」懷特嚷道，孩子氣的臉上洋溢著興奮，「比利，你真是神機妙算啊。他要一幅畫。我來一五一十地告訴你。天啊！那個搞獨裁的傢伙是個大人物！絕對是個徹頭徹尾的獨裁者。他是用烏賊墨畫成的尤利烏斯．凱撒、路西法[56]和昌西．迪普[57]的集合體。他待人既禮貌又凶狠。我是在一個十英畝大的房間裡和他見面的，那地方漆得雪白，布滿鏡子和鍍金飾品，像一艘密西西比遊輪。他英語說得極好，我都沒指望過自己能說得那麼好。我們談到了價格。我要價一萬美元，本以為他會叫衛兵把我拖出去槍斃。結果他連睫毛都沒動一下，只是揮了揮一隻栗色的手，滿不在乎地說了句：『你說多少就多少。』我明天還得去跟他商談畫像的細節。」

凱奧垂著腦袋。從他沮喪的表情不難看出，他在自怨自艾。

「我落伍了，卡羅，」他傷心地說，「我不再適合掌管這類給男子漢幹的事情了。我大概只配推著小車賣橘子。我發誓，在開出一萬美元這個價的時候，我還以為自己摸清了那棕臉男人的底，誤差不會超過兩美分。這麼看來，要他出一萬五也是輕而易舉的事。喂，卡羅，要是你的老朋友凱奧再出這種失誤，你就給他選個相對不錯、安靜點的精神病院吧，好嗎？」

卡薩莫雷納雖然只有一層，卻是結實的褐石建築，內部裝潢像宮殿一般奢華。它矗立在柯拉里奧北邊一座小山上，在一座由圍牆圈起來的繁茂的熱帶植物園當中。第二天，總統的馬車又來接藝術家了。凱奧去海灘散步，在那裡，人家對他和他的「照片盒子」已經司空見慣了。等他回旅館的時候，懷特已經坐在陽臺上的一把帆布椅子裡了。

「怎麼樣，」凱奧說，「你跟那位大人物確定他想要的彩圖樣式了沒？」

懷特站起來，在陽臺上走了幾個來回，之後，停住腳步，古怪地笑了。他的臉紅了，眼中閃爍著那種既生氣又想笑的光芒。

「你看啊，比利，」他粗聲粗氣地說，「上回你來我畫室，提出要一幅畫，我以為你要的是畫在整條山脈或者半塊大陸上的一堆碎麥片或者一瓶生髮油。好吧，這些和你要我去做的事相比，都算是最高級的藝術了。我不能畫這幅畫，比利。你得讓我退出。讓我試著跟你解釋一下，那個野蠻人想要什麼。所有細節他都計畫好了，甚至把想法畫成了一幅草圖。說實話，這老傢伙畫得不賴。可是，藝術之神啊！聽聽他想讓我畫的是什麼畸形的玩意吧。當然了，他想

---

56 路西法，即魔鬼。

57 昌西·迪普（一八三四—一九二八），美國政治家，善於演講。

把自己畫在最中央。他會被畫成坐在奧林匹斯山巔的朱比特，腳踩祥雲。全身戎裝的喬治．華盛頓站在他身邊，還把一隻手搭在總統的肩頭。一位天使展開雙翅，在上空盤旋，將一頂桂冠放在總統頭上，為他加冕——我猜是跟五月女王[58]學的。背景要畫上加農炮，還有更多的天使與士兵。願意畫這種畫的人，得有一條狗的靈魂，而且理應墮入遺忘，甚至，連給他的尾巴上綁個鐵罐子都不行，不該讓他弄出任何聲音去喚起別人對他的回憶。」

比利．凱奧的額頭冒出了一片小水珠。他那截藍色鉛筆完全沒能算出這樣的意外事件。在此之前，他的計畫進展得很順利，很合乎心意。他把另一把椅子拖到陽臺，勸動懷特也坐了過來。接著，他點著了菸斗，顯得氣定神閒。

「現在，老弟，」他溫和又堅決地說，「我們從純藝術的角度來探討一下。你有你的藝術，我也有我的。你的藝術是真正的繆斯之作，對於黑啤的商標和老磨坊牌麥片的仿油畫印刷海報是不屑一顧的。我的藝術就是生意的門道。這次的計畫是我定的，而且它毫無波折地實現了。把那個總統畫成老柯爾王、維納斯、一幅風景、一塊壁畫、一束百合花，或是任何他覺得像自己的東西，這都沒關係，只要照他的意思塗在畫布上，收錢就好了。事情到了這個地步，卡羅，你不能坑我。想想那一萬美元啊。」

「我沒法不想錢的事，」懷特說，「這挺傷人的。我很想把過往的所有理想統統拋進泥潭，畫了那幅畫，把我的靈魂浸在恥辱之中。五千美元能讓我出國讀三年書，就為了這個，我差點出賣了靈魂。」

「沒你說的那麼糟，」凱奧安慰道，「這就是一樁生意。用這麼多顏料、這麼多時間，來換相應的錢。你認為那幅畫會在藝術方面給你帶來無法消弭的影響，這個觀點我不敢苟同。喬治．華盛頓也沒什麼不行，你知道的，而且也沒有誰會對那個天使說三道四。我覺得這個組合沒那麼壞。如果你給朱比特添一副肩章、一把劍，把那片祥雲畫得像一塊黑莓田，也不至於搞出一幅蹩腳的戰爭場景。唉，如果還沒談定價格，應該叫他為華盛頓加一千，再為天使加五百。」

「你不明白，比利，」懷特不自在地笑了笑，說，「我們這些有志於繪畫的人，對於藝術都有很大的抱負。我想畫出一幅畫，有一天世人站在它面前會忘記它是由顏料構成的。我希望它像一顆柔軟的子彈一樣潛入人的體內，如同一支曲子、如同一朵蘑菇。我還希望他們在離開之前會問一句：『這人還畫過什麼？』我不想讓他們看到一件不是肖像，也不是雜誌封面，不是插畫，也不是美女圖的不倫不類的東西——除了真正的繪畫，我不想給他們看別的。這就是為什麼我即使靠煎香腸活著，也要盡量忠於自我。我說服自己接下這幅肖像，就是因為它能

58 五月女王，五朔節當天，英國鄉間會舉行舞會，在舞會上要選出一位美麗的少女，為其戴上花冠，並稱之為「五月女王」。

給我去海外深造的機會。但這幅人物漫畫多麼可悲、多麼荒謬啊！我的天啊！難道你還不明白嗎？」

「明白，」凱奧把一根食指按在懷特的膝蓋上，用和孩子說話的溫柔口吻說道，「我懂了。像這樣攪和你的藝術，真的很糟糕。我知道，你想畫一幅大作，類似〈葛底斯堡戰役全景圖〉[59]那樣的。不過，讓我描繪一幅想像中的構圖供你參考吧。截至目前，我們已經在這個計畫裡投入了三百八十五點五美元。我們兩個把能拿出的每一塊錢都拿出來作本錢了，花剩下的那點錢只夠回紐約的旅費。我需要從那一萬美元裡分到我那一份。我還要去愛達荷做銅礦生意，賺它十萬美元。那都是做完這筆買賣才有的事。先從你的藝術天堂下凡來吧，卡羅，在這筆錢上著陸。」

「比利，」懷特吃力地說，「我試一下。並不是說我確定會做，但我會試試。我會動手，如果可以的話，就把它畫完。」

「這才是做生意嘛，」凱奧熱忱地說，「好兄弟！現在，還有件事——那幅畫得趕一趕——你得盡可能快地應付過去。有必要的話，找兩個年輕人幫你調顏料。我在鎮上收到一點風聲。這裡的人對總統先生有了惡感。他們說他給外國人特權給得太隨便；他們還指控他想跟英國人做交易，出賣國家。我們要在鬧起來之前畫好畫，拿到錢。」

在卡薩莫雷納的大庭院裡，總統叫人撐起了一個巨大的布篷。懷特把篷底用作臨時畫室。

這位大人物每天在那裡坐兩小時，供他臨摹。

懷特一心一意地工作，但在這個過程當中，他有時懷著痛苦蔑視對方，有時極度看不起自己，有時在憤怒裡消沉，有時在自嘲中冷笑。凱奧則展現了大將風度，耐心地安慰他、勸誘他、說服他——讓他堅持畫下去。

一個月過去，懷特宣布畫作完成了——朱比特、華盛頓、天使、雲朵、加農炮以及其餘的一切都畫完了。把這個消息告訴凱奧的時候，他臉色慘白，雙唇緊閉。他說總統對這幅肖像十分滿意。它會被掛在陳列政治家和英雄畫像的國家畫廊裡。他們請這位藝術家第二天再去卡薩莫雷納領報酬。到了約定的時間，懷特離開了旅館，他的朋友興奮地談論他們的成功，他卻沉默不語。

一個鐘頭以後，他回到他們的房間，凱奧正在裡面等他。他把帽子甩到地板上，然後跳到桌上坐著。

「比利，」他緊張而又艱難地說，「我哥哥在西部做些小本生意，我給他投了一點錢。我在學藝術的時候，就靠這筆收入維持生計。我打算把它提出來，補償你這次的損失。」

59〈葛底斯堡戰役全景圖〉，指法國畫家保羅・菲利波托創作的巨幅畫作。葛底斯堡戰役是美國南北戰爭中最著名的一場戰役。

「損失！」凱奧跳起來喊道，「你沒拿到那幅畫的酬勞嗎？」

「本來拿到了，」懷特說，「但現在畫沒了，也就談不上酬勞了。如果你想聽的話，我就跟你說一說詳情。總統和我在看那幅畫像，他的祕書拿來一張一萬美元的紐約銀行匯票遞給我。摸到那張票據的瞬間，我失控了。我把它撕得粉碎，扔在地板上。院子裡有個工人正在幫柱子重新上漆，他的一桶油漆碰巧就放在一旁。我抓起他的刷子，把一夸脫藍漆狠狠地刷在那值一萬美元的噩夢上面。然後我鞠躬，離開。總統沒有動，也沒有說話。在那一刻，他驚呆了。這對於你，肯定難以接受，比利，但我真的身不由己。」

柯拉里奧彷彿躁動了起來。外面響起一片模糊的喧嚷，時不時被幾聲尖厲的喊叫刺穿。喊的似乎是「打倒賣國賊，處死叛徒！」這幾個詞。

「聽啊，」懷特傷心地叫道，「這幾句西班牙語，我聽得懂。他們喊的是『打倒叛徒！』我以前聽過。我覺得，他們指的是我。我是藝術的叛徒。那幅畫必須消失。」

「那要喊『打倒頭號白癡』才更適合你，」凱奧加重了語氣，怒氣沖沖地說道，「你撕掉了一萬美元，就像撕一塊破布一樣，就因為塗抹那五美元顏料的方式有損你的良心。下回我幫新計畫物色搭檔的時候，先得讓這人去找個公證人，當面發誓他從沒聽說過『理想』這個詞。」

凱奧火冒三丈地大步衝出了房間。懷特沒有理睬他的憤怒。比利·凱奧的蔑視，與他終於從中逃脫的更大的自我蔑視相比，是微不足道的。

柯拉里奧的騷動在擴散，暴動一觸即發。導致群情激憤的緣由是，鎮上來了一個紅臉龐的英國大個子，據說是代表他的政府來商定一項條約的，透過裡面的條款，總統把他的子民出賣給了外國勢力。有人指控他不但將許多價值無可估量的特權拱手送人，還要把國債轉移到英國去做投資，並且作為擔保，把海關交給人家管理。人民忍無可忍，決心用他們的抗議掀起風暴。

當天晚上，在柯拉里奧和其他城鎮，人民開始宣洩憤怒。活躍而又危險的暴徒大喊大叫著在街上徘徊。他們推翻了廣場中心的總統大銅像，把它拆得支離破碎。他們把公共建築裡那些替那位「偉大的自由鬥士」歌功頌德的標語牌都給砸爛了。那些掛在政府辦公室裡的總統畫像也遭到破壞。暴動者甚至襲擊了卡薩莫雷納，但被仍然效忠當局的軍隊給驅散了。恐怖持續了一整夜。

事實證明洛薩達的確偉大：第二天中午，秩序就恢復了，他依舊統治一切。他發布公告，斷然否認曾與英國舉行任何形式的任何談判。斯塔福德．沃恩爵士，那個紅臉龐的英國人，也在公告和報紙上聲明，他人雖在這裡，但絕未涉及什麼國家事務。他只是一個遊客，並無所圖。事實上（他自己是這麼說的），他到達之後，就沒有和總統碰過面，更沒有說過話。

在騷亂期間，懷特一直在為他的歸鄉之旅收拾行裝，打算在兩三天內搭船啟程。差不多到中午了，閒不住的凱奧帶著相機出了門，希望消磨掉眼下這段凝滯的時光。現在，鎮上靜得彷彿和平從未離開過那些紅瓦屋頂似的。

下午過了一半，凱奧面帶某種極為奇特的神情，急匆匆地趕回了旅館，然後就一頭栽進他沖洗照片的小房間。

不久後，他出來了，上陽臺去找懷特，臉上露出一種透徹又殘酷的掠食者笑容。

「你知道這是什麼嗎？」他舉起一張貼在紙板上的，尺寸四比五的照片，問道。

「一位沙灘上的小姐，被人拍了特寫——我一不小心就押了韻。」懷特愛理不理地說。

「錯，」凱奧說，兩眼閃閃發光，「這是一枚飛彈，一罐炸藥，一座金礦。這是一張能找你那位總統兌付兩萬美元的支票——是的，先生——這回是兩萬美元，而且這幅畫像可毀不掉。這裡面可沒有藝術的倫理。藝術！你和你那些臭烘烘的顏料管！我用一張相片就能把你折騰得體無完膚。來，看看。」

懷特接過照片，吹了一聲長長的口哨。

「我的天，」他喊道，「這要是給人看到，鎮上一定得出大事。你是怎麼弄到手的，比利？」

「總統那傢伙的後花園是由一圈高牆圍起來的，你知道吧？我在山上，想鳥瞰一下全鎮的風光，碰巧發現牆上有一塊石頭和不少灰泥脫落了，形成了一道縫隙。我就想，不如湊上去偷窺一下，看看總統先生的高麗菜長得怎麼樣了。我第一眼就看到，他和那個英國爵士坐在二十英尺以外的一張小桌旁。他們在桌子上攤滿了文件，像兩個海盜一樣熱絡地交談。那是花園裡一個怡人的角落，被棕櫚和橘樹包圍著，既隱蔽又清涼，他們在草地上放了一瓶香檳，伸手就能拿到。我知道，輪到我在藝術上大出風頭的時候了。於是，我就把相機湊到那條裂縫上，按下按鈕。就在我動手的剎那，那兩個老傢伙正好握手成交——從這張照片裡，你可以看清他們當時的表情。」

凱奧穿好衣服，戴上帽子。

「你打算用它來幹嘛？」懷特問。

「我，」凱奧用一種發洩憤怒的語氣說道，「當然要給它繫上一條粉紅絲帶，掛在骨董架子上啊。你可真有趣。我出去的時候，你可以好好研究一下，哪位褐色皮膚的統治者最願意買下這件藝術作品，作為私人收藏——只為了讓它別流傳出去。」

比利．凱奧從卡薩莫雷納歸來的時候，夕陽燒紅了椰樹的樹梢。他點了點頭，回應藝術家詢問的目光，然後在一張輕便床上躺了下來，把手墊在腦後。

「我見到他了。他乖乖地付了錢。起初他們不讓我進去，我告訴他們有要事求見總統。是啊，那傢伙很有本事。他按一種美妙的生意之道妥善地運用他的大腦。我所要做的，無非是舉起照片，讓他看到它，然後報價。他呢，只是微笑著，走到保險櫃，取出鈔票。他把二十張嶄新的一千美元面值的美國法定貨幣放在桌上，跟我拿出一美元二十五美分一樣瀟灑。那些鈔票太美了——點數的時候，發出劈劈啪啪的聲音，脆得像十英畝土地上的灌木叢正被烈火焚燒。」

「拿一張讓我摸一摸，」懷特好奇地說，「我從來沒見過一千美元的鈔票。」凱奧沒有立刻回答。

「卡羅，」他心不在焉地說，「你很看重你的藝術，對嗎？」

「看重，」懷特坦率地說，「甚於看重我本人和我的朋友的經濟利益。」

「那天，我覺得你是個笨蛋，」凱奧平和地說，「現在我也不能確定你不是。不過，如果你是，那我也一樣。我做過一些荒唐的買賣，卡羅，但我一直力求公平競爭，憑我的頭腦和資本與對手競爭。但遇到這種情況——嗯，當你吃定你的對手，而他只能被逼就範的時候——在我看來，這就不算男子漢的遊戲了，也不再具有吸引力了。這類事情有個名目，你懂的；這叫——真混帳，難道你不明白？一個傢伙感覺到——某種和你那該死的藝術相仿的東西——他——算了，總之我撕掉了照片，把碎片放在那疊錢上，把所有這堆東西推回桌子對面。『請原諒，洛薩達先生，』我說，『我想我報錯了價格。這張照片是你的了，不用付錢。』現在，卡羅，把那截鉛筆拿出來，我們再來算一下。我很願意在我們的資產當中留出一部分，確保你回到紐約以後，還能在你那地盤煎香腸吃。」

15 迪基

在西屬美洲沿岸，一切都缺少連貫性，事情只能斷斷續續地發生。甚至時間本人也似乎每天都要把鐮刀掛在橘子樹梢，先睡個午覺，再抽根菸。

在針對洛薩達總統政權的抗爭失敗之後，這個國家復歸平靜，在他備受指責的暴政之下繼續忍耐。柯拉里奧的老政敵達成了和解，一時間輕描淡寫地避開了所有分歧。

那一趟失敗的藝術遠征沒讓步履不停的凱奧停下來。命運起起落落，但終於被他以敏捷的腳步走成了一條坦途。懷特搭乘的輪船冒出的黑煙還沒消失在地平線之前，他那截藍鉛筆又開始工作了。他只需要向格迪招呼一聲，就可以憑他的信用從布蘭尼甘公司賒到任何他想要的貨品。就在懷特抵達紐約的同一天，凱奧趕著由五頭滿載五金工具和刀叉的馱騾組成的騾隊，朝著凶險的內陸山地出發了。那裡的印第安部落從含金的溪流中淘出金砂；在群山之中，若是有人為他們送去一個市場，生意肯定很活躍，利潤肯定很不錯。

在柯拉里奧，時間收攏了翅膀，在他那條催人入眠的小徑上，有氣無力地夢遊著。最能為這凝滯的時日逗樂解悶的人都走了。克蘭西乘坐一艘西班牙帆船去科隆了，打算橫穿地峽，再繼續去往目的地卡亞俄，據說那裡正在打仗。格迪沉靜溫和的天性，一度緩解了服食忘憂果之後的抑制作用，他現在有了家庭，跟他那位明豔如蘭花的寶拉一起快樂地生活，再也沒有想起或是惋惜那個封了口、印了花押的未解決的瓶子，那裡面的東西現已無足輕重，並由海洋妥為保管了。

眼光最敏銳、最善於折中的動物——海象——很可能半路上就給他那聽起來既恰切又愉快的話題封上了封蠟。

阿特伍德走了——誰也沒法再見識他那舒適的後廊和狡黠的天真了。葛列格大夫，連同鬱積在他肚子裡的穿顱手術的故事，構成了一座大鬍子火山，始終都顯示出即將爆發的跡象，也不能列入可以逗樂解乏之人的行列裡。新任領事的調性，與悲傷的海浪和繁盛的熱帶綠蔭十分協調——他的詩琴彈不出山魯佐德[60]和圓桌武士的旋律。古德溫投身於大事業當中：難得的休閒時間，他都在他很愛待著的家裡度過。因此，顯而易見，柯拉里奧的外僑群體內部缺乏交際和娛樂。

之後，迪基·馬婁尼就像從雲中降下的甘霖，適時為此地紓解了大旱。

沒有人知道迪基·馬婁尼是從哪裡來的，也沒有人知道他是怎麼來的。他有一天出現在柯拉里奧，除此之外，別的情況沒人知道。後來，他說他是乘水果船「索爾號」來的；但是，查看一下「索爾號」那天的乘客名單，從中卻找不出叫馬婁尼的人。不過，無論怎樣，好奇很快消散了；迪基在被加勒比海拋上岸的怪人之中落了腳。

他這傢伙很活躍，而且肆無忌憚、吵吵鬧鬧的，長著迷人的灰眼睛，擁有最讓人難以抗拒的笑容，膚色很黑——或者不如說，被曬得很黑。一頭火紅的頭髮，在本地絕無僅有。他對西班牙語的熟稔程度不亞於英語，而且似乎口袋裡一直有很多錢，沒過多久，他就成了一個受歡迎的夥伴，不管走到哪裡，都能得到人家的熱情接納。他極愛白葡萄酒，還博得了「一打三」的名聲，即是說，他一個人的酒量大於鎮上任意三人的酒量總和。大家都叫他「迪基」，一見到他就覺得高興——尤其是原住民，他那頭驚人的紅髮和無拘無束的個性，讓他們欣喜又羨慕。只要你去到這個鎮上，很快就能看到迪基或聽到他友善的笑聲，並且發現有一幫崇拜者正圍繞著他，這群人喜歡他隨和的天性，也喜歡他隨時可能買來請客的白葡萄酒。

關於他在這裡逗留的目的，大家有層出不窮的猜測和議論，直到有一天他不聲不響地開了一家小店。店裡出售菸草、甜酒和內陸印第安人的手工藝品——纖絲織品、鹿皮鞋、用蘆葦編的籃子。即便在這個時候，他也沒改變習慣；因為他每日每夜總有一半時間在與部隊司令、

60 山魯佐德，《一千零一夜》中的重要人物。這裡的意思是說，新任領事不懂如何跟人閒聊。

海關長官、鎮長以及本地官員中的其他狐朋狗友一起喝酒、打牌。

有一天，迪基看到了坐在外賓旅館側門裡面的帕莎——奧娣斯太太的女兒。他停下了腳步，一動不動地站著，從他來到柯拉里奧以來，這還是第一次；然後，他像一隻小鹿一樣，飛跑著去找本地的紈絝子弟巴斯克斯，向他請教。

年輕人叫帕莎「La Santita Naranjadita」。「Naranjadita」是一個西班牙語詞彙，表示某種顏色，若要用英文來描述，得大費一番周章。就說「擁有最美麗的精緻冷豔的金橙膚色的小仙女」，勉強也能將奧娣斯太太的女兒大致勾勒出來。

奧娣斯太太除了出售其他酒類之外，還賣蘭姆酒。要知道，蘭姆酒可以抵消其他商品受到的非難。因為，眾所周知，蘭姆酒的生產是由政府壟斷的；能夠銷售政府專賣品，即使不能證明店家出類拔萃，至少也能讓人肅然起敬。再者說，即使事無巨細地審查，也不可能在這家商店的經營行為中找到過失。顧客在那裡喝酒的時候，都是一副精神萎靡、戰戰兢兢的樣子，彷彿被死亡的陰影籠罩著；因為，老闆娘古老而自豪的家系，銷毀了蘭姆酒發出的歡樂指令。因為，她難道不是與皮薩羅一道上岸的伊哥萊西亞斯的後人嗎？況且，她那已故的丈夫難道不是這一地區主管公路橋梁的長官嗎？

傍晚，帕莎坐在窗口，心不在焉地撥弄她的吉他，在她隔壁的房間裡，客人正在喝酒。之後，年輕的騎士三三兩兩地前來造訪，坐在靠著牆規規矩矩地擺成一排的椅子上。他們來這裡是為了圍剿「小仙女」的心。他們的戰術（無助於應對精英的競爭）包括挺起胸膛，展現英勇，還有消耗一兩包香菸。即使是皮膚略帶橙色的仙女，也期待著不同的求愛新招。

堂娜帕莎乘著吉他的音樂飛越這道煙霧繚繞的沉默鴻溝，同時思索著，她讀過的那些威武的騎士羅曼史是否都是謊言，而且那些羅曼史都沒完沒了。每隔一段時間，夫人就會從店鋪那邊溜進來，眼中閃爍著那種會讓人口渴的微光，這時，某位騎士就會提議中場休息，到酒吧去，於是，隨之就會響起一陣漿得挺硬的白褲子發出的窸窸窣窣聲。

可以預見的是，迪基．馬婁尼早晚都將親身勘察這塊領域。在柯拉里奧，沒有幾道門是他那顆生滿紅髮的腦袋未曾探進去過的。

在初見她之後，只經過一個極短的時間空檔，他就緊鄰著她的搖椅，坐在那裡了。在迪基的求愛手冊裡，沒有「背靠牆壁靜靜坐著」這個姿態。他的征服計畫是近距離攻擊。用一陣集中、猛烈、不由分辯、不容抗拒的攻勢拿下堡壘——這就是迪基的方式。

帕莎是當地最為顯耀的西班牙裔家族的後代。此外，她還有些並不多見的優點。在紐奧良所受的兩年學校教育抬升了她的眼界，讓她擁有對於家鄉的普通少女來說高不可及的命運。然而，一旦在這裡遇上一個口齒伶俐、笑容迷人的紅髮混混對她恰到好處地大獻殷勤，她立刻便屈服了。

很快，迪基就將她領到廣場一角的小教堂，給她那一長串高貴的姓氏之前又添上了一個：

「馬斐尼夫人」。

她命中註定就該在迪基與他那些狐朋狗友喝酒調笑的時候，懷著過人的耐心，張著聖潔的眼睛，擺出普賽克[61]陶俑般的身姿，坐在小店幽靜的櫃檯後面。

女人本著天生的好眼力，相中了機會，想拿他的陋習來刺傷她、含沙射影地嘲笑她。她應對得優美而又沉穩，只以悲憫和輕蔑的目光注視著她們。

「你們這群擠不出奶的母牛，」她以平和、清晰，而嘹亮的嗓音說道，「你們對男人一無所知。你們只能嫁給小丑。你們的男人啊，只配坐在涼蔭底下捲紙菸，直到太陽逮到他們，把他們曬成乾屍。這些傢伙賴在你們的吊床上混日子，你們還要幫他們梳頭，拿新鮮水果餵飽他們。我的男人可不是這種貨色。讓他喝酒好了。等他喝下的酒足夠淹死一個你們家那種軟爛男的時候，他就會回到我身邊，他一個人就贏過一千個你們家裡那種可憐蟲。他幫我梳頭、編辮子，為我唱歌，親手幫我脫鞋，還要，還要在每一邊腳背留下一個吻。他抱住——哦，你們永遠也不明白！你們這群瞎了眼的永遠也搞不懂什麼叫男人。」

有些夜晚，迪基的店裡會發生一些神祕的事情。前廳裡一片漆黑，迪基和幾個朋友都在後面的小屋裡，圍坐在桌邊，極其小聲地商談著什麼，一直談到很晚。最後，他會小心翼翼地將他們送出門去，然後再上樓去找他的小仙女。這些訪客大多是一襲黑衣、戴著帽子的陰謀家一類的人物。當然了，這些見不得光的行徑不久就被人注意到了，招來不少議論。

迪基彷彿對鎮上外籍居民的社交圈子毫不在意。他避開了古德溫，巧妙地逃脫了葛列格大夫那個穿顱手術的故事，在柯拉里奧，這事至今仍被傳為「閃電外交」的典範傑作。許多寄給「迪基．馬婁尼先生」或「迪基．馬婁尼閣下」的信件陸續到達，帕莎為此深感得意。這麼多人想要寫信給他，這證實了她的猜想：他那頭紅髮的光芒在全世界都有影響。對於信的內容，她從來都不好奇。但願諸位也能找到這樣的妻子！

迪基在柯拉里奧犯了一個錯誤，他在不適當的時候用光了錢。他的錢來路不明，因為他那家店的進帳幾乎等於零，不過，無論來源是什麼，總之，它在一個特別不走運的時段一度枯竭了。那正是指揮官堂里奧斯上校先生一面盯著坐在店裡的小仙女，一面被自己的心跳敲得暈頭轉向的時候。

這位指揮官精通所有複雜的調情技巧，他先是披掛全副行頭，在她的窗前神氣活現地來回踱步，以比較隱晦的方式向她示愛。帕莎用純真的眼睛一本正經地瞥了他一眼，立刻發覺他與她的鸚鵡奇奇有幾分相似，於是展露了笑顏。指揮官看到了這個並非為他而生的微笑，確信已給人家留下良好印象，信心滿滿地走進店裡，對她發起進一步的追求。帕莎不為所動，他卻

61 普賽克，古羅馬神話中的美女。維納斯嫉妒其美貌，設下詭計，想將她下嫁凶殘的怪獸，但丘比特卻愛上了她，並在後來娶她為妻。

勁頭十足；她莊重地怒斥他，他卻神魂顛倒，繼續糾纏；她勒令他從店裡出去，他卻想捉住她的手——迪基進來了，整個人裝滿了一肚子白酒和一股子邪氣，看到這一幕，咧嘴笑了。

他花了五分鐘時間，科學而專注地懲治了那位指揮官。這樣能讓疼痛盡可能延長。最後，他把那位魯莽的求愛者丟出門外，任其人事不省地躺在石子路上。

一個在街對面觀戰的赤腳警察吹響了哨子。從街角附近的軍營裡跑出來一支由四名士兵組成的小隊。他們看清肇事者是迪基，就停下了腳步，又吹了哨子，喚來八名援兵。眼見吃敗仗的機率大大降低，這支軍隊便向滋事分子發動了攻勢。

迪基渾身上下充斥著尚武精神，他彎下腰，抽出指揮官繫在身側的佩劍，向他的敵人衝了過去。他追著這支現役部隊跑過四個廣場，玩耍似的刺他們的屁股，砍他們薑黃色的腳後跟。

不過，對付市政當局的時候，他就沒那麼順利了。六個強壯敏捷的警察制服了他，一面耀武揚威，一面提心吊膽地押著他去了監獄。他們稱他為「紅髮魔鬼」，並且嘲笑在他面前吃了敗仗的軍隊。

迪基，以及其餘的犯人，透過鐵柵門望出去，能看得到小廣場上的草地、一行橘子樹和一排其貌不揚的商店的紅瓦屋頂和土坯牆。

日落時分，沿著穿過廣場的小路，來了一支悲悲戚戚的隊伍。那是一群滿面愁容的婦人，帶著芭蕉、甜瓜、麵包和水果——都是幫那些鐵柵裡面的倒楣鬼送吃的來的——她們始終都不放棄他們，始終在供養他們。每天兩次——早晚各一次——她們獲准前來探監。共和國只拿水招待這些強邀來的客人，不提供任何食物。

那個傍晚，警衛喚到了迪基的名字，他便走到鐵柵門前。他的小仙女站在那裡，頭和肩都被罩在一塊黑色披巾裡，臉上露出莊嚴憂鬱的神情，一雙清澈的眼睛如飢似渴地注視著他，彷彿用目光就能把他從柵欄裡拉出來似的。她帶來了一隻熟雞、一些橘子，還有甜酒和一大塊白麵包。一名士兵檢查了這些食物，然後轉交給迪基。帕莎一如往常那樣，用笛子一般動聽的嗓音平靜而簡短地說了幾句話。「我生命中的天使，」她說，「但願你離開我的時間不會太久。你最清楚了，你不在我的身邊，生活就變得無法忍受。告訴我，在現在這種情況之下，我能做點什麼。如果幫不上忙，我就等著——等段時間看看。明早我再過來。」

為了不驚動他的獄友，迪基脫掉了鞋子，在牢房裡徘徊了半個晚上，詛咒他的拮据，也詛咒造成拮据的因由——不用深究，無論是什麼因由，都值得詛咒。他十分清楚，金錢能夠立刻換得自由。

之後的兩天，帕莎都按時給他送飯。每次他都焦急地詢問是否有寄給他的包裹或信件，而她只能哀怨地搖頭。

第三天早晨，她只帶了一小片麵包過來。臉上的黑眼圈很明顯，不過，她還是鎮定如初。

「媽的，」迪基說，他全憑心血來潮，在英語和西班牙語之間來回切換，「這只能算幾根乾草料，小妹妹。這就是你能給你的男人弄來的最好的東西？」

帕莎看著他，就像母親看著被自己慣壞的孩子。

「想開點吧，」她低聲說，「到下一頓飯的時候，可什麼都沒了。連最後一塊錢都花掉了。」她倚著柵欄，又靠得緊了些。

「把店裡的貨賣了——能賣一點是一點。」

「我會沒試過嗎？我按定價的一折叫賣，但就沒有一個人買走一個披索的東西。在這個鎮上，沒人願意拿一個雷亞爾出來幫迪基·馬婁尼一把。」

迪基狠狠地咬緊了牙關。「都是因為那個指揮官，」他怒吼道，「這都是他搞的鬼。等著瞧吧，嘿，好戲還在後頭。」

帕莎又壓低了聲音，幾乎在以耳語的方式說話。「聽著，我最最心愛的人啊，」她說，「我很想變得再勇敢一些，但沒有你，我活不下去。已經三天了——」

迪基在她的面紗褶襉中捕捉到一絲堅毅的目光。這一回，她盯著他的臉看了一會兒，看到它毫無笑意、嚴肅狠厲，像是下定了某種決心。接著，他突然抬起了手，笑容彷彿一絲陽光，重新照亮了他的面容。碼頭方向，一艘進港的輪船拉響了嘶啞的汽笛。「來的是哪條船？」迪基對著在門前來回踱步的警衛喊道。

「『卡塔麗娜號』。」

「是維蘇威公司的船嗎？」

「一定是啊。」

「快去，小傢伙，」迪基興高采烈地對帕莎說，「去找美國領事。告訴他，我想跟他談談。請他務必馬上前來。喂，你看你！別再愁眉苦臉了，我保證，今晚你就能把頭偎在我懷裡了。」

過了一個小時，領事來了。他把綠色陽傘夾在腋下，心浮氣躁地擦了擦額頭。

「你聽我說，馬婁尼，」他搶先開口發難，「你們這些傢伙好像以為自己什麼麻煩都可以惹，就指望著我來搭救。我既不是美國陸軍部，也不是一座金礦。這個國家有它自己的法律，你知道的，把人家的政府軍打得丟盔卸甲是違法的。你們愛爾蘭人總在惹是生非。我不知道我還能做什麼。如果香菸或者報紙之類的東西能讓你好過點，那麼——」

「以利[62]的兒子啊，」迪基嚴肅地插嘴說，「你一點也沒變。那一回，老柯恩的驢和鵝被人弄到教堂閣樓上，肇事者想躲到你的房間裡，你的說法幾乎跟現在一模一樣。」

62 以利，《聖經・撒母耳記》中提及的一位大祭司，因未曾懲罰他的兩個作惡多端的兒子而遭到了上帝的譴責。

「哦，天啊！」領事叫道，連忙調了調眼鏡的位置，「你也是耶魯的嗎？你也在那幫傢伙裡面？我好像不記得有人是紅——有人叫馬婁尼的。有這麼多大學生白白浪費了優越的條件：一個九一級的數學學霸現在在貝里斯賣彩票；一個康乃爾大學的畢業生上個月在這裡登了岸，他給一艘拉肥料的小船當二副。我會給政府寫信的，如果你希望我這麼做的話，馬婁尼。想要菸草和報——」

「不需要，」迪基乾脆俐落地打斷了他的話，「只想請你幫忙給『卡塔麗娜號』的船長帶個話，就說迪基．馬婁尼想見他，請他在方便的時候盡快過來。告訴他我在哪裡。趕快吧。就這點事。」

能這麼輕易地脫身，領事自然十分樂意，於是連忙離開了。「卡塔麗娜號」的船長，一個敦實的西西里人，很快便出現了。這人老實不客氣地推開警衛，來到了牢房門口。維蘇威水果公司的人在安楚里亞的行事風格一向如此。

「我深感抱歉——深感抱歉，」船長說，「沒想到發生這種事。我是來供您差遣的，馬婁尼先生。您需要的，一定弄到；您吩咐的，一定辦到。」

迪基神情冷峻地看著來人。他挺立在那裡，高大穩健，決絕的雙唇抿成了一條橫線，一頭顯眼的紅髮也未能令他的威儀稍有損減。

「德．魯科船長，我確信，我還有筆款子存放在你們公司——額度很大的私人款項。上星期，我要求你們匯些錢過來，錢卻沒匯到。你明白玩這個遊戲需要些什麼。錢，錢，更多的錢。為什麼沒給我送來？」

「是『克里斯托巴爾號』負責運送的，」德．魯科打著手勢回答道，「它在哪裡呢？我在安東尼奧岬角外面碰上它了，它斷了一根煙囪，被一艘沿岸貿易船拖回紐奧良去了。我上岸的時候，想到您也許急著用錢，就隨身帶了些。這個信封裡有一千美元。您還需要的話，我再去拿，馬婁尼先生。」

「暫時夠用了。」他搓開信封，低下頭看著裡面半英寸厚的光滑鈔票，這些鈔票髒兮兮的，口氣變得和緩了不少。

「這種綠色的長紙條呀！」他輕聲說，眼中換上了一種敬畏的目光，「有什麼是用它買不到的嗎，船長？」

「我有三個朋友，」德．魯科回答，模樣頗有些哲學氣質，「他們都有錢。一個炒股票賺了一千萬；另一個已經上了天堂；第三個娶到了他心愛的窮女。」

「照這樣講，」迪基說，「答案掌握在萬能的上帝、華爾街和丘比特的手裡。所以，問題將始終存在。」

「這事，」船長比畫了一個意味深長的手勢，把迪基周遭的環境都包含在指涉的範圍裡，詢問道，「這事——這事不會——不會和您那家小店的生意有什麼關係吧？您的計畫沒有敗露吧？」

「沒有，沒有，」迪基說，「這不過就是我的一點私事導致的，在正經買賣之外的旁枝末節。人家說，一個男人得經歷貧困、愛情和戰爭，他的生命才會完整。但這三樣湊在一起可就不妙了，我的船長。沒有，我的買賣並沒出差錯。這家小店發展得很好。」

船長走後，迪基把獄警隊長叫了過來，問道：「我的事歸軍隊管，還是歸內政部管？」

「現在應該還沒到按軍法處置的程度，先生。」

「好。立刻去找鎮長、治安官和警察局長，你自己去，或者派人去，都行。告訴他們，我已經準備好了，立刻就能滿足法律的要求。」一張折起來的「綠色長條」鈔票神不知鬼不覺地落進了隊長的手裡。

於是，笑容又回到了迪基的臉上，因為他知道，他的牢獄生涯只剩屈指可數的幾小時了；應和著哨兵的腳步，他哼起了歌：

他們正在吊死男人和女人，

因為這些倒楣鬼沒有美金。

就這樣，當天晚上迪基就坐在了店鋪樓上房間的窗前，他的小仙女則陪坐在一邊，用綢緞做著些雅致的手工藝。迪基神情嚴肅地考慮著什麼，一頭紅髮亂得異乎尋常。帕莎的手指常按捺不住想去撫弄它、理順它，但迪基從不允許她這麼做。今晚，他對著桌上的一大堆亂糟糟的地圖、書籍和文件鑽研了半天，直到那道總讓帕莎擔憂的紋路又出現在他的眉心。她立刻跑去把他的帽子拿來，然後站在一邊等著，一直等到他抬起頭，以探詢的目光看著她。

「你在這裡覺得不開心，」她解釋道，「出去喝酒吧。等你能像過去那樣笑的時候再回來。我想看到你開心的樣子。」

迪基笑了起來，丟下了手裡的文件。

「需要喝酒的階段已經過去了。酒已經完成了它的使命。也許，到頭來，進到我嘴裡的比大家以為的要少，進到我耳朵裡的倒比他們以為的更多。不過，今晚不看地圖，也不皺眉頭了。我答應你。過來。」

他們坐在窗前的一張草編凳子上，望著「卡塔麗娜號」的燈火映在港口附近水面上的微微蕩漾的光影。

不一會兒，帕莎罕見地發出了一陣咯咯的笑聲。

「我在想啊，」她在迪基詢問之前，先開口解答了，「女孩腦子裡的念頭可真蠢。就因為去美國讀了大學，我就不知天高地厚了。最少也得當上總統夫人才能讓我滿意。可是，你看看，我就這樣被你這個紅頭髮的壞蛋偷走了，如今前途未卜！」

「別放棄希望，」迪基笑著說，「在南美洲的國家，不止一個愛爾蘭人成為了統治者。智利有一個叫奧伊金斯的獨裁者。安楚里亞為何不能有一位馬婁尼總統？只要你一句話，我的小仙女，我們就大幹一場。」

「不，不，不，你這個紅頭髮的莽撞鬼！」帕莎歎息道，「這裡，」她把頭靠在他的胳臂上，「我就滿足了。」

16 紅與黑

種種跡象表明，在洛薩達升任總統之後，民眾普遍心生不滿。這種情緒日益滋長。整個共和國似乎都籠罩著一種敢怒不敢言的陰沉氣氛。即使是古德溫、薩瓦拉，以及其他愛國者曾支持過的老自由黨也感到失望。洛薩達已經不可能成為人民的偶像了。新的捐稅、新的關稅層出不窮，另外，尤其過分的是，他縱容軍隊殘暴地壓迫公民，這讓他成為了繼卑劣的阿爾弗蘭之後最討人厭的總統。在他自己的內閣中，多數成員也不認可他。為了討好軍隊，他放任他們專橫跋扈，於是，他們就成了他主要的靠山，迄今為止也確實足夠穩固。

然而，政府所做的最為失策的事情就是開罪了維蘇威水果公司——一個手底下有十二艘輪船，現金和資產略大於安楚里亞的盈餘和債務之和的機構。

一個小得像不入流的零售店似的共和國竟企圖敲詐維蘇威這種巨頭，人家原本就抱持著一份顧慮，此時自然會演變為惱怒。所以，當政府代表索要補貼的時候，遭到了禮貌的拒絕。作為報復，總統當即給每串香蕉增加了一個雷亞爾的出口稅——這在以水果種植為主業的國家當中是史無前例的。維蘇威公司在安楚里亞沿海地帶的碼頭和種植園投入了巨額資本，公司代理人在他們設點經營的城鎮裡興建了相當不錯的住宅，到目前為止，他們與共和國相處融洽，雙方都有利可圖。如果被迫撤出，公司將蒙受極大的損失。從維拉克魯茲[63]運往千里達[64]的香蕉售價是每串三個雷亞爾。他們本應拒付這一個雷亞爾的新稅，這會讓安楚里亞的果農萬劫不復，也會給維蘇威公司帶來嚴重的困擾。不過，出於某種原因，維蘇威公司仍繼續收購安楚里亞的水果，每串香蕉花費四個雷亞爾，沒讓果農吃虧。

這個明顯的勝利蠱惑了總統大人，以至於他開始如飢似渴地討要更多。他派了一位使者要求和水果公司的代表會談。維蘇威的代表是弗蘭佐尼先生——一個結實的小個子，性格樂天，總是很冷靜，嘴上總是吹著威爾第[65]歌劇的旋律。來自財政部部長辦公室的埃斯皮瑞迪昂先生，試圖堆起一座沙包堤防，守護安楚里亞的利益。會議選在維蘇威公司旗下船隻「薩爾瓦多號」的船艙裡進行。

談判由埃斯皮瑞迪昂先生開啟，他宣稱政府計畫繞著沿海沖積地帶建一條鐵路。在論及這樣一條鐵路如何符合維蘇威公司的利益，並能給他們帶來多少好處之後，他便直奔主題，建議公司捐贈五萬披索的築路費用，還說，這筆錢不會比將來從中獲得的利益更多。

弗蘭佐尼先生不認為他的公司能從一條規畫中的道路上得到任何好處。他還說，作為企業代表，他必須否決這五萬披索捐贈的提議。不過，他願意承擔二十五的額度。

埃斯皮瑞迪昂先生尋思著，弗蘭佐尼先生的意思是不是說，他們能拿出兩萬五千披索呢？

根本沒這意思。人家說的是二十五披索。而且是銀幣，不是金幣。

「你的說法是在侮辱我國政府！」埃斯皮瑞迪昂先生拍案而起，咆哮道。

「那麼，」弗蘭佐尼先生以警告的口吻說，「我們就換一換。」

出價沒有更換的餘地。難道弗蘭佐尼先生的意思是換掉政府？

在洛薩達在位第二年的年尾，柯拉里奧剛進入冬令季節的時候，安楚里亞的局勢就是如此。所以，當政府和社交界的大隊人馬像往年同期一樣擁入海岸的時候，總統的駕臨顯然已無法引發無度的歡慶。這幫來自首都的公子哥兒定於十一月十日進入柯拉里奧。有一條由索利塔斯伸向內陸的二十英里長的窄軌鐵路，政府官員乘坐馬車從聖馬提奧來到這條鐵路的終點站，再換乘火車去索利塔斯。從這裡開始，他們排成一支浩浩蕩蕩的隊伍，向柯拉里奧行進。在他們到來的那天，這座小鎮會舉行名目繁多的慶典和歡迎儀式。但今年的十一月十日，黎明時分

---

63 維拉克魯茲，墨西哥的一座港口城市。

64 千里達，位於中美洲加勒比海南部的海島。

65 威爾第，指朱塞佩·威爾第（一八一三—一九〇一），義大利著名音樂家。

便出現了不吉之兆。

雨季已經結束，但那天卻彷彿重回氤氳的六月光景。整個上午都飄著濛濛細雨。總統一行在一種異乎尋常的寂靜中進入了柯拉里奧。

洛薩達總統是個上了年紀的男人，一把灰鬍子，肉桂色的皮膚顯示出相當比重的印第安血統。他的馬車走在隊伍的前頭，由克魯茲上尉和他那著名的一百名輕騎兵組成的「百騎隊」在左右護衛。羅卡斯上校率領著一個團的正規軍負責殿後。

總統用銳利雪亮的小眼睛環顧四周，期待看到歡迎他的盛大遊行，但在他面前只有大批遲鈍冷淡的民眾。安楚里亞人先天就有觀光客的基因，後天又深化了看熱鬧的習性，只要不缺手斷腳，都出來給這一幕做見證了；但他們全都保持著一種不太友善的沉默。他們擠進大街小巷，身體甚至貼到了車轍上；紅瓦屋頂也被人覆蓋了，連屋簷上都坐滿了，但是，在他們之中無人高呼「萬歲」。家家戶戶的窗口和陽臺上，並未按照風俗掛出棕櫚和檸檬樹枝編成的花環，或是一串串華麗的紙玫瑰。只有一種冷漠陰沉的非難氣氛，因為其不明朗、不確切而顯得更為不祥。誰也不害怕群眾的不滿情緒爆發出來，從而掀起抗爭，因為他們沒有領袖。從未有過一點風聲，對總統以及效忠他的人透露出某個能將這種不滿結晶為抵抗力量的名字。不，不可能有什麼危險。人民總要先扶起一個新偶像，才會摧毀舊的那個。

在戴著紅色肩帶的少校、掛著金色綬帶的上校和佩了肩章的將軍騎著馬，不可一世地飛馳和騰躍了一陣之後，那支為了一年一度的固定節目而成立的隊伍才終於沿著大街向卡薩莫雷納行進，迎接總統駕臨的儀式總是在那裡舉行。

瑞士軍樂團走在佇列的最前方。本地指揮官騎著一匹蹦蹦跳跳的馬，領著手底下的一隊士兵緊隨其後。接著，一輛馬車迎面駛來，車上載有四位內閣成員，其中最引人注目的是鬚髮皆白、英武過人的軍政大臣皮拉爾老將軍。之後，總統的專車來了，財務大臣和國務大臣也坐在裡頭，克魯茲上尉的輕騎兵每四人一排，繞著車身緊緊地圍了兩圈。其餘的政府官員、法官、傑出軍人、社交界的知名人物及其家眷都跟在後面。

在樂隊剛一奏樂，隊伍開始移動的時候，維蘇威公司旗下最快的輪船「瓦爾瓦拉號」就像一隻不祥的飛鳥，溜進了港灣，總統和他的跟班都看得清清楚楚。當然了，它的抵達不可能帶來任何威脅——一個商業組織不會跟一個國家開戰，但它讓埃斯皮瑞迪昂先生和坐在馬車裡的其他人想到，維蘇威水果公司肯定為他們設下了某些圈套。

待到遊行隊伍的前排到達官邸的時候，「瓦爾瓦拉號」的克羅寧船長和維蘇威公司的文森蒂先生已經上了岸，正在狹窄的人行道上，大呼小叫地推著擠著從人群中擠了過來，而且他們還精神抖擻、滿不在乎。他們穿著白麻布衣服，高大、文雅，而愉快的神情中透著威嚴，在一大堆黑不溜丟、其貌不揚的安楚里亞人之中，模樣格外顯眼。兩人穿梭到距離卡薩莫雷納的臺階只有幾碼遠的地方，在那裡能輕易地俯視人群，這時，他們在矮小的原住民之中看到了另一個鶴立雞群的造物。是迪基．馬婁尼那一頭火紅的短髮，他站在下面的臺階旁，靠著牆，展露出爽朗而迷人的笑容，表示認出了他們。

迪基穿了一套合體的黑色西服，打扮得與這種節慶場面十分相宜。帕莎依在他身邊，頭上蒙著那塊她幾乎整日戴著的黑頭紗。

文森蒂對她細細打量了一番。

「波提且利[66]畫的聖母，」他嚴肅地評論道，「不曉得她是什麼時候給捲進來的。我不喜歡他和女人糾纏不清。我希望他遠離她們。」

克羅寧船長哈哈大笑，差點引起了遊行隊伍的注意。

「長了那種頭髮的人！遠離女人！還是個姓馬婁尼的！他不是生來就該風流嗎？但是，廢話少說，你認為有多大希望？對這種刀口舔血的生意，我可是外行。」

文森蒂又朝迪基的腦袋瞥了一眼，展顏一笑。

「紅與黑，」他說，「就這麼兩個選項。下注吧，先生。我們把錢都押在紅方了。」

「看這個小子怎麼玩吧，」克羅寧用讚許的目光瞧了瞧臺階旁那個高大從容的身影，說道，「不過對我來說，這一切都假假的，像在演戲。完全是言過其實。空氣中飄著一股汽油味。他們自己幫自己換幕，自己演給自己看。」

他們打住了話頭，因為皮拉爾將軍從第一輛馬車上跳了下來，站到了卡薩莫雷納的最高一級臺階上。作為最年長的內閣成員，照慣例，應由他致歡迎辭，並且要在說完之後，把官邸的鑰匙遞交給總統。

皮拉爾將軍是共和國最傑出的公民之一。在三場戰爭和無數次革命當中，他都是當之無愧的英雄，歐洲各國的宮廷和軍營都將他奉為上賓。他還是一位雄辯的演說家，是人民的朋友，代表了安楚里亞的金字塔尖。

他手裡握著卡薩莫雷納的鍍金鑰匙，以傳統的方式開始致辭，走馬看花地談及了每一任政府，以及自從以戰鬥手段爭取獨立以來，直到近期，文明與國勢的發展狀況。最後，他講到洛薩達總統的政權，到了這個時候，按例，皮拉爾將軍應該歌頌政策之英明與人民之幸福，他卻停了下來。接著，他默默地將那串鑰匙高高舉過頭頂，雙眼始終緊盯著它。捆紮鑰匙的緞帶在微風中飄拂。

「風仍在吹，」演講人歡欣鼓舞地喊著，「安楚里亞的公民，今晚，讓我們向過往的諸位聖賢致謝，因為我們的空氣仍然是自由的。」

就這樣，他略過了洛薩達政府，突然把話鋒轉回了安楚里亞最得人心的統治者奧里瓦

66 波提且利（一四四五—一五一〇），義大利文藝復興時期的繪畫巨匠，也是佛羅倫斯畫派的代表畫家。

拉。九年前，奧里瓦拉在如日方中、正待大展拳腳的時候，被人暗殺了。有人指控洛薩達本人領導的一支自由黨派系，說是他們犯下了這樁罪行。無論是否確有其事，野心勃勃、老謀深算的洛薩達直到八年前才終於達成了目的。

話說到這裡，皮拉爾將軍看來要暢所欲言了。他感動地為奧里瓦拉描繪了一幅勤政愛民的肖像，提醒人民不要忘記，他們享受過那樣一個太平、安寧、幸福的時期。他回憶了奧里瓦拉總統最後一次在柯拉里奧過冬的情景，在歡慶日那天，只要總統一出現，出於擁護和愛戴的「萬歲」聲就會如雷鳴一般響起，他將細節描述得生動可信，與眼下的一幕恰成鮮明對比。

那一天，民眾直到此刻才終於公開表露激越之情。在他們之中響起了一陣如浪花拍岸般低沉的呢喃，持續不斷。

「我賭紅的贏，」文森蒂先生說，「輸了，我給你十美元；贏了，你請我在聖查理斯餐廳吃頓飯。」

「我從不逆著自己的意思跟人打賭，」克羅寧船長點了一根雪茄，說道，「這老傢伙一把年紀了，還這麼囉嗦。他都說了些什麼？」

「我的西班牙語，」文森蒂回答，「一分鐘只能說十個詞，他的嘴裡一分鐘能蹦出兩百個詞。不管說的是什麼，他把他們煽動起來了。」

「各位朋友，各位兄弟，」皮拉爾將軍繼續說著，「如果今天，我能將手伸向淒涼岑寂的墳墓，喚醒你們的好領袖奧里瓦拉——他來自你們之中，因你們的傷心而落淚，因你們的快樂而開懷——我定會將他還給你們，但是，奧里瓦拉已死——死於一個卑怯的刺客之手。」

演講人轉過身，英勇無畏地望著總統的馬車。他的手臂仍舊高舉著，似乎要以此托起最後的結語。總統一直在聽，被這番驚世駭俗的歡迎詞嚇得不輕。他癱倒在座位上，因為憤怒和震驚，不停地顫抖，用一雙黧黑的手掌緊抓著馬車的坐墊。

他欠起身子，一隻手指著皮拉爾將軍，厲聲向克魯茲上尉下了一道命令。那位「百騎隊」的帶隊者端坐在馬背上，紋絲不動，兩臂環抱胸前，彷彿根本沒有聽見。洛薩達再次癱坐下來，黝黑的臉龐明顯變得蒼白。

「誰說奧里瓦拉死了？」演講人驀然叫道，人雖蒼老，嗓音卻猶如戰場上的號角，「他的身軀躺進了墳墓，但他把精神贈予了他所深愛的人民——是的，還有——他的學識、他的勇氣、他的仁慈——是的，還有——他的青春、他的形象——安楚里亞的人民啊，難道你們忘了奧里瓦拉還有一個兒子——雷蒙？」

克羅寧和文森蒂密切注意著迪基．馬婁尼，只見他猛地掀開帽子，扯脫了一頭紅髮，跳上臺階，站在了皮拉爾將軍身邊。軍政大臣伸出手，摟住了這個年輕人的肩膀。所有見過奧里瓦拉總統的人，又看到了他那獅子般的雄姿、坦率無畏的表情、高高的額頭，以及捲曲的黑色髮綹在額上勾出的獨特線條。

皮拉爾將軍是有經驗的演說家。他抓住了暴風雨來臨之前，令人窒息的片刻寧靜。

「安楚里亞的公民，」他咆哮著，舉著鑰匙指向卡薩莫雷納，「在這裡，我要將這些鑰匙——你們家園的鑰匙、你們自由的鑰匙——交給你們親選的總統。你們說，我該把它們交給暗殺恩里克·奧里瓦拉的凶手，還是交給奧里瓦拉的兒子？」

「奧里瓦拉！奧里瓦拉！」人群發出了山呼海嘯的喊聲。男人、女人、孩子和鸚鵡，都在高呼這個富有魔力的名字。

熱血沸騰的不僅限於平民百姓。羅卡斯上校登上臺階，把他的佩劍戲劇化地擺在年輕的雷蒙·奧里瓦拉腳邊。四位內閣成員紛紛擁抱他。克魯茲上尉發出號令，二十名「百騎隊」隊員飛身下馬，圍著卡薩莫雷納的臺階，用自己的身體布了一道警戒線。

而雷蒙·奧里瓦拉則不失時機地證明了自己的個人天賦和政治才能。他揮手讓士兵散開，接著步下臺階，走到了街上。雖然沒了一頭紅髮，他那高貴的風範和不凡的氣度卻絲毫未減，他擁抱了那些底層民眾——赤腳的、骯髒的，印第安人、加勒比人，嬰兒、老人、青年，乞丐、教徒、士兵、罪人，一個不漏。

一邊，這幕戲正在演著；另一邊，換幕的也都忙著各自的分內之事。

克魯茲手下的兩名騎兵拉住了洛薩達那輛馬車的轡繩，其餘的人密密層層地把馬車圍了起來，他們押走了暴君和他的兩名不得人心的大臣。毫無疑問，他們的去處是早就預留好的。

在柯拉里奧，有的是用鐵欄杆圍得緊緊的石頭房子。

「紅的贏了。」文森蒂先生又點了一根雪茄，平靜地說。

克羅寧船長一直密切留意著石階附近的動靜。

「好小子！」他突然叫了一聲，彷彿鬆了一口氣，「我倒要看看，他會不會忘掉他的凱薩琳寶貝[67]。」

年輕的奧里瓦拉又一次登上臺階，對皮拉爾將軍說了幾句話。接著，那位傑出的老兵走了下去，來到帕莎的面前。她還站在迪基把她留下的地點，眼中透出難以置信的神色。將軍手裡拿著有羽飾的帽子，胸前佩著亮閃閃的勛章和獎章，跟她說了些什麼，然後伸出手臂給她挽著，兩人一起走上了卡薩莫雷納的石階。這時，雷蒙·奧里瓦拉才走過來，當著所有人的面，執起她的雙手。

歡呼聲又一次在四面八方響起，克羅寧船長和文森蒂先生則轉身走回海岸，那裡已有小船在等著他們。

「明天早晨，又有一位新總統要宣誓就任了，」文森蒂先生若有所思地說，「一般來講，

---

67 凱薩琳寶貝，出自十九世紀在美國民間流傳甚廣的民謠〈凱薩琳寶貝〉，在歌詞中，曾被情人暱稱為「凱薩琳寶貝」的女孩哀怨地質問道：「你難道已經忘懷？你難道已經忘懷？」

他們的位子沒有民選總統那麼穩當，不過，這個年輕人看起來很有一套。他一手策畫並操控了這次突襲。奧里瓦拉的寡婦，你知道的，相當有錢。在丈夫遇刺以後，她就去了美國，把她兒子送去耶魯念書。維蘇威公司逮到了他，支持他加入這場對局。」

「真是了不起，」克羅寧半開玩笑地說，「這年頭，你能扳倒一個政府，再扶起一個你自己選的。」

「哦，不過就是生意而已，」文森蒂說，他停下腳步，把雪茄菸頭遞給一隻從菩提樹上蕩下來的猴子，「今天的世界是靠生意來驅動的。加在香蕉價格上的那額外的一個雷亞爾必須取消。我們選了一條最短的捷徑。」

17 兩點補遺

在這齣七拼八揍的喜劇落幕之前，還有三場戲沒有演完。其中兩場早有預告，第三場也是必不可少。

在這場熱帶雜耍的節目單上早已寫明，你們將會知道，哥倫比亞偵探事務所的「矮子」奧戴伊為何會丟了工作。那位史密斯也應該再次出場，告訴我們，那天晚上在安楚里亞的海岸，他獨自一人蹲守在沙灘上，整夜在椰子樹下踟躕，丟下那麼多雪茄菸頭，究竟是在偵查什麼神祕的事情。這些都是預告過的；但還有一件更重要的大事亟待解決——所有被記錄下來的事實（都已如實載明）依次排列好之後，一眼看去，似乎有一件事不太對勁，必須再費點口舌澄清一下。現在，我要加一個聲音進來，讓它把這三件事說個明白。

在紐約城的北河碼頭，有兩個男人在一根縱桁上坐著。一艘從熱帶開來的輪船正把香蕉和橘子卸在碼頭上。時不時地，在熟過頭的香蕉串裡，會有一兩根脫落下來，那兩人中就會有一個蹣跚向前，把那水果撿回來，跟同伴分著吃。

其中一個人已經墮落到了無以復加的程度。但凡風吹、雨淋、日曬能給衣物製造的破壞，在他那身行頭上都淋漓盡致地應驗了。酗酒給他也帶來了肉眼可見的損害。話雖如此，在那個酒糟鼻的高鼻梁上還是相當氣派地架著一副閃閃發光、無可挑剔的金絲邊眼鏡。

另一個人在廢物自棄的通道上，走得還不算太遠。誠然，他正值壯年，在男性風度方面，不但已經開花，還結出了種子——這種子，也許，根本沒有土壤能讓它發芽。不過，在他經過的路程中，有一些十字路口尚可追溯，或許不必驚動那些熟睡的奇蹟，也有可能透過它們，重新尋回有價值的途徑。這人長得短小精悍，有一雙呆滯的斜眼，跟鰩魚的十分相像，還留著調酒師常留的那種鬍鬚。我們見過這雙眼睛和這把鬍鬚，於是，我們知道，從豪華遊艇上下來的那個懷揣著祕密使命、後來又神奇消失的人，那個衣著華麗的史密斯又出現了。我們認出了他，儘管他往日的那身裝備已經被剝得一乾二淨。

吃第三根香蕉的時候，戴眼鏡的男人打了個冷戰，把嘴裡的東西吐了出來。

「讓所有的水果都見鬼去吧！」他像個貴族似的，用嫌棄的口吻說道，「我在這東西的產地待過兩年。這味道會像夢魘一樣纏住你。橘子倒不算太糟。下次再有摔破的箱子，你看看能不能撿兩個橘子回來，奧戴伊。」

「你跟那些猴子一起生活過嗎？」另一個問道，陽光和多汁的水果緩解了生理上的苦楚，讓他變得絮絮叨叨，「那地方，我本人也去過一次。但也就待了幾個小時吧。那時候，我還在為哥倫比亞偵探事務所辦事。那些猴崽子算計了我。要不是他們，我也不會丟掉工作。我現在就跟你說說，到底是怎麼回事。

「有一天，事務所的老闆派人給辦公室遞來一張便條，上面寫著：『馬上派奧戴伊到這裡來，有筆大買賣。』那時，我是所裡最能幹的私家偵探。他們總是把大案子交給我去辦。老闆遞來的便條是在華爾街那邊寫的。

「我趕到那裡之後，在一間私密的辦公室裡找到了老闆，他和一群六神無主的董事待在一起。他們陳述了案情。共和國保險公司的總裁帶著大約十萬美元現金跑路了。董事急於把他找回來，更急於把錢找回來。他們說，這筆錢對他們很重要。他們追查到了那位老先生的行蹤，當天早上，他帶著女兒和一個大旅行箱——也就等於搬走了全部身家——上了一艘駛往南美的不定期航行的水果船。

「一位董事的蒸汽遊艇已經備足燃料，點火發動，隨時準備啟航；他把它交由我全權支配。不出四個鐘頭，我就上了遊艇，對那艘水果船奮起直追。老沃菲爾德——那是他的名字，J．邱吉爾．沃菲爾德——會往哪裡去，我已經想清楚了。那時候，我們國家幾乎和所有別國都簽有引渡條約，除了比利時和那個香蕉共和國安楚里亞。老沃菲爾德沒在紐約留下一張相片——他可真是老奸巨猾——但我聽人描述了他的樣貌。此外，和他在一起的那位小姐無論到哪裡都是他藏不住的馬腳。她是社會上的風雲人物——不是那種只在星期天的報紙上登些照片的人，而是會給菊花展覽開幕剪綵、為軍艦命名的貨真價實的名流。

「唉，先生，一路上，我們始終都沒見到那艘水果船。海實在太過巨大：我想，我們大概選擇了不同的航線。但我們一直都朝安楚里亞前進，那船一定是開往那裡的。

「一天下午，四點鐘左右，我們到達了那片猴子盤踞的海岸。有一艘破船泊在近海，正在裝香蕉。一幫猴子搖著大駁船給它裝貨。那老傢伙搭乘的可能是這條船，也可能不是。我上了岸，走走看看。風光著實不錯。我可從沒在紐約的舞臺上見過這麼好的布景。在岸上，我碰見了一個美國人，一個冷靜的大個子，站在那群猴子中間。他向我指明去領事館該怎麼走。領事是個很好說話的年輕小子。他說，那艘水果船是『卡爾賽芬號』，通常是去紐奧良，但最近一次卻把貨運到了紐約。於是，我斷定我要找的人就在船上，然而，所有人都告訴我，沒有乘客上過岸。我認為天黑之前他們是不會上岸的，因為他們可能看到我那艘遊艇停在附近，就不敢露面了。所以，我要做的就是等待，等他們上岸的時候逮住他們。其實，我沒有引渡文書，不能逮捕老沃菲爾德，但我的主要任務是追回現金。只要你趁他們疲憊慌亂、精神脆弱的時候使些手段，他們通常都會招的。

「天黑後，我在海灘上的一棵椰子樹下坐了一會兒，然後，在鎮上四處走動查看，就這點事，花費的力氣就足夠抓幾頭獅子了。如果一個人能老老實實地待在紐約，就算是為了一百萬美元，也最好別去那個猴子鎮。

「一丁點大的泥巴房子；街上的野草沒過了鞋子；女人穿著低胸短袖的衣服，叼著雪茄走來走去；樹蛙的聒噪簡直像一輛超速行駛的消防車；大山上的碎石頭零零星星地掉進後院裡；大海舔掉了門臉上的油漆——不，先生——一個人寧可在上帝的國度靠人家施捨的免費午餐過活，也別去那裡。

「那條主街道和海岸平行，我沿著它往下走，然後轉進一條小巷，巷子裡的房子都是用竹竿和茅草建的。我就想看看，那群猴子不爬椰子樹的時候都幹些什麼。就在我看到的第一間棚屋裡，我撞見了我要找的人。

「他們一定是在我散步的時候上岸來的。一個大約五十歲的男人，臉剃得光溜溜的，眉毛很濃，穿了一身黑絨布衣服，那副樣子彷彿在說：『有哪個主日學校裡的小男孩能回答這道題？』他緊黏著一個看起來有一打金磚那麼重的箱子，還有一個漂亮女孩——人見人愛的那種美女，全身都是第五大道[68]的名牌——坐在一把木椅上。一個蒼老的黑女人正在煮桌上的咖啡和豆子一類的東西。能為他們照明的，只有掛在牆上的一盞燈籠。我進了門，站住了，他們看著我，我說：

68 第五大道，位於紐約的一條繁華的商業街。

「『沃菲爾德先生，你跑不了了。我希望，為了那位小姐，你能放聰明一些。你知道我為什麼要找你。』

「『你是誰？』那老先生說。

「『哥倫比亞偵探事務所的奧戴伊，』我說，『現在，先生，讓我給你一個忠告。你回去吧，像個男人一樣，一人做事一人當。把贓款還給人家，也許他們會對你從輕發落。乖乖地回去，我還能為你說點好話。我給你五分鐘時間考慮。』我掏出懷錶，等他答覆。

「接著，那位年輕女士插嘴說話了。她是一個真正的大家閨秀。你看她一眼就知道了，她那身穿著，多麼合身、多麼時尚，第五大道簡直就是為她而建的。

「『進來吧，』她說，『別站在門口，你這身裝束會驚動整條巷子的住戶。好吧，你究竟有何貴幹？』

「『三分鐘過去了，』我說，『等剩下的兩分鐘耗完，我再來告訴你。

「『你承認自己是共和國的老總[69]，對嗎？』

「『是的。』他說。

「『那麼，』我說，『你應該清楚。在紐約被通緝的J．邱吉爾．沃菲爾德、共和國保險公司總裁，我要將你逮捕歸案。

「『還有那筆屬公司所有，卻被J．邱吉爾．沃菲爾德非法占有，如今裝在這個手提箱裡的款子，也要一併追回。』

「『哦——哦——哦！』那位年輕女士說，彷彿在思考著什麼，『你要把我們帶回紐約？』

「『要帶走沃菲爾德先生。你沒犯什麼事，小姐。當然了，如果你想跟令尊一道回去，也沒有人會反對。』

「那女孩突然輕輕地尖叫了一聲，摟住了那老頭子的脖子。『哦，爸爸，爸爸！』她說，嗓音動聽得像女低音歌唱家，『這竟然是真的嗎？你果真拿了人家的錢嗎？你說啊，爸爸！』她那嬌滴滴的顫音一停，你連心肝都會跟著發抖。

「在她剛摟住那老頭子的時候，他像是要發狂了，但她繼續勸他，湊到他耳邊說悄悄話，還拍了拍他的肩膀，他終於安靜下來，不過，也出了一點汗。

「她把他拉到一邊，兩人談了一會兒，然後，他戴上金絲邊眼鏡，走過來把箱子交給了我。

「『偵探先生，』他結結巴巴地說，『我決定跟你走。我徹底弄明白了，在這片荒涼憋悶

69 此處「共和國的老總」既可以理解為「共和國保險公司的總裁」，也可以理解為「共和國的總統」。

的海岸混日子，真是生不如死。我這就回去，親自去請求共和國公司的寬大處理。你帶了一隻羊[70]來嗎？』

「『羊？』我說，『我從沒——』

「『船！』那位年輕女士打斷了我的話，『別開玩笑了。我父親在德國出生，英語說得不標準。你是怎麼來的？』

「那女孩耐不住了。她用一條手帕掩住臉蛋，不停地絮叨：『哦，爸爸，爸爸！』她走到我面前，把白嫩的小手放在我那件起先叫她看著礙眼的衣服上面。我告訴她，我是乘坐私人遊艇來的。

「『奧戴伊先生，』她說，『哦，馬上帶我們離開這個可怕的國家。可以嗎？你會嗎？說你會的。』

「『我試試看吧。』我說，盡量不被他們看出，我一心只想在他們改變主意之前，趕緊把他們帶到海上去。

「有一件事，他們兩個都強烈反對，他們不願意穿過鎮子去碼頭坐船。說是怕張揚，還說既然現在要回去，他們希望這件事可以不被報紙大肆報導。他們發誓，如果我不想辦法神不知鬼不覺地把他們送上遊艇，他們就哪裡也不去，所以我只好順著他們，先答應下來。

「划著小艇送我上岸的那些水手在海邊的一間酒吧裡打撞球，正隨時候命，我打算叫他們把小艇向南划半英里左右，在那裡的海灘接我們。怎麼帶話給他們倒是個問題，我不能把手提箱留在犯人手裡，也不能隨身帶走，誰知道那群猴子會不會攔路打劫。

「小姐說，那個黑人老太太可以送張便條過去。我坐下寫好，把紙條交給那女人，跟她解釋該怎麼做，她像隻狒狒一樣，咧著嘴直搖頭。

「接著，沃菲爾德先生用一大串外國話給她做了一番交代，她連連點頭，說了不下五十次：『是的，先生。』然後拿了紙條，急匆匆地跑了出去。

「『老奧古斯塔只懂德語，』沃菲爾德小姐對我笑笑，說道，『我們在她家裡休息一下，問她哪裡可以住宿，她卻硬要留我們喝杯咖啡。她告訴我們，她是聖多明哥的一戶德國人家養大的。』

「『很像這麼回事，』我說，『我會說的德語，也就只有「我不懂」和「請再說一次」這兩句[71]。不過，就她剛剛答話的那兩個詞，我敢打賭，聽起來像是法語。』

「於是，我們三個在鎮外兜了個圈子，悄無聲息地溜了過去，沒被人發現。我們和藤蔓、蕨類植物、香蕉樹叢和熱帶花草糾纏了好一陣子。猴子的郊區跟中央公園裡面一樣亂七八糟。

---

70 此處的「羊（sheep）」，即綿羊，與「船（ship）」的讀音相似，係老先生的口誤。

71 此句中兩短句的原文為德語。

「在半英里以外的地方，我們走了出去，到了海灘上。一個棕臉的傢伙躺在椰子樹下睡覺，身邊放著一桿十英尺長的老式步槍。沃菲爾德先生撿起槍，把它扔進了海裡。『海岸有人守衛，』他說，『叛亂和陰謀像水果一樣豐產。』他指了指一動不動地睡在那裡的男人。『可是，』他說，『他們就是這樣執行任務的。真是亂來！』

「我看到我們的小艇正朝這邊過來，就劃著一根火柴，點燃了一張報紙，好叫他們看清我們的所在。不到三十分鐘，我們就坐上了遊艇。

「沃菲爾德先生、他的女兒和我，我們做的第一件事就是把手提箱拎到船東的艙房裡，開箱點數，列了張清單。裡面有十萬五千元美國國庫發行的鈔票，還有許多鑽石珠寶和兩百支哈瓦那雪茄。我把雪茄還給那個老頭，又以公司代理的身分，給剩下那一大堆東西開了收據，然後將之全部鎖在我的私人房間裡。

「我從沒有過像那次一樣開心的旅行。出海之後，那位年輕女士就成了世上最快活的人。我們第一次坐下來吃飯，服務生給她的杯子斟滿香檳的時候——那位董事的遊艇簡直是一座起伏伏的華爾道夫酒店[72]——她朝我眨了眨眼，說：『為何要自尋煩惱呢，便衣探員先生？我敬你，祝你健康長壽，活得比你的仇人更久[73]。』船上有臺鋼琴，她就坐在前面邊彈邊唱，你放棄兩筆買賣，花一大把時間，也聽不到這麼棒的演唱。她完完整整、清清楚楚地背下了九部歌劇。她又時髦又漂亮。她可不是那種扔進人堆就找不到的角色，她屬於那類特別搶眼的出色人物。

「奇怪的是，那老頭子在上路以後也活躍起來了。這傢伙常遞雪茄給我抽。有一回，他一邊吐著煙，一邊十分開朗地對我說：『奧戴伊先生，我總認為共和國保險公司不會把我怎麼樣的。看好那箱子裡的財物，奧戴伊先生，因為，等我們到達目的地之後，一定得把它們物歸原主。』

「在紐約登岸的時候，我跟老闆通了電話，請他到董事的辦公室跟我們碰頭。我們租了輛馬車，去了那裡。我拎著手提箱，帶著大家進了房間，老闆已經把之前那幫紅臉白背心的老錢奴召集到了一起，見到他們正眼巴巴地看著我們走進去，我心裡挺開心的。我把手提箱往桌子上一放，說了句：『錢都在這裡了。』

「『你逮捕的犯人呢？』老闆說。

「我指著沃菲爾德先生，他上前一步，說道：『先生，是否能賞臉跟我單獨談幾句，容我解釋一下。』

「他和老闆進了另一個房間，在裡面待了十分鐘。他們回來時，老闆的臉色灰暗得跟剛挖

72 華爾道夫酒店，位於紐約的高檔酒店，建於一八九三年。

73 原文意為「但願你能活著吃掉刨你墳頭的母雞」。

過一幀煤似的。

「『你第一次看到這位紳士的時候，』他對我說，『這個手提箱是歸他所有的嗎？』

「『是啊。』我說。

「老闆拎起手提箱，把它交給了那個罪犯，還鞠了一躬，接著又對那群董事說：『諸位有誰認得這位紳士嗎？』

「他們全都搖了搖紅光滿面的腦袋。

「『容我介紹一下，』他繼續說道，『這位是安楚里亞共和國的總統，米拉弗洛雷斯先生。總統先生已經大度地表示，對這起荒唐的事故不予追究，只要我們能保證守口如瓶，讓他免受公眾輿論的滋擾。受此侮辱，卻既往不咎，這在他來說，是極大的忍讓，為了這件事，他本可以掀起國際糾紛的。所以，我想我們都應該心懷感激地承諾，一定保守祕密。』

「他們全都點了點紅光滿面的腦袋。

「『奧戴伊，』他對我說，『讓你做一名私家偵探，真是太屈才了。在戰爭時期，在那種綁架國家領袖都不算違法的地方，才適合你大展拳腳。明天十一點，請到事務所去一趟。』

「我懂他的意思。

「『所以，那傢伙是那群猴子的總統，』我說，『我知道了，但他幹嘛不早說啊？』

「你說這事怪不怪呢？」

18 全景重播

雜耍在本質上是片段式的，是不連續的。觀眾並不要求圓滿的結局。每一場都有每一場的可看之處，也就夠了[74]。沒有人在乎那位引吭高歌的喜劇女演員有多少段情史，只要她能在聚光燈下保持光鮮，並且唱好一兩個高音就行了。即便表演馬戲的狗在跳完最後一個鐵環之後，立刻就被關進籠子裡，觀眾也不會介意。如果騎腳踏車的滑稽演員退場時一個倒栽蔥撞碎了瓷器，他們絕不想看到關於受傷情況的告示。他們同樣也不認為，買了座位票就有資格打聽彈班卓琴的女郎和唱獨角戲的愛爾蘭人是否有私情。

所以，為了安撫掏五毛錢買了個座位的地獄犬[75]，咱們就別安排情人團圓的戲碼了，也別加上邪惡受挫，以及女僕和男傭調情的滑稽場面作為背景。

不過，我們的節目還要有一兩段簡短的收尾，之後才可以退場。看完這場表演之後，無論

---

74 典出《新約．馬太福音》第六章第三十四節「Sufficient unto the day is the evil there of（一天的難處一天當就夠了）」。

75 地獄犬，指希臘神話中看守冥府的三頭犬，作者在此處調侃了挑剔的觀眾。

是誰，只要他想，總會發現一條貫穿始終的故事線索，儘管十分細微，恐怕，只有海象能看得清楚明白。

下面是一封信件的摘要，由紐約市共和國保險公司第一副總裁寫給安楚里亞共和國柯拉里奧的法蘭克．古德溫：

親愛的古德溫先生：

謹向您致以誠摯的敬意。

紐奧良的豪蘭與福切特公司已與我們聯繫，他們在紐約開出的十萬美元匯票，也已轉交給我們。該筆款項係敝公司前任總裁，已故的J．邱吉爾所侵吞之公款……自其遺失之日起，您在兩週之內便予以回應，並全數追回，故此，敝公司全體職員、全體董事一致委託我對您表達衷心的敬仰與感激……

……謹向您保證，此事絕不向外洩露一星半點……沃菲爾德先生走投無路，以致自殺身亡，我們對此深表遺憾，但……恭祝您與沃菲爾德小姐婚姻幸福、百年好合……優雅端莊、高貴雍容、溫柔賢淑，在最上層的都市社會，也令人欣羨……

共和國保險公司第一副總裁
盧修斯．E．阿普爾蓋特謹呈

全景重播

（電影）

最後的香腸

場景——一位畫家的工作室

這位畫家是一個英俊的青年男子，正頹然坐在一堆廢掉的素描畫稿中間，用一隻手托著腦袋。畫室中央有一個松木箱，上面擺了一個煤油爐。

畫家站起身，勒緊褲腰帶，點著了煤油爐。他走到一個被屏風遮去一半的鐵皮麵包盒前面，拿出還連著串繩，但只剩一根的香腸，把盒子翻了過來，表示裡面什麼也沒有了，然後把香腸丟進剛剛擱在爐子上的煎鍋。爐火熄滅了，說明沒油了。畫家顯然絕望了，他突然暴怒，抓起香腸，狠狠地扔了出去。

就在這時，門開了，一個人走進來，香腸不偏不倚地擊中了這人的鼻子。他似乎大叫起來，從他那副上躥下跳的樣子就能看得出。這位來客是個臉色紅潤、精力充沛、目光敏銳的人，顯然有愛爾蘭血統。接下來，觀眾會看到，他開始狂笑不止，一腳踢翻了煤油爐，親熱地拍著畫家的後背（畫家竭力想握住他的手，但沒握到）。之後，他打了一番手勢，足夠聰明的看官自會明白，這人說的是，他和科迪勒拉山脈的印第安人做買賣，用鐵斧和剃刀換來金砂，賺了很大一筆錢。他從口袋裡掏出一塊麵包大小的一捲鈔票，舉在頭頂揮了揮，同時比畫了一個拿著杯子喝酒的姿勢。畫家連忙抓起帽子，這兩人一起離開了畫室。

沙上的字跡

場景——尼斯海濱

一個年紀尚輕的美麗女子，錦衣華服，儀態端莊，心滿意足地斜倚在海灘上，懶洋洋地用綢傘的傘尖隨手在沙上寫字。她的美貌中透著輕狂；她那慵倦的姿態，給人一種難以為繼之感——你會有種預期，會覺得她就像一隻不知何故突然靜止的豹子，等等就會一躍而起，或者偷偷溜走，或者悄然遁去。她隨手在沙上留下潦草的字跡，寫來寫去，就只有「伊莎貝爾」而已。

一個男人就坐在幾碼之外的地方。你能看出，他們是同伴，即便已經不再親密。他的面孔黝黑光滑，表情幾乎令人難以捉摸——但也沒到莫測高深的程度。這兩人少有對話。男人也用手杖在沙子上劃來劃去，寫下的是「安楚里亞」這幾個字。寫罷，他抬起頭，遙望海天交匯之處，看神情，似乎已經萬念俱灰。

荒原與你*

場景——熱帶大陸上，一位紳士的地產邊界

一個印第安老人，長著一副桃花心木色的面孔，正在紅樹沼澤旁邊，為一座墳墓修草。沒過一會兒，他站起身，慢吞吞地向一片暮色漸濃的小樹林走去。林邊站著一個謙和有禮的高大男人，還有一個嫻靜明豔的女子。在印第安老人走到他們面前的時候，男人給了他一些錢。守墓人帶著他那個種族所特有的、木然的驕傲神氣，心安理得地接了錢，就離開了。

林邊的那兩人轉過身，沿著昏暗的小徑向回走，邊走邊向彼此靠近，越走越近——歸根結柢，這大千世界最美的一面，莫過於一塊小小的銀幕，恰好能容得下兩個人在其中同行。

——幕落

*原文為"The Wilderness and Thou"，典出生活於十一至十二世紀的波斯詩人奧瑪珈音的著作《魯拜集》。譯文如下（譯者據菲茨傑拉德的英譯本譯出）：

一塊麵包，一瓶美酒，一卷詩章；
在樹蔭之下，陪伴我身旁。
還有你，倚靠著我，在荒原中歌唱；
這荒原之美，可比天堂。

譯後記

「在他的故事裡看到了自己」

徘徊在神殿的邊緣

在文學世界當中，存在著一個普遍但未必合理的現象：那些聲望最高、名頭最響的作家，在他的時代過去之後，很容易被遺忘。即使他的生平仍舊是不錯的談資，他的作品卻不再受到重視。

文學作品的歷史評價從來都與「公正」無關，而且也從來都不是恆定不變的。時間是某些作家的天使，對另外一些作家而言，則是喜新厭舊的妖魔。無論讀者或是評論家，總像是一些任性的地質隊隊員，在勘測一個時期的文學礦藏時，偏愛發掘「遺珠」，寧願不辭勞苦，向更幽深更隱祕之處鑽探，對於陳列在歷史表層的精妙與壯觀卻往往視而不見，甚至故作不屑。

作為一代短篇小說巨匠，歐·亨利也沒能成為極少數免於蒙塵的舊時珠玉。但他的情況要複雜得多，不易用三言兩語概括。

事實上，自歐·亨利離世至今，已超過一百一十年，他的作品始終有龐大的讀者基礎，但似乎從來沒有得到一個「蓋棺定論」的評價。他的不少小說被中學和大學的文科專業列為必讀材料，但當代作家中很少有誰將他奉為自己的文學偶像，更罕有人承認與他的承襲關係。歐·亨利曾被譽為「美國短篇小說之父」，這固然是一頂華麗的高帽子，但尊敬多於讚賞，而且還隱約暗示了文學的伊底帕斯情結。

他的同齡人契訶夫至今仍被認為是短篇小說藝術的巔峰，甚至可能是寫實主義文學的巔峰。若將兩者加以對照，世人很容易產生一種荒謬的印象，似乎歐·亨利是一位古早時期的前輩，德高望重但老朽不堪，儘管他作品中的角色和背景往往現代得多、時髦得多。

「時代局限」當然是一個常見的托詞。然而，一名作家真的可以「超越時代」嗎？他有必要「超越時代」嗎？「超越時代」算是文學的核心任務嗎？

這一系列問題，我不打算在這裡回答，也無法簡單地以「是」或「否」作答。

事實上，以所謂「超前」稱許作家及其作品，在多數情況下都顯得十分輕率，它以看待日常生活的線性時空觀來看待文學，遮蔽了文學經典化邏輯的弔詭之處，遮蔽了解讀和評論的主觀性——它們常常並不是由作品驅動，而是由解讀者的目的驅動的——從而也遮蔽了直接、鮮活的閱讀經驗。

幾乎所有作家都夢想著進入經典的序列，然而，極少數得償所願的佼佼者並不能充分代表其所處時代的文學面貌。文學史的敘事容易給人造成兩種典型的錯覺：其一是文學作為一個整體，一直在沿著某種軌跡發展前行，每個時代均有各自鮮明的文學風氣；其二是文學的發展總以某種方式呼應了社會形態和生活方式的變遷。

然而事實上，文學的各種類型早已相對固化，在此基礎上，出版與閱讀的習性也已逐步形成，新理論、新潮流固然層出不窮，但對文學版圖的衝擊極小。文學史的線索也絕對談不上清晰，如若它顯得清晰，那也更多是依據事先確定的框架進行人為篩選的結果。另外，即使最樂意討好大眾的作家也很少會將「反映時代現實」作為自己的文學抱負。

在一定程度上，可以說，文學本就是對隨波逐流的抵抗，它與時代的映射關係絕不體現在淺層和表象，就精神的基底而論，人的變化其實極其緩慢，也極其有限。強納森・法蘭岑或者丹尼斯・約翰遜等當代作家筆下的美國人和歐・亨利小說的主角其實並沒有涇渭分明的差異，只是被選擇性地呈現了不同的面向。

有關歐・亨利文學成就的爭議其實從他成名開始便一直存在，而且從未有任何能夠解決的跡象。這些爭議或許會被擱置，但不可能被遺忘，因為它們關涉到一個更為重要、更為本質的問題。原本為閱讀而生的文學自發展出專門的學科、專業的機構和人才之後，便出現了這個問題：普通讀者（在經濟原則下，這個詞常常被置換為另一個詞：市場）和專業研究者，究竟誰才是文學的主體？

大多數讀者非但沒有為極少數文學家加冕的權力，也沒有這種意願。文學價值的評定一直是大學教授與專業評論家的分內事。他們自認是萬神殿裡的大祭司，而讀者則只能充當不問情由的虔誠信眾。可出人意料的是，越來越多的讀者不願再承受莊嚴的重負，比起進殿瞻仰，更樂意在殿外徘徊觀望。

歐．亨利曾經被抬到了神殿的臺階上，但終於還是被擺在殿外的廣場，而如今，那裡也許是人流最為密集之處。換句話說，如果將目光從專家學者的權威意見上跳開，我們很可能會發現，歐．亨利式的小說至今仍舊是文學的主流。

「消遣」背後的理念之爭

對於歐．亨利的常見評價，無論褒貶，總會採取一種簡單的二分法。《劍橋美國文學史》稱歐．亨利的作品「妙趣橫生」，叫人「眼花撩亂」，但只是「雕蟲小技」而已；評論界巨擘哈樂德．布魯姆則說歐．亨利「喜劇天賦突出」，「筆觸細膩」，但算不上短篇小說「這一文體的主要創新者」。

兩者其實如出一轍，只不過布魯姆還補充道：「最重要的是，他留住了一個世紀的觀眾：眾多讀者在他的故事裡看到了自己，不是更真實或更離奇，而是正像他們自己的現在和過去。」

哈樂德．布魯姆的評價大體是公允的。而所有針對歐．亨利的貶低和輕視也並非毫無來由，對於理解其人其作，具有一定的分析價值。但毫無疑問，他對世紀之交的美國所做的全景式描繪，對不同年齡、階層、職業、地域的數百個角色的精確刻畫，體現了宏大的社會視野、豐富的人際觀察和高超的寫作才能，很難和「雕蟲小技」畫上等號。

與「小技」之說有異曲同工之妙的是，許多評論家將歐．亨利的作品定義為一種「高級消遣」，顯然是有意在他和「嚴肅文學」的「正典」之間劃出一道鴻溝，但在執行這一個動作的時候，又顯然不夠堅決。

那麼，他們究竟在猶豫什麼？

首先，哪怕言必稱「純文學」的宗教激進主義者也不能完全否定文學的休閒用途，何況從亞里斯多德到叔本華，無數思想家均肯定了「閒暇」的價值，可以說，人類的精神成長有一大部分是在「消遣」中實現的；其次，專家恐怕都得承認，哪怕是莎士比亞的悲劇，也頗有些「消遣」的成分。再者說，諸如查理斯．蘭姆的《伊利亞隨筆》之類的本來就是「消遣文章」的結集，也早就登上了英語文學的大雅之堂。

所以，「消遣」一詞本不能構成一種指控，甚至都算不上一個指責。除非，給予歐．亨利以負面評定的學者都意識到，他恰恰在「消遣」之外具有重大的價值，很可能還對他們一貫享有特權的文學領域產生了某些顯著的影響。唯有如此，這一否定才有實效可言。

的確，歐．亨利的作品很少涉及人性的複雜和倫理的困境等文學傳統的重大母題，更不會用他那些篇幅短小的故事探討終極意義。

此外，他小說中的人物形象缺乏深度，他筆下的罪犯不會像拉斯柯爾尼科夫[1]那樣進行痛苦的自省，他筆下的農家姑娘也不會像黛絲[2]或艾瑪．包法利[3]那樣具有人生的悲劇意識（僅就這一點而言，哈樂德．布魯姆已經為歐．亨利做了辯護。其實，一代又一代文學名著中的主人公從本質來說，大抵都是知識分子，因為他們一直在按照知識分子的想像和需要反映某種典型的精神處境；多數普通人的人生卻始終懵懂而平靜，雖說難免有些波瀾，但終將會過去，也終將與他們自身一起被人遺忘。歐．亨利的短篇小說〈鐘擺〉便是一個與此有關的寓言）。

這顯然是他被詬病的主因，但前提是，他無法僅僅被當作一個供人「消遣」的通俗作家來對待。單從歐．亨利的作品被眾多創意寫作課程列為必讀材料這點來看，這一前提無疑是成立的。

可問題是，這導致了一種極其荒謬的矛盾和斷裂：似乎歐．亨利必須被學習，但不值得被鑒賞。或者換句話說，如果將歐．亨利的小說比作一杯醇酒，那麼世人所做的無異於把酒倒掉，只拿走華麗的酒杯——他們關心的是歐．亨利的方法，而不是歐．亨利的作品。

這一買櫝還珠的行為固然粗暴，但也揭示了真正的核心問題：歐．亨利的方法得到了太多的關注，受到太多人效仿，而過於強調所謂「歐．亨利式的結尾」或「歐．亨利式的幽默」有讓文學創作公式化的風險，或者說，有讓文學陷入機械論的危機。

因此，將之貶低為「雕蟲小技」似乎確實有必要，以繆斯的尊嚴為名，也似乎確實是一個堂皇的理由。

我無意再為歐．亨利辯護，但事實上，在文學的發展歷程中產生了眾多範式，它們以或隱或顯的形態影響著每一代的創作者。一種範式的出現，就像是為「文學之泉」築壩導流，非但不意味著僵化的風險，而恰恰是生命力的體現，只會使文學的流向更為靈活多樣，因為，對個性與風格的追求永遠是最重要的創作動機。

此外，一名藝術家最大的優點往往也是他最大的缺點，反之亦然。歐．亨利的小說也許並未推進對於人性的認識，卻給了平凡的人生以更多的共鳴——與哲人式的深邃相比，他的幽默和機智也更易收穫普通讀者的愛戴。至於文學藝術理應給予人的昇華感，在〈聖誕禮物〉的隱喻中或〈警察與讚美詩〉的轉折中，也得到了完全的實現。

---

1 拉斯柯爾尼科夫，杜思妥也夫斯基小說《罪與罰》的主角。
2 黛絲，哈代小說《黛絲姑娘》的主角。
3 艾瑪．包法利，福婁拜小說《包法利夫人》的主角。

當然，他過多地借助了巧合，而非人物的合理選擇來推動故事情節，這使他的不少作品在貢獻了閱讀快感之餘，鮮能引發進一步解讀的欲望。可以說，他在文學的技術性與普適性上做到了極致，在超越性方面卻存在欠缺。

然而，歐·亨利一生的小說作品近三百篇，類型多樣，風格多變，其中的一部分在形式上和思想上均有突破，絕不能一概論之。例如像〈咖啡館裡的世界主義者〉這樣的諷刺作品，放在任何一位大師的小說集中都足夠犀利新穎。

他的時代遠未結束

對待歐·亨利這樣的作家，最合適的做法絕不是離棄，而是更充分地閱讀其作品。對於讀者來說，真正應當避免的是在理解層面的「文學機械論」。

事實上，任何人在細讀之下，都很難忽視歐·亨利在文體上的努力，他的修辭豐富，描寫精當，對簡潔鋪陳和繁複織構都得心應手，這使他的小說往往從頭至尾都散發出極強的感染力。

更重要的是，他幾乎用短篇小說這種積木塊般的「小體裁」搭成了像《人間喜劇》那樣宏偉的文字建築。如果說巴爾札克創作了一系列莊嚴的古典油畫，陳列在一間壯麗的畫廊裡，那麼歐·亨利則以近三百幅形形色色的浮世繪展現了美國社會的方方面面。兩者至少在廣度上不相上下。若單論這一成就，至今也沒有其他短篇小說家可與歐·亨利相比。

而他的一些天才式的發揮，也對之後許多重要的小說作家產生了顯著的影響。比如只有短短幾頁篇幅的〈附家具出租的房間〉便預示了著力表現美國夢破滅的戰後一代作家的風格和題材，很容易令人聯想到沙林傑和瑞蒙·卡佛；而他唯一的長篇小說，以拉丁美洲為背景的《高麗菜與國王》則令人吃驚地成為「拉美文學爆炸」中一系列政治小說的先聲（這部群像小說常被算作短篇小說集，其中一些獨立性較強的篇章，例如〈海軍上將〉，絕對是技藝高超的傑作）。

值得一提的是，歐·亨利的全部作品所呈現的最終圖景，有可能並非作者有意為之，至少在他的文學生涯初期，不可能萌發這樣浩大的動機。這一幕罕見的文學奇觀之所以能夠形成，必定和歐·亨利雖然短暫，但豐富得出奇的人生經歷有關。

他在人世間僅僅生活了四十八年，卻從事過藥劑師、會計、牧羊人、廚師、經紀人、出版商、歌手、戲劇演員等十幾種天差地別的職業，甚至還遭過幾年牢獄之災；在美國南部的鄉鎮、西部的平原，以及最繁華的大都市，他都曾經安過家，為了避禍，他還曾經逃往中美洲的宏都拉斯；他與形形色色的人有過來往，其中包括了社會名流、新聞記者、流浪漢、農場主人、底層雇工、各地移民、印第安人等等。

這樣的人生幾乎不可能復現，對於歐・亨利的創作而言，自然是得天獨厚的資源，加之他在幾千字的空間裡輾轉騰挪的過人本領，使得閱讀如同觀賞一場人類生活的博覽會，能夠給讀者帶來極大的智識享受。

有志於文學創作的讀者更需要多讀、細讀歐・亨利的作品，他的幾本小說集題材、風格各異，但均體現了極強的敘事技巧，是天然的文學教科書。

總而言之，已經被稱為「經典」的歐・亨利小說其實並未完成他的經典化進程，但這對於作者而言並非不幸，這意味著對他的閱讀與爭論還將繼續進行下去，也意味著，在文學的天空下，歐・亨利的時代不但遠未結束，很可能還在來臨之中。

二〇二二年六月

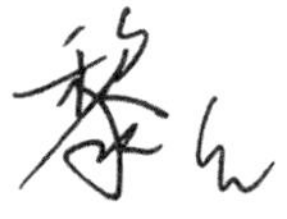

歐・亨利年表

一八六二年（誕生）

九月十一日出生於美國北卡羅萊納州的格林斯伯勒。本名為威廉・西德尼・波特。父親是有名望的醫生，母親會寫詩和繪畫。

一八六五年（三歲）

母親因肺結核病去世。隨父親遷至祖母家中居住。

一八六七年（五歲）

被送往姑姑開辦的私立學校讀書，並在姑姑的啟發和鼓勵下對文學萌生興趣。

一八七六年（十四歲）

進入格林斯伯勒當地的高中就讀。

一八七七年（十五歲）

因經濟原因被迫輟學，之後便開始在叔叔的藥房裡當學徒。經常以顧客為對象創作漫畫。

一八八一年（十九歲）

取得了北卡羅萊納州藥劑師執照。

一八八二年（二十歲）

在醫生的建議下前往德州拉薩爾縣的一家牧場休養，之後便在牧場中住了兩年，成為一名牛仔。其間做過廚師和幫工，學習了法語、德語和西班牙語。

一八八四年（二十二歲）

前往德州首府奧斯汀市，並在那裡的一間藥房謀得了藥劑師的工作。

一八八六年（二十四歲）

改行成為地產經紀人。

組成了一支四重奏樂隊。

一八八七年（二十五歲）

一月，就任德州土地管理局的製圖員。七月，與阿索爾．埃斯蒂斯結婚。開始為雜誌和報紙撰稿。

一八八八年（二十六歲）

妻子阿索爾產下一子，但僅過了數小時，嬰兒便夭折了。

一八八九年（二十七歲）

九月，女兒瑪格麗特出生。

一八九一年（二十九歲）

進入奧斯汀第一國民銀行任出納員。

一八九四年（三十二歲）

買下了一家月刊雜誌社，將之更名為《滾石》週刊，專門刊發幽默文章；其本人則同時身兼出版商、編輯、作者和插畫師等數職。同年，因被指控挪用銀行公款而被迫辭職。

一八九五年（三十三歲）

四月，《滾石》停刊。舉家遷往休士頓，成為《休士頓郵報》的記者和專欄作家。

一八九六年（三十四歲）

二月，以盜用公款的罪名被起訴，並遭到拘押。獲保釋後逃往紐奧良，並隨後乘船前往宏都拉斯。在宏都拉斯的一間小旅館裡躲了幾個月，在此期間開始創作《高麗菜與國王》。

一八九七年（三十五歲）

二月，因患肺結核的妻子阿索爾病危，趕回奧斯汀，並向法院自首。七月，妻子去世。

一八九八年（三十六歲）

二月，被判有罪，並處五年有期徒刑。在獄中服刑期間成為監獄裡的藥劑師，並開始全心投入短篇小說創作。

一八九九年（三十七歲）

十二月，首次以「歐．亨利」為筆名，在《麥克盧爾》雜誌的聖誕專刊上發表短篇小說〈口哨大王迪克的聖誕襪〉。

一九〇一年（三十九歲）

七月，在服刑三年零三個月後，因表現良好而提前獲釋出獄。與女兒重聚。

一九〇二年（四十歲）

遷居紐約，成為職業作家。逐漸獲得了讀者的廣泛認可，但也染上了賭博和酗酒的惡習。

一九〇三年（四十一歲）

與《紐約星期日世界報》簽訂合約，約定每週提交一篇短篇小說。

一九〇四年（四十二歲）

唯一的長篇小說《高麗菜與國王》出版問世。

一九〇六年（四十四歲）

出版短篇小說集《四百萬》。

一九〇七年（四十五歲）

與兒時戀人莎拉・琳賽結婚。出版短篇小說集《剪亮的燈盞》和《西部之心》。

一九〇八年（四十六歲）

出版短篇小說集《城市之聲》和《善良的騙子》。

一九〇九年（四十七歲）

與莎拉・琳賽離婚。出版短篇小說集《各種選擇》和《命運之路》。

改編自小說〈聖誕禮物〉的默片《犧牲》上映。

一九一〇年（四十八歲）

出版短篇小說集《陀螺》和《不可變通》。因酒精中毒導致肝硬化，於六月五日逝世，後被安葬在北卡羅萊納州阿什維爾的河濱公墓。

一九一一年

短篇小說集《亂七八糟》出版問世。

一九一二年

短篇小說集《滾石》出版問世。

一九一八年

美國藝術科學協會設立了「歐．亨利紀念獎」，獎勵範圍為每一年度在美國發表的優秀短篇小說。

一九五二年

十月，電影《錦繡人生》上映。該電影改編自歐．亨利的五篇小說。

一九六八年

歐．亨利受審的法院被德州大學收購，更名為歐．亨利禮堂。

二〇一二年

九月，美國郵政局發行歐·亨利一五〇周年誕辰紀念票。

作者簡介

歐・亨利（O. Henry, 1862-1910）

美國「現代短篇小說之父」，與法國莫泊桑、俄國契訶夫並稱「世界三大短篇小說家」。

他的人生經歷很傳奇，十五歲時從高中輟學，此後從事過藥劑師、會計、牧羊人、廚師、經紀人、出版商、歌手等十幾種天差地別的職業，甚至還遭過幾年牢獄之災；在美國南部的鄉鎮、西部的平原，以及繁華的大都市，他都曾安過家。

妻子病故後，以稿酬所得補貼女兒的生活費是他寫作的重要原因之一。他一生創作了近三百篇短篇小說和一部長篇小說，這些小說聚焦人性、幽默風趣，寫作手法自然、直接、簡潔，結尾部分總有出其不意的反轉，被譽為「歐・亨利式結尾」。

譯者簡介

黎幺

青年作家、譯者。

二〇二〇年，憑《紙上行舟》獲南方文學盛典「年度最具潛力新人」提名。

著有《紙上行舟》、《山魈考殘編》。

高麗菜與國王：歐．亨利經典長篇小說 / 歐．亨利著；黎幺譯 . -- 初版 . -- 臺北市：時報文化出版企業股份有限公司 , 2025.06
272 面；14.8×21 公分 . --（愛經典；88）
ISBN 978-626-419-534-8（精裝）

874.57 114006398

本書據 Garden City Publishing Company, Inc.1911 年版 *The Complete Works of O. Henry* 翻譯

作家榜经典名著
读经典名著，认准作家榜

ISBN 978-626-419-534-8

Printed in Taiwan

愛經典 0 0 8 8

高麗菜與國王：歐．亨利經典長篇小說

作者─歐．亨利｜譯者─黎幺｜編輯─邱淑鈴｜企畫─張瑋之｜美術設計─FE 設計｜校對─邱淑鈴｜總編輯─胡金倫｜董事長─趙政岷｜出版者─時報文化出版企業股份有限公司　108019 臺北市和平西路三段二四○號四樓　發行專線─（○二）二三○六─六八四二　讀者服務專線─○八○○─二三一─七○五、（○二）二三○四─七一○三　讀者服務傳真─（○二）二三○四─六八五八　郵撥─一九三四四七二四時報文化出版公司　信箱─10899 臺北華江橋郵局第 99 信箱　時報悅讀網─http://www.readingtimes.com.tw｜電子郵件信箱─new@readingtimes.com.tw｜法律顧問─理律法律事務所　陳長文律師、李念祖律師｜印刷─勁達印刷有限公司｜初版一刷─二○二五年六月六日｜定價─新台幣四五○元｜（缺頁或破損的書，請寄回更換）

時報文化出版公司成立於一九七五年，並於一九九九年股票上櫃公開發行，於二○○八年脫離中時集團非屬旺中，以「尊重智慧與創意的文化事業」為信念。